U0616029

步不让

辛亥保路悲歌

田闻一 著

成都时代出版社
CHENGDU TIMES PRESS

若没有四川保路同志会的起义，武昌革命或者要迟一年半载的。

——孙中山

目录

CONTENTS

静夜忧思

第一章

当！当！当！高墙外，更夫敲打起了更。『家家户户——小心火烛！』更夫苍老的声音和着水波纹似的铜更声，随着一阵风声，袅袅而逝。夜越发深沉了。于是，在这个静夜里，他凝神屏息，透过历史的烟云，认真审视着这个越来越切近的，对四川保路运动、对他进行鹰视虎逼的赵尔丰。

清宣统三年（1911年，辛亥）秋天的一个深夜。

月亮完全下去了，太阳还没有起来，夜更深，夜幕如漆。在这个人们好睡的时分，清津县城后街上，一座离岳武庙很近的极具川西民居特色的四合院的后院中，突然很反常地漾起了一星晕黄的烛光。

这一星晕黄的烛光，好不容易穿透裱糊着绵软夹江宣纸的窗户，刚一触及外面漆黑浓稠的夜幕就被吞噬尽净，黑夜容不下一点光明。这时，窗户纸上不时晃动着一个人的身影，显出一种无端的忧烦、紧张。

这是县捕头侯天轩巡夜归来。

借着立在枝子形灯架上那支足有小孩拳头般粗、燃得正紧的大红蜡烛看去，明明暗暗中，看得出屋内摆设甚为简洁实用：当窗摆放着一张两头沉的黑漆书桌；两面靠墙处有两架顶天立地的中式黑漆大书柜里，装满了看不清书名的书，其间有一些现代杂志——由此足见，侯天轩是读过些书、喜欢读书且追逐时代前进的人，与一般意义上的县捕头迥然不同。在这个风云激变的时代，保路运动风起云涌之际，他不仅是清津县的捕头，更是川西几个

寸步不让
辛亥保路悲歌

县的袍哥大爷，是保路运动的中坚人物，关键时刻是可以调动千军万马的。

引人注目的是，那个木质刀架上，嵌放着那把他刚从腰带上解下来的鲨鱼皮面宽叶宝刀。

看得出，时届中年的他，相当精干利索；看不出他的确切年龄，应该在三十至五十岁，身上有种饱经世事沧桑后特殊的干练、沉稳。在踱步间，他习惯性地紧了紧箭袖，好像随时准备出击，一看就是个武功在身，而且武功很高的人。

作为一个在治安方面有口皆碑、深孚众望的资深县捕头，他本不该这样天天夜巡的，之所以如此，除了习惯，更主要的是最近形势日紧，他思想上的弦绷得很紧。

猛地，他停止踱步，调过头来，凝视着摆放在桌上的那封信，思绪陷得很深。这样，我们就更看清了他。凡是见过他的人，定会留下深刻印象的是他的那双眼睛，真个是炯炯有神！他的眼睛眍，带有"湖广填四川"中沿海一带移民后裔的明显特征。

在偌大的天府之国四川，可以说，大都是"湖广填四川"移民的后裔。在明末清初那场让川人创巨痛深的"张献忠剿四川"之后，有史可查的是，整个四川仅剩下区区八万多人；而且，这区区八万多人还大都集中在张献忠打不进去的由残明大将杨展和明末巾帼英雄秦良玉分别据守的川南嘉定（现乐山）地区和川东石柱一线。

张献忠进入成都时，成都有居民四十万。然而，不到三年，张献忠大败而去时，盛怒之下的他，将成都一火而焚之。此后一百多年间，成都是一片废墟，是虎狼出没之地。清初，四川省的省会，不得不迁往离关中相对近些、嘉陵江边的川北名城阆中。

随着从清初开始的、长达一个多世纪的广义上的"湖广填四川"，四川才渐渐恢复了生机，成都也才重新兴起、繁华，省会也才再次移回成都。有首竹枝词"大姨嫁陕二姨苏，大嫂江西二嫂湖。戚友相逢问原籍，现无十世老成都"就相当形象生动地说明了这一现象。

桌上的那封信，是省督署会办尹昌衡给他的，上午就送来了。同他一样，尹昌衡表面上是省督署总会办王琰属下的一个小小会办，即一个日文翻译科科长，实际上是全省数以十万计的袍哥总舵爷——"大汉公"，就袍哥界而言，是他的上司。用一句袍哥语言说，他们两个都是袍哥界很"海（吃）得开"的人物。

桌上那封信，尹昌衡用的是省督署的公用信封——长方形的牛皮纸中式信封中间，嵌一个窄窄长长的红框。框中，尹昌衡用一手漂亮的魏碑变体毛笔字写着"清津 侯公 天轩先生 启"，显得很客气。信封左边由上至下一排小字，"尹硕权（尹昌衡字硕权）缄"。尹昌衡的字显出沉雄，带有一分独到的风流潇洒，字如其人。可以作为单独的艺术品欣赏。

这封信，他反复看过几遍，记熟了。言简意赅的几句话，这时惊雷般在他脑海中隆隆走过："于今，赵屠户（指新任川督赵尔丰）图穷匕首现。清津和兄之地位都至关紧要，牵一发而动全身。望兄枕戈待旦。省垣一旦有事、有变，望兄迅速策应。"

他清楚，目前四川的保路运动到了关键时刻。"屠户"赵尔丰已经表明了他的态度，就是忠实秉承朝廷意旨，对保路运动进行镇压，而四川的保路运动开展得如火如荼，寸步不让，大战一触即发。

这个节骨眼上，真正有力量与官府抗衡、能与"屠户"赵尔

寸步不让
辛亥保路悲歌

丰周旋到底的，不是声名在外、其实很虚的省保路会和这个会的正、副会长蒲殿俊、罗纶等一班书生、立宪派人。有言："书生造反，十年不成。"岂止是十年不成，永远都不成。真正有力量与之对抗的是全省一百四十二州县由同志会变成的同志军，他们大多是各地的袍哥。

他所在的清津，地位极为特殊，离省垣成都不过三十多公里。这里山环水抱，五河汇聚，是成都南面的锁钥、咽喉。因此，在此关头，无论大汉公尹昌衡，还是一心要借此机会发动民众"驱逐鞑虏、恢复中华"的同盟会四川分会，都十分看重他，借重他侯天轩。明天，同盟会四川分会负责军事工作的龙鸣剑就要来，同他洽谈方方面面的事情。

夜很静。绕城而去的那条锦缎般的、颇有曲线、不无妖娆、河面宽阔的南河隐隐传来的涛声，越发显出夜的宁静深沉。他觉得，此刻静谧的清津好像是熟睡了，但这不过是一个假象。其实，清津和分布在四川各地的其他州县一样，早已成了装满炸药的火药桶。现在，只要谁最先将引线点燃，引爆一个火药桶，马上就会产生连锁反应，层层爆炸，引起全局性的剧烈震荡。而现在看来，最先引发爆炸的很可能就是清津，引爆手就是他侯天轩。因而，无论是大汉公尹昌衡还是同盟会的龙鸣剑，都密切关注着他。而同时，他直觉到那个月前清廷就像派救火队员似的派来的、寄予很大希望的、经边七年功勋赫赫，既有"雪域将星"之称，又有"四川屠户"之名的赵尔丰，就在他身边，在一个阴暗的角落，用他那双阴鸷的眼睛恶狠狠地盯着他……这不禁让他觉得浑身上下一阵悚然，有一种喘不过气来的压迫感。

赵尔丰是一个太不一般的人物，既刚硬又柔韧，是清廷不可多得的重量级人物，他在为官数省、为官多年中，都是迎风破浪，克敌制胜，节节高升。而他小小一个侯天轩，因为保路，已经被赵尔丰列入了一定要斩除的人员黑名单……

当！当！当！高墙外，更夫敲打起了更。"家家户户——小心火烛！"更夫苍老的声音和着水波纹似的铜更声，随着一阵风声，袅袅而逝。夜越发深沉了。于是，在这个静夜里，他凝神屏息，透过历史的烟云，认真审视着这个越来越切近的，对四川保路运动、对他进行鹰视虎逼的赵尔丰。

寸步不让
辛亥保路悲歌

挟威而来的新任川督赵尔丰

第二章

成都附近的农村最具天府特色，有一种温柔富足的气息。远远地，水平如镜的秧田中，有星星点点的农人在弓腰插秧。一缕轻风从田野上吹来，传来农家小伙唱的《栽秧忙》山歌，极有韵味：『太阳下山月出山，照得黑夜变白天。晃醒了我家鸡娃子，叫得我，天还不亮又下田……』赵尔丰知道，这不过是一种表象、假象；自己捏在手上的绝不是一个令人垂涎的红果子，而是烫手的红炭圆。

后期的清廷，虽然腐朽没落、目光短浅，但还是知道天府之国四川在全国举足轻重的地位，知道"天下未乱蜀先乱，天下已治蜀后治"，因此，派来四川做总督的都是干吏能臣。

辛亥（1911）保路事起之前，四川总督是赵尔巽，东三省总督为锡良。彼时东三省局势严峻，锡良数次上书请辞，手忙脚乱的清廷，就像派救火队员似的，将赵尔巽派去做东三省总督，遗职由先后做川滇边务大臣、中央驻藏大臣的三弟赵尔丰接任，因赵尔丰无法立即赴任，川督一缺由布政使王人文护理。如此重大的权位交接，居然新旧川督之间未能谋面，只是由赵尔巽给三弟赵尔丰留下一封信，这在清朝两百多年的历史上，是从来没有过的。

历史上，赵家同朝廷关系很深。他们祖居关外铁岭，因先人忠于清，入了旗籍，从龙入关后，其父根据旗人习惯，去掉赵姓，只称文颖，清道光二十五年（1845）进士。清咸丰四年（1854），因抵抗太平军，文颖死于任上，清廷特优恤赵家四兄弟。大哥尔震，字铁珊；二哥尔巽，字次珊，大哥二哥同是同治十三年（1874）进士。四弟尔萃，是光绪十三年（1887）进士。尔丰行三，字季和。四兄弟中，独尔丰以纳捐走上仕途，先是分发山西，被他的顶头上司按察使锡良看中，不断加以重用。而后来作为山西巡抚的锡良之所以突然一路飙升，有一个让人深思的故事。

清光绪二十六年（1900）五月，长期在幕后垂帘听政的慈禧太后公然支持义和团向洋人全面开战，后果不堪想象。八国联军攻占北京之时，慈禧太后挟持光绪皇帝，狼狈不堪地逃离北京，在太原受锡良随扈。

在如何款待老佛爷这个事上，锡良伤透了脑筋，一筹莫展！锡良知道，款待老佛爷，最关键最核心的是如何让近乎一路逃难而来的老佛爷及其一行尽可能吃饱吃好。这个问题解决得好还是不好，关系到他锡良的身家性命。而当地地瘠民贫，又处战乱，该怎么办呢？而这个看来天大的难题，却被他的幕僚赵尔丰轻而易举地解决了，而且解决得很好，解决得让人匪夷所思。

当地没有什么好东西，唯产南瓜。赵尔丰来个就地取材，亲自带着厨师在大面积的南瓜中，精选出几个又大又甜又面，也好看的老南瓜，让名厨按他所说的去做：将南瓜洗净、削皮；在削了皮显得黄金杠色的大南瓜尾部保留一截绿茵茵的根蒂，红绿对比，硕大的老南瓜立刻生辉。他要名厨将瓜蒂掏开，瓜蒂下是一个四四方方的小口子。由此进刀，将大南瓜中的瓜瓤细细掏出，再将当地所有能找得到的好东西，比如鸡肉、猪肉、蜂蜜、砂糖、蜜枣等混填进去，混搅塞紧，再将那段绿茵茵的瓜蒂原封不动地栽在刀口上。将老南瓜上蒸笼用大火猛蒸。蒸熟后的大南瓜香喷喷、热腾腾、黄澄澄，看着都爱人。然后，美食配美器呈献给太后、皇上。山西那个地方，历史悠久，找到几个带有宫廷意味的器皿不是问题。

大厨将蒸得炀溜溜、黄桑桑、香喷喷的大南瓜配上美器，颤颤而来，恭身献上。侍候在侧的锡良按幕僚赵尔丰发明的菜名禀报："献金瓜。太后、皇上请用！"

一路上担惊受怕，根本没有吃过一顿好饭，肚子里空捞捞、缺油水，也没有休息好、精疲力竭的太后、皇帝心急火燎地将筷子朝盛在美器中的很诱人的金黄的大南瓜一伸、一夹，将香喷喷、热腾腾、黄桑桑、稀溜炀的美食送到嘴里，来不及下咽，太后当时就惊了，问："这是什么美食，这么独特，这么好吃？"

锡良赶紧躬身禀告太后，再次强调："金瓜，这是向太后、皇上献的金瓜。"金瓜这个富贵吉祥的菜名，亏赵尔丰想得出来。

"好好好！""妙妙妙！"大喜过望的慈禧太后一边大口大口吃这难得的美味，一边夸这菜名好，富贵吉祥。待吃得差不多了，太后这才有兴致询问侍候在侧的锡良，金瓜的由来及做法。锡良按照赵尔丰事先的编造一一细细呈报。

知道太后心思的他，特别强调，金瓜是祥瑞物，是专门送给太后、皇帝过晋的礼物……喜得太后连连招手，要在旁小心恭候的小李子（大太监李莲英）带御厨上来，把这道难得的美味——金瓜——的由来及做法做好记录，以后在宫中照做。歪打正着，以后，这道临时抱佛脚的金瓜，居然成了太后御膳中必备的一道美味。

有言，千里马常有，伯乐难找。这样一来，锡良因接驾有功，被太后赏识，过后提升为山西巡抚，又接连被提拔，直至升

寸步不让
辛亥保路悲歌

任意义不一般的天府之国四川省的总督。

有言，一人得道，鸡犬升天。

当上四川总督的锡良，当然更看重赵尔丰，赵尔丰也确实有两下子。

濒赤水河与贵州接壤的永宁地区，山高谷深，峰簇岭拥，民贫，自来匪患严重，从未根治过。赵尔丰在锡良看来，是少有的能人。于是，锡良任命赵尔丰为永宁道道员。赵尔丰上任伊始，大刀阔斧治匪，整个永宁道地区几个县的衙监里犯人很快人满为患；动辄就杀，他用铁血手段根治了永宁历史上从未根治的匪患，同时在这里挣了个"赵屠户"的骂名。同时他在治下的古蔺发现了难得的人才傅华封。以后在他治边的七年中，傅华封一直是他须臾不可离的人才。在他年前奉调回川，接替二哥赵尔巽做四川总督时，经他保举，清廷任命傅华封做川滇边务代理大臣。后来，在他的命运如草上露珠岌岌可危时，傅华封不顾其他，带边兵回援，在雨城雅安被俘——这是后话。

就在赵尔丰在永宁道上搞得风车斗转时，本来局势就不稳的康藏风云陡变。朝廷派凤全为驻藏帮办大臣，先去巴塘处理一应矛盾纠纷。

凤全是个思想僵化的老官僚。他以朝廷从二品大员之尊，沿途摆够排场，相继在成都和雅安盘桓多日，这才率卫队二百余人，亲随二三十人出打箭炉（现康定），进到习惯意义上的康区，到了巴塘。

巴塘是个重镇。当地大土司、大营官罗进宝，二营官罗松扎巴前来叩头晋见。高高在上的凤全，居然用他烧烟的长烟杆敲打大土司的头训道："你们想造反是不是？凤老子看你们这个酥油顶子怕是不想戴了……"大土司是当地说一不二、威望很高的土皇帝，原本西藏闹事也不关他的事，本地七沟村喇嘛与西藏有关方面勾搭倒是事实，如果大土司插手，也不难解决。他万万没有想到自己前去晋见凤全，居然当众受到这样的奇耻大辱。大土司下来越想越气，加上当地七沟村丁宁寺喇嘛借机煽风点火，于是，一股血灾之气悄悄漫延开来。

这时，如果凤全适时离开巴塘也没有事，可凤全是个庸碌的官吏，贪图享受。他对有"高原江南"之称的巴塘恋恋不舍，竟在茨陇沟开办垦荒场，张榜招人开荒。经当地百姓所请，大土司罗进宝再次出面，以神山不可动为由劝凤全不要开荒。凤全大怒，当场命人鞭打大土司罗进宝等，这就注定了凤全之死。

到这时，凤全还不清醒，注重享受；守旧的他带的亲兵却又很洋气。清军的传统服装是红色号褂，战裙；训练列队时，军前吹莽筒大号，而凤全的亲兵却是西洋打扮，穿黄色短军服，脚上打绑腿，吹洋号，打洋鼓。每天早晨上操，当地藏族百姓看见这些兵在凤全住的楼上的平顶上手舞足蹈，一头雾水。其实，这些兵在打太极拳锻炼身体。丁宁寺喇嘛乘机造谣，说凤全是个假钦差，所带的兵也都是些不地道的洋兵云云。如此一来，凤全一伙成了过街老鼠。

当凤全发现情况不对时，慌了神，主动找土司们谈判，表示愿意原路退回成都，希望当地土司保证他的安全。当地土司假装答应。之后，凤全一行在都司吴以忠和当地粮台的陪同下离开巴塘。他们万万没有想到，当地土司和丁宁寺喇嘛们已接到拉萨方面的暗杀密令。结果，凤全一行两百余人在离开巴塘五里处的鹦哥嘴，被埋伏此处的僧俗武装杀戮尽净。

这事就大了。川督锡良恼怒万分，派提督马维骐率兵去巴塘平乱，但马维骐只会打仗，没有治乱的才能，何况是治理边地！向来看重赵尔丰的锡良，欲让赵尔丰改任建昌道，却又虑他已届六旬高龄，而赵尔丰毫不推辞，临危受命，而且献了颇有建树的"平康三策"。

"平康三策"中，赵尔丰指出："前任对川边，如凉山及宽阔的康地管理杂乱无章。而康地既是川省屏障，又是我进军西藏的必经之地。要经营好西藏，必先经营好康地。

"一、首将所居大小凉山之倮夷收入汉区版图，设官治理。此三边地皆倮夷，界连越嶲、宁远。山居野处，向无酋长，时出劫掠，边民苦多。然此地多宝藏，产药材尤富。此三边地既定，则越嶲、宁远亦可次第设治，一道同风。

"二、以往，我驻藏大臣及六诏台员每出关时，悉在炉城奏报某年某月某日自打箭炉南门或北门经折多山入藏，相沿已久。英人钻我空子，每以我执报为言，谓我自认炉城以西皆属西藏辖地。每与我交涉，理屈词穷之时界限含混。我拟改康地为行省，进而改土归流，设置郡县，朝廷特派地方官员管理。以丹达为界，扩充康地疆域，以保西陲。

"川康藏三地毗邻，一荣俱荣，一损俱损。而西藏隔喜马拉雅山与英印相接。境内山岭重沓，宝藏尤丰。首宜改造康地，广兴教化，开发实业，渐渐西移。康地一牢，这样内固巴蜀，外附藏疆，迫势达拉萨，藏卫尽入掌握。然后移川督于巴塘，可于川省、拉萨各设巡抚，仿东三省之例，设置西三省总督。如此可以杜英人之觊觎，兼制达赖之外附。此平康三策也！"

锡良对此称赞不已，请准朝廷，任命赵尔丰为建昌道道台。

他在任上办教育、兴实业、利民生、固边陲，件件都好。特别是他破天荒地实行改土归流（将土司的世袭制改为中央集权下的流官制），功莫大焉。因此深受朝廷信任器重，步步高升，继建昌道道台后，先后任川滇边务大臣、驻藏大臣兼川滇边务大臣，跻身朝廷大员之列。

特别是，赵尔丰以高龄之身，在康藏经边七年，平叛乱，粉碎了英国对我西藏的觊觎，捍卫了祖国西部边陲的领土完整和祖国尊严，功勋赫赫，但手段残忍。在康藏，他马上一呼，山鸣谷应；脚一跺，地都要抖三抖。好多当地人对他是又爱又怕。比如，在辽阔的康藏地区，草原上有一种好看而多刺的花，当地人将这种花称为"赵大人花"；有些小孩夜间不肯好好睡觉、哭闹，大人就用"赵大人来了"吓唬小孩，小孩马上就不哭了。可见其威名。

清宣统三年（1911）闰六月十一日，在康藏经边七载的新任四川总督赵尔丰回到久违的成都。性情还是那样执拗。周身裹着塞外风尘的他，下轿伊始，对香帛前排列得整整齐齐、等着朝见的大员们视而不见，却转过身去，伫立轿前，借看川西风情掩盖内心的滚滚思绪。

成都附近的农村最具天府特色，有一种温柔富足的气息。远远地，水平如镜的秧田中，有星星点点的农人在弓腰插秧。一缕轻风从田野上吹来，传来农家小伙唱的《栽秧忙》山歌，极有韵味："太阳下山月出山，照得黑夜变白天。晃醒了我家鸡娃子，叫得我，天还不亮又下田……"赵尔丰知道，这不过是一种表象、假象；自己捏在手上的绝不是一个令人垂涎的红果子，而是烫手的红炭圆。

"大帅！"这时，二哥给他留下的川中亲信、布政使尹良轻步来在他身边，轻声提醒，"朝拜的大员们已等候大帅多时。"

"嗯！"赵尔丰这才转过身来，走上前去，以他素常傲慢的姿态，接受川省大员们的朝拜。其中唯一引起他注意的是一位高个子军官——很年轻，相貌英武，漆眉亮目，声如洪钟，英气逼人，态度不卑不亢。他想起二哥在给他的信中对蜀中俊杰逐一介绍时，提到过的尹昌衡，说这人虽然今年只有二十七岁，但在川军中威信很高，"是个不成龙便成蛇的人"……

他让师爷送过手本清对。唔，这娃娃就是尹昌衡。啥子那么凶，一个刚出世的新毛猴嘛！自视甚高的赵大帅并没有真正把尹昌衡放在眼里。草草结束了这礼节性的应酬，不胜其烦的赵大帅登上八人抬绿呢大轿，在前呼后拥中直奔督署而去。

人说赵尔丰办事操切，果然是。他上午刚到，下午就去了岳府街保路同志会。为了给蜀中士绅一个礼贤下士的好印象，他身着便装，青衣小帽，乘一顶二人抬小轿，跟班只有卫士长——"草上飞"何麻子何占标。

赵尔丰一进门就感到气氛火辣辣的不对。阳光透过嵌在雕龙刻凤的木窗上的花玻璃，洒在好大一间房内。房内坐了满当当一屋的士绅，因为激愤，这些士绅一改往日的文质彬彬，争着发言，大声武气声讨邮传部大臣盛宣怀、川汉铁路督办端方。

"他们是卖国贼！只图自己的私利，不惜把主权拱手送给洋人！"

"卖路就是卖国！哪个龟儿子敢卖路，我们就和他们拼命！"

有个老者说着哭了："我宁愿把家产都损了。我们川人生是中国人，死是中国鬼……不……不当……亡国奴……"

"各位股东，请安静！"股东会副会长张澜进来了，他拍了拍手，会场安静下来。人们的目光转向颔下一部大胡子飘飘洒洒，一双大眼光芒乍乍的张表方（张澜，字表方）。

"报知大家一个好消息，"张澜说，"新上任的制台大人参加我们的股东会来了。欢迎！请赵制台就争路之事讲话！"

会场上，巴巴掌响起来了。早有仆役将雕有云纹的黑漆太师椅送到主席台上。赵尔丰龙骧虎步走进屋来，当中稳稳当当坐了。他虽穿的是便装，但颐指气使惯了，端坐不动，两道凌厉的目光在屋内来回扫了两遍，在股东们关注的目光中，赵尔丰轻声咳一下，开始说话，带有训示的意味。

"尔丰虽久在川边，但对川省的护路、争路了如指掌……"他在讲了一番强国必须修铁路的大道理后，亮出了自己的观点，"朝廷深体民艰，认为四川太穷，七千万两银子的路款，是负担不起的。四川业已民穷财尽，再筹资修路，无异于敲骨吸髓。当然，借外债修铁路之举并非不可非议，然称应废除朝廷与洋人已签订的修路协约则大可不必。本部堂特来聊尽良言，希望大家一定要平心静气，为大体着想。若因情绪激动，做出什么过激之事就不好了！"满以为自己一言既出，百人噤声，可这里不是康区，股东们也不是他管惯了、管驯了的边军。他话刚落音，下面纷纷予以驳斥。赵制台的脸面有些挂不住了，掉头去看坐在旁边的张表方。

"嗯！"张澜摸着自己颔下那部美髯，用光芒乍乍的大眼睛看定求援的赵尔丰，不仅不帮他的忙，反而说出一番让赵尔丰狼狈之至的话来。

"大帅这话我张表方就不懂了，事情的由来尽人皆知。法、英、德、美等国趁我甲午战败，八国联军攻陷北京，光绪二十七年（1901）迫使朝廷签订了耻辱的《辛丑条约》。为加紧对我掠夺，西方列强开始争夺对我铁路修建权。英国学者肯德就公开在报上撰文泄露了天机。他说，'这个省份（四川省）的财富和资源，是世界上任何地方都无法和它比拟的'。为了掠夺，英国政府计划修建一条由上海经南京、过汉口、宜昌、万县到成都的铁路。要在英国人的势力范围内，将'条约港重庆'建成'远东的圣路易'。这哪里是在修铁路，分明是对我的觊觎！大帅的恩师、锡良前总督早看出了西方列强险恶的居心，在川主政时即上奏朝廷，谓：'川省高踞长江上游，倘路权属之他人，藩篱尽撤，且将建瓴而下，沿江数省，顿失险要……非速筹自办不可。'在大帅回川之前，护理川督王人文同情川人态度，反对铁路国有，屡次为我代奏力争，屡受朝廷申斥而不悔。他说：'虽三、四奏，直至罢职，亦乐为川人尽责。'最后人文专折参盛宣怀，惹恼京师。朝廷下旨严斥人文，谓'如滋事端，唯该督是问'，随后即调人文去京。锡良、人文在为川人争路之事上，在巴蜀地区可谓有口皆碑。大帅经营康藏功勋赫赫，但望在此事上，不要寒了川人的心！"张表方的话说到这里，戛然而止。说得何等干脆利落，有理、有力、有节，让赵尔丰半天作不了声。哎呀呀，自己原是想挟大帅威风，来此灭火的，不意竟陷窘境。全场鸦雀无声，士绅们都在看着自己！

赵尔丰的老脸上，白一阵、红一阵。他始知道，锅儿是铁打的，这帮股东不好惹。这个四川保路同志会，在全省一百四十二州县都成立了分会。而在全国保路呼声最高的川、湘、鄂三省中，又尤以川省为最。

现在这儿同自己对阵的还仅是保路同志会副会长张澜和股东们，会长颜楷，还有同湖南谭延闿、湖北汤化龙齐名的四川谘议局议长蒲殿俊、副议长罗纶等人没有来，这些可尽都是些要功名有功名、要才有才，唇尖舌利之士呀！若是这第一回合自己就输了，以后咋整？川局硬是复杂得很哩！耳边分明响起了火药引线燃烧的"吱吱"声。弄得不好，真要出大事哩！为了摆脱现实的尴尬处境，求得主动，赵尔丰开始机变。他看着张表方笑吟吟地说："本部堂今天来，说是说，但若要我就你们的争路表个态：我以川人之意旨为意旨。"

场上立即响起了热烈的掌声。张澜用那一双光芒乍乍的大眼睛看定赵尔丰，暗想，人说赵尔丰性烈如火，宁折不弯，其实也不尽然。当他在战场上作为大帅指挥作战时，往往显露的是刚硬的一面；而在政治上，赵尔丰看来也还有阴柔的一手。明明他刚才表明了自己的态度，然而一旦发现处境不利，就立即转向，像只变色龙。

张澜抓住机会，他说："既然制台大人这样表态，那就请将我同志会股东会之决议向朝廷代奏！"

"好吧！"赵尔丰慨然应允，"不知股东会议定了何事？"

"我股东会决议，坚持川路商办。截至本年四月，我川路已集股一千五百余万两银。除已支销外，尚存生银七百余万两，大大多于湘、鄂各商办路之股款，而且由宜昌至归州已筑路基三百余里，而可通车料段已有三十余里，如此等等，充分说明我们四川既有集股之财源，又有筑路之能力。因此，坚决请求朝廷收回成命。另外，川汉铁路公司驻宜昌总理李稷勋为盛宣怀、端方所收买，擅将川路股款七百余万两交付盛、端二人。请总督大人代奏：彻查李稷勋，参劾盛宣怀夺路劫款！"

"啊！有这样的事？"赵尔丰大大吃惊了。他霍地站起来，义愤地表示："你们所说盛、端侵吞股款之事，十分重大。我立即就可以查明。果如此，不要说你们不依，本部堂也不依！我现在既为你们的父母官，就要为你们办事。事不宜迟，我立即回督署，将你们的请愿，用急电直接发送内阁。"

赵尔丰也确实是如此上奏，可是，他受到腐朽没落的朝廷严斥。清廷要他立即镇压四川的保路运动，如其不力，立即递解进京问罪云云。

赵尔丰毕竟是朝廷大员，他转变态度，立马变成了朝廷的鹰犬。他对属下有一段训话，可谓他的治川宣言，也是他对当前川人保路运动的态度，显示出他的个性。他说："前人每谓四川难治，其实是不知治理。刘璋失之以宽所以败亡，诸葛治蜀从严，所以为得。四川人的性格正是四川人自己说的'油核桃硬要捶到吃'。四川人服硬不服软。唯一对四川人的办法是硬、是严，绝对不能同他们讲道理。说什么宽大，那是装潢门面的话，是自欺欺人之谈！用以欺人则可，若是认了真非坏事不可。推而广之，也不独四川。我为官数省，均以严治为主。我来四川初任永宁道就深知此理，边藏也是以此得平。朝廷信任我，就是知道只有我才能收拾这个局面。"

一根藤上的两种瓜

第三章

除了浓浓的离愁别绪，师父还表现出一种特别的悲怆、沉郁。其时，清朝已经相当稳固，要推翻清朝几近不可能。作为残明干将陈近南来川发展袍哥，旨在反清复明这条线上的后起之秀李鑫，也只能是尽人事而听天命了。

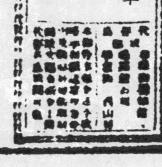

嚓嚓嚓，熟悉的轻捷而快速的脚步声由远而近，沿着院中的那条石板甬道而来，是妻子李碧来了。

　　嘎吱一声，门开了。站在他面前的妻子，远比实际年龄年轻许多：丰满合度，风韵犹存；淡淡妆，天然样；丹凤眼，面如满月，眉似远山；眉梢处，黑黑细细的眉毛往上一挑，显出一种飒爽；个子高挑，婀娜多姿。她的这种丰韵，让人想到四川两句很有表现力、很民间的歇后语："三月间的樱桃——红登了""好吃不过茶泡饭，好看不过素打扮"。她的身量、气质，有一种北方佳丽才具有的飒爽英姿和意韵。她确实是北方人。

　　"天轩，这么大晚上夜巡回来也不休息，再大的事也不能不睡呀！是在担心赵尔丰吗？"她说一口四川话，却明显带有北方口音，透着无比的关切。知夫莫如妻，她就是这样善解人意。

　　"对，你说得好，有再大的事也不能不睡。"说着展了一个言子："我就不信他赵尔丰癞蛤蟆打呵嗨——口气大，能一口把我吞了！"侯天轩说时一笑，习惯性地将大汉公的来信往抽屉一放。然后，侯天轩在前，李碧在后出门去。

　　刚走出门，似乎带着一股邪风，呼的一声，侯天轩只觉前面白光一闪。他说声"不好"，动作敏捷地反手将妻朝门里一推，自己顺势往檐下那根大红抱柱后一躲。

一只带有一截火焰般红缨的飞镖，以迅雷不及掩耳之势迎面飞来，嗖的一声杀进前面的大红抱柱，簌簌抖动。

"刺客哪里走！"假山后一声吼，侯天轩的义子，清津码头五排、五爷杨忠闪身而出，掣手枪在手，对准墙上弓腰快跑的刺客砰地开了一枪。刺客好身手，一个倒栽葱，倏忽间没有了踪影。

侯天轩站了出来，挥手制止杨忠和之后冲出来的几个保镖，若有所思地说，"这人的身姿好熟悉，看来还不仅是刺客那么简单！"说时，走到大红抱柱前面，手握飞镖一用劲，拔了出来，只见飞镖尖上插有一张纸条。李碧拿来烛台，借着烛光看去，纸条上一排歪歪斜斜的字："侯天轩，我回来了。我奉命警告你，赶快改弦易辙。否则，我可以对你客气，可我这只飞镖认不到你，不会对你客气！"语气相当尖酸刻薄。

侯天轩笑了："这不就是祝青山祝麻子'青竹彪'（四川乡间，尤其是竹林里最常见的一种蛇。这种蛇体形小，通体青绿，随时同竹子混杂在一起，不易辨别，有剧毒，出没无常）吗？这个时候，也是他该回来的时候了。"

清津五排杨忠是个一踩九头翘的年轻人，对干爹说："来者不善，善者不来。看来，这祝青山很可能已经是官府的'雷子'（间谍）了，是官府派来威胁警告干爹的！"

"天要下雨，娘要嫁人。"侯天轩不屑地说，"要来的事总是要来的。走着看吧！"说着手一挥："大家都散了吧。"他要大家回去抓紧时间睡个回笼觉。

对义父表现得忠心耿耿、尽心尽责的杨忠却不敢有丝毫疏忽，重新排好岗，注意保护。他自己也一宿未睡，注意监督巡逻，生怕有什么闪失。

当天晚上，侯天轩睡意全无。正当盛年的夫人李碧就睡在身边，鼻息可闻，浑身散发出一种成熟漂亮丰满女性温馨舒服的气息。如果平时，身体强壮的他，绝对不可能这样楚河汉界泾渭分明。而今夜，他一点感觉都没有，他的思维之箭穿云破雾而去，最终落在他的出生地花园，再漫延开去……

花园是一个天造地设的好地方，来此的高人、义士、隐士代不乏人。

侯天轩的启蒙老师李鑫，就是这样一个人。

李鑫，真名章得功，是残明在东南沿海坚持抗清的名将郑成功手下干将陈近南来川发展袍哥，旨在反清复明这条线上的后起之秀。

1644 年十月，清军入关，顺治皇帝定都北京。郑成功见在大陆已势不可为，这就移师渡海，一举打败占我国台湾多年的荷兰侵略者，收复了台湾。清顺治十八年（1661），郑成功在台湾成立明远堂——这是袍哥"洪帮"。

袍哥的得名，据说起源于《三国演义》中的一段故事。

在那诸侯割据，群雄纷争，狼烟四起之时，沦落民间，靠打草鞋为生的汉室正宗"皇叔"刘备，与同样被埋没、同样不甘于沉沦的两个好汉结义。他们中，一个是面如重枣、武艺精湛、手使一把青龙偃月大刀、天下少有人能及、重情重义的晋人关羽，另一个是眼如铜铃、性情暴烈、疾恶如仇、使一杆丈八蛇矛打遍天下、猛地发声吼水都要倒流的燕人张飞。刘关张桃园三结义：

寸步不让
辛亥保路悲歌

大哥刘备，二哥关羽，三弟张飞。他们发誓：不求同年同月同日生，但愿同月同日死。齐心合力打天下，匡复汉室。

最初，刘备这个小军事集团心有余力不足，势单力薄。有一次，他们被挟天子以令诸侯，雄才大略、足智多谋、兵多将广的曹丞相曹操打得惨败。

关羽因保护大哥刘备的两个妻子，落了单，被曹操俘获。这让爱才喜才的曹操喜之不禁，素来傲慢的曹操对关羽百般优待，想将其收为己用。

战将都爱马，爱好马是天性。曹丞相为笼络关二爷，为我所用，不惜把自己好不容易得到的一匹天下最好的战马——赤兔马——送给关二爷。此马形如脱兔，日行千里，夜行八百，涉水过河登山如履平地。关二爷笑纳了。曹丞相为达到目的，对关二爷近乎巴结：三日一小宴，五日一大宴；上马踏银，下马踏金。关二爷也受领了。

为了考验关二爷是否真君子，坐怀不乱，有一次行军途中，晚上，曹操有意让关羽与他保护的两个嫂嫂——大哥刘备的两位年轻貌美的妻子同居一室。曹操这一手很绝也很毒，这就是让关二爷有理说不清，如民间俗话一句："黄泥巴掉到裤裆里，是屎也是屎，不是屎也是屎。"可是，关二爷以"秉烛待旦"应对——他通宵不睡，点上蜡烛看书。关二爷真君子也，这让曹丞相感佩不已。

一日，曹丞相见关羽所穿战袍已旧，便特别送了一件很好的锦袍给关羽。可是曹丞相注意到，关羽很少穿他送的锦袍，即使顾及他的面子，也是穿在里面，而把他大哥刘备送的一件旧袍穿在外面。曹操问关二爷这是为何？关羽也不隐瞒，很直接地说：

"旧袍是我大哥玄德送。今得丞相所赐新袍，但不敢忘记我大哥赐我旧袍。"

袍哥名就是这样来的，最初叫"汉留"。关羽最讲究情义，袍哥最敬佩他，奉他为祖师爷。

袍哥的兴盛期，是明末清初。

清初残明遗臣、学者顾炎武，为反清复明，在袍哥讲究的情和义上再下功夫，在理论上加以提升。他依照《诗经》上"岂曰无衣，与子同袍"之含义，强调凡是参加"袍哥"者，均为异姓兄弟，这是为加强袍哥的同一性和战斗性。

在台湾的郑成功意识到，他没有能力对抗清廷，只能寄希望在大陆大力发展袍哥，暗中积蓄力量，以期反清复明。于是，他派得力干将陈近南、蔡德英、方大成、马操心等秘密潜回大陆，发展袍哥组织。陈近南在西南，特别是在四川发展得最好。

在陈近南发展的这条线上的后起之秀章得功，被派到花园，他在这里隐姓埋名，化名李鑫，办了一家私塾，暗中发展袍哥组织，从娃娃抓起。第一期招收学生二十人，入学条件相当优惠，吃住都由学校包了。学生都是个挑个选，如当地话说的"米头子"——这是四川乡间一句很通俗、很生活、很具象的话，原意是说一堆米中最醒目、质量最好的米；换成文学语言就叫出类拔萃。而侯天轩和祝青山又是这批"米头子"中的"米头子"。他们同岁，祝青山稍长。他们半天学文，半天习武，而不管文武，祝青山都要比侯天轩稍差一些。

在那个"女子无才便是德""男女授受不亲"的时代，他们班上有个唯一的女生、师妹，是老师的女儿李碧，是班上年龄最小的。师妹之所以能同他们在一起读书，一是在于师妹的坚持，二是在于老师、师母，特别是老师的开明。最开始，大家都还是小孩子，完全就没有性意识。师妹头上扎两根小毛根，除了这点，和他们这些男孩子没有什么差别。

然而，时间是个神奇的魔术师。在他们开始长喉结，说话声音由清亮的童音转变为有点重浊的男声时，师妹变化更快。有言，女大十八变，越变越好看。师妹似乎转瞬间就变成了一个美丽的少女，两只眼睛水汪汪，身姿凹凸有致。真个是，忽如一夜春风来，师妹一下就长大了，长成了一个好看的大姑娘。她英姿飒爽，头发如墨，目似流星，眉若剪裁，眉梢挑起，身段高挑，矫健婀娜。

有言，哪个少男不多情，哪个少女不思春。自然而然地，侯天轩和祝青山都非常喜欢师妹，想方设法向她靠近——他们都暗暗爱上了师妹。

师妹岂有不知的，也不可能没有回应，虽然她的回应显得很微妙、很矜持。敏锐的祝青山发现，无论是师妹还是老师、师母都明显中意师弟侯天轩；渐渐地，他将对侯天轩的嫉妒转为了嫉恨。

看过一些课外书，也听过一些评书类的祝青山曾经不止一次感叹："既生瑜，何生亮！"——这是《三国演义》中的句子。书中，自以为天下第一的东吴都督周瑜遇到了蜀相诸葛亮，因不是对手，不得已发出如此深长的叹息、惋惜。

年岁渐长，他们在老师的带领下，集体加入老师创办的意义不一般的袍哥组织。而这时，袍哥在四川城乡已经相当普遍，发展得如雨后春笋；在四川城乡，只要是个男人，就不能不加入袍哥组织，不是袍哥，简直就不是个男人，一点地位也没有，是无用的代名词。当然，他们加入的是清水袍哥，而浑水袍哥类同于匪。

祝青山第一次暴露出他灵魂的丑恶阴暗，是缘于一次看"杂书"。所谓的"杂书"，就是除经史类之外的其他书，而侯天轩、祝青山都爱看"杂书"，到处去弄。有次，祝青山不知去哪里弄到了一本"杂书"——元代王实甫的《西厢记》，而且是绘了图的。

"想看不？"那天下午课后休息时，祝青山把绘图《西厢记》在侯天轩面前晃了晃，一副奇货可居、遮遮藏藏、鬼鬼祟祟的样子。

"哟！《西厢记》？"侯天轩如见至宝般去抓书，祝青山却退后一步，把书在自己背后一藏："这书是人家催着要还的。要看，我们就去一边看。"

他们这就背着人，坐在一个谷草堆上，头碰头地看绘图《西厢记》。他们津津有味地看到崔相国的女儿崔莺莺跟她的母亲——相国夫人——去白马寺烧香时的绘声绘色的描写：当崔莺莺在大殿上一出现，让本来各司其职，沉潜在佛事中的大小和尚们顿时方寸大乱、惊心动魄、忘乎其形——即使那修行有年、心如止水的大法师、老和尚看到貌美如仙的崔莺莺，也顿时魂不守舍，将握在手中正梆梆敲木鱼的两根小木棒槌敲错了，敲到端坐在他前面、端起手正"阿弥陀佛"专心念经的小沙弥的光头上；而小沙弥的光头被老和尚手中的棒槌敲得梆梆响，居然浑然不觉，原来小和尚看崔莺莺也看呆了。

"安逸，好安逸！"看到这里，有几颗小麻子的祝青山脸上顿时充血，他指点着书中的妙句遐想着，"师妹李碧之巴适，我看就是崔莺莺这个样子。而今师妹这朵含苞欲放的花，就要被你老弟摘了。"说时一声深长的叹息，旋即自我安慰："我不和你争，我承认我争不过你。不过，百步之内必有香花，我眼前也有一个大美人。这个大美人，我迟早要把她弄到手，非把她弄到手不可，非把她弄安逸！"

侯天轩一听不由大惊，很是诧异，不禁睁大眼睛，问心怀鬼胎的师兄祝青山："你说的这个大美人是哪个？"

"不给你说。"祝青山故弄玄虚。

"远吗？"侯天轩又问。

"远在天边，近在眼前。"再细问，祝青山就不肯再说了。

他们这第一批能文能武的学生毕业了。因为他们这个班闻名遐迩，各地袍哥码头都抢着要他们。近水楼台先得月，班上的两个"米头子"侯天轩、祝青山都被本县要了，分别担任了相距不远的花园、花桥这两个要镇的团练。

花园、花桥是两个桥头堡，处在川藏线上。如果说从成都西去的千里川藏线是一根汁水丰沛的青藤，那么，花园、花桥就是这根青藤上最先结出的两个金瓜，很是引人注目。

当时成都不大，穿过九里三分的成都，西出杜甫诗中描绘的"丞相祠堂何处寻，锦官城外柏森森"的诸葛武侯祠，过红牌楼，就进入双流县地界，也就进入了一望无边二望无际的成都大平原。而就在这里，青葱连绵的牧马山突然拔地而起，像一匹扬鬃奋蹄的青骢骏马，又像是绿色大海中腾起的一条青龙，与同一方向而去的川藏线相守相望，并行不悖，直到与清津县城隔三水相望的古镇五津，这才骏马止蹄、青龙入水。

而这座牧马山，在山下看是山，上得山来却又很平，风光无限。

据说，"牧马山"这个名字，还是三国时期，神机妙算近乎仙、大名垂宇宙的蜀相诸葛亮取的。

三国之前，西南夷越不断东侵，西羌一彪精锐最先过了现在习惯意义上的藏汉分界线，终年白雪皑皑、海拔四千多米的折多山，占了军事重镇打箭炉，见蜀郡太守刘璋懦弱无为，便继续东侵，过了雨城雅安，再进抵那座历史上以司马相如与卓文君的恋爱闻名的邛州（今邛崃市），这就是成都平原西部最重要的一座城市了。更有甚者，这彪西羌精锐竟从邛州绕了过去，占领了当时不叫牧马山的那座山峦，对近在咫尺的成都鹰视虎逼。

卧榻之旁，岂容他人酣睡！

当大名垂宇宙的诸葛亮辅佐刘备将刘璋取而代之，建立蜀国，刘备在成都称帝建都之时，蜀相诸葛亮的第一要务就是解决与成都近在咫尺的羌军。不过，诸葛亮显得很客气，他请这彪羌军退一箭之地。

这彪羌军的统领窃喜。诸葛亮的威名他是知道的，百战百胜，心中早就畏惧，不想诸葛亮仅是要他退"一箭之地"，暗想，这"一箭之地"再远又能远到哪里去，就爽快答应了。

到了约定射箭那天，众多当事人面前，蜀汉五虎上将赵云出马。只见他轻舒猿臂，张弓搭箭，呼的一声，响箭破云而去。

双方派人寻箭，越过百座山千道水，一直寻到打箭炉才寻到。原来约定射箭之前，诸葛亮派人用快马给炉城守将郭达送去一封密信，要他如此如此办理。

双方寻箭人仰起头来，只见城中那座拔地而起，与折多山遥遥相对的大山顶上鹰嘴似的巉岩上，插进其中那支箭，正是赵云

寸步不让
辛亥保路悲歌

射出的那支。抵近成都的羌军只得履约退、退、退，一直退过打箭炉、退过折多山，退回到塔公草原。

为了纪念这很有意义的一箭一射，诸葛亮将打箭炉中的这座山定名郭达山。而蜀帝刘备为了感谢诸葛亮，请诸葛亮给羌军退出的那座与成都近在咫尺的山取个名字。此山绵延起伏，地势特别，山上不仅风景很好，而且草木丰茂，是蜀帝最好最近的旅游休闲地，也是当时蜀国最急需的军马饲养场和马军训练地。"牧马山。"诸葛亮随口就来。"牧马山"之名，一直沿用至今。

就在侯天轩他们这个班的学生毕业，纷纷就业之后，隐姓埋名多年的残明将领李鑫完成了任务，领受新任务，就要离开花园去他地了。临别之前，李鑫夫妇亲自办了侯天轩和女儿的婚事。

师父师母走时，仍然像多年前来时一样简洁。师父肩挎一个布兜，一如既往地洒脱。然而，岁月不饶人。师父师母来花园时，风华正茂，朴实的衣着掩盖不了他们的英姿和勃勃青春。十多年似乎就在这样不经意之间过去了，师父师母已届中年，身上有了相当的沧桑。新婚的侯天轩、李碧夫妇还有他们那一班同学，恋恋不舍地送了师父师母一程又一程，直送到牧马山宝峰寺。到最后分别的时刻，祝青山都没有来，显然，祝青山暗恨着他们。

在乱云飞渡的牧马山宝峰寺，李鑫老师语重心长地对学生们说："送君千里，终有一别。就此作别吧！你们都已经长大了，都已经上路了。各人的一生，都是自己的言行写成的。希各位同学好自为之！"

"师父师母好走！"全班同学对师父师母抱拳作揖，师父师母拱手回礼。至于全班同学中，单单少了一个花桥镇团头祝青山，师父好像毫不在意，好像根本就没有这个人，没有这个学生。

侯天轩、李碧又单独送父母一程。最后作别时，师父望着天上疾飞的流云，沉思片刻后对女婿侯天轩说了这样一番饱含人生哲理、言简意赅的话，让侯天轩记在了心里。

"有句话说得好，'路遥知马力，日久见人心'。"老师兼岳丈说，"我早看出来了，祝青山是个什么人。他今天故意不来，还不仅是对你、对我的嫉恨，他根本就是个小人。"

李鑫说时，用他那双又黑又亮的眼睛着意看了看女儿女婿：

"做了花桥团头的祝青山，本质不好。他已经把他掌控的袍哥变成了浑水袍哥，把花桥搅成了浑水，已经怨声载道了，被老百姓称为'青竹彪'。他不可能悔改。你们的路都还长，都要发展。

"韩愈在《师说》中有言'圣亦圣，愚亦愚'。人的本性是很难改变的。虽然我不敢断定你们的未来，但同室操戈，更甚他人。"说着看定侯天轩，"谨防'青竹彪'咬你、咬你们！"

"老师的临别赠言，学生记住了。我会警惕他的。"侯天轩当即表示。宽厚的老师第一次将自己的学生祝青山称为"青竹彪"，让侯天轩记忆很深，说明老师对祝青山认识很深，而且是彻底绝望了的。

最后分别之际，李碧与母亲在一边依依不舍，相拥相依，轻声说着体己话。作为学生兼女婿的侯天轩问师父要去哪里、何时再见，师父也不正面回答，只是目视着天上疾飞的流云，随口诵出当年在四川做过一阵小官的两个大诗人的诗——

一首是唐时李商隐的《夜雨寄北》："君问归期未有期，巴山夜雨涨秋池。何当共剪西窗烛，却话巴山夜雨时。"另一首是南宋陆游的《示儿》："死去元知万事空，但悲不见九州同。王师北定中原日，家祭无忘告乃翁。"

除了浓浓的离愁别绪，师父还表现出一种特别的悲怆、沉郁。其时，清朝已经相当稳固，要推翻清朝几近不可能。作为残明干将陈近南来川发展袍哥，旨在反清复明这条线上的后起之秀李鑫，也只能是尽人事而听天命了。

在黄昏时分，侯天轩就这样，伫立在宝峰寺，恋恋不舍地看着岳父岳母的身影消逝在牧马山的远方。就此天各一方，不知岳父岳母最终的一切。

不是冤家
不聚头

第四章

现在看来，杀回来的祝青山，如杨忠所说，还不简单，很可能加入了赵尔丰麾下王琰组织的侦缉处，是带着任务回来的，今晚先给他一个下马威。

遵照老师的叮嘱，在侯天轩的严密注视中，他过后发现，令祝青山垂涎不已，发誓要把人家"弄安逸"的玉人是谁了。原来是他管辖的花桥镇附近张林盘中一张姓裁缝家颇有姿色的年轻寡妇。

这张姓人家薄有田产，主人又会裁缝手艺，因此日子过得相当滋润。老两口只有一子。读书的好处，张裁缝是知道的，因此，他让儿子一门心思攻书，以博取一个功名，其他百事不管。而且，为了拴住儿子的心，他们给儿子早早娶了妻。那时的婚姻是父母之命、媒妁之言，如同隔口袋买猫。而这只"猫"买得太好了，不仅他们老两口中意，儿子更是心花怒放、喜不自禁。

在很读了一些书的儿子眼中，他这个年轻漂亮的妻，真可谓"媚眼含羞合，丹唇逐笑开，风卷葡萄带，日照石榴裙"。娘子穿衣着带，显出的是容貌清秀、身态婀娜；一旦宽衣去带，就颇有些白居易《长恨歌》中"天生丽质难自弃""温泉水滑洗凝脂"的杨贵妃的丰腴。张裁缝的儿子，也如《长恨歌》中所说，"芙蓉帐暖度春宵""春宵苦短日高起"。殊不知"情是色博士，色为断头刀"，况且公子本身体虚。如此一来，不到两年，连儿女都还没有一个的裁缝家张公子一命呜呼，让他年轻貌美，且随岁月添了几许丰韵的妻，很不幸地成了寡妇。

张裁缝老两口生性谨慎，把颇有些姿色的二十岁出头的早寡的儿媳妇看得很紧。

但二老有个软肋，爱看川戏，看起川戏来就把什么都忘记了。就在他们的儿子去世后的第三个年头的春天，花桥大亨万福来老爷子过七十大寿，请来成都有名的戏班子——万春园，到花桥演《情探》，任何人都可以去花桥戏院免费看戏。

消息不胫而走，人们奔走相告。不用说，二老这天一早就去了。

四川人都爱看川戏，花桥镇当然也是。只要是镇上演川戏，附近林盘中人都争先恐后前去观看。何况是这么有名的戏班子，何况是这么有名的戏目，何况是万老爷请客。这天，离花桥镇不远的张林盘人们呼朋引伴去看戏，张林盘难得清风雅静。只有满林盘的雀鸟啁啾声，鸟鸣林更幽。

张裁缝家临溪，是单门独户一个小院。清晨，金色的阳光像一支多情的彩笔，在流水潺潺、清澈无比的小溪上浮光跃金。小院的篱笆墙上，爬满了绿得发黑的牵牛藤，和一些不知名的藤萝纠缠在一起。大股大股的瀑布般的藤萝上，开满了大多呈喇叭状的花。蓝白红黄绿等五彩斑斓的花上，有彩蝶翩跹其上，有一种梦幻般的意味。

春天多么美好啊！这是一个万物竞生、蓬勃欢欣的无比美好的时节。

二老走了。长期憋在家中的小寡妇终于透了一口长气。暂时获得解放的她，不禁一把推开窗户，用一根小竹棍支上窗户。面对着窗外的诗情画意，她心旌荡漾。本来情歌和民歌都唱得很好，却是多日不唱的她，情不自禁间，唱起一首家乡小调——

> 杨槐树开白花，有个姑娘十七八
>
> 年轻的姑娘手儿巧，坐在树下学绣花
>
> 你绣一条龙，她绣一匹马
>
> 我绣一个香荷包，挂在郎腰……

就在她唱得陶醉忘我间，猛地，凭空爆出一个男人沙声沙气的公鸭嗓——

> 想你想得心发慌，想你想得脚打闪
>
> 想你想得吃不下饭，想你想得昏天地转
>
> 晓得妹子想情郎，今天是个好日子
>
> 哥哥专门赶来，同妹子好好耍一盘……

如此下流、直接的挑逗、调戏，让张家小寡妇惊呆了，不禁循声望去，原来是恶名在外、绰号"青竹彪"的花桥团头祝麻子祝青山。早就梭起来了的他，这时边唱边从小溪那边一株掩身的大树后闪出来，绿眉绿眼地看着她，恨不得一口把她吞了，他正颠颠地跑过来。

年轻美丽丰腴的小寡妇情知不好，当即正告近前的祝青山："祝团头，我爹妈不在家，有啥话，等他们回来说吧！"说时就要关窗子。

可是已经来不及了。"不要关，不要关！我不找他们二老，我今天就是专门来找你耍！"武功在身，已经飞到的祝麻子声到人到，伸手挡住她要关的窗子，运起轻功，就像一片树叶轻轻跃窗而入。

心急火燎的祝麻子，来不及关窗，一把将他垂涎多年的小寡妇拦腰一抱，抱到里间，往床上一丢，饿虎扑食似的扑了上去。突然，凭空伸出一只有力的铁臂，将猝不及防的祝麻子的颈子一拎、一提，朝地上一甩。怒不可遏的祝麻子翻身一看，原来，坏他好事的居然是他的师弟、花园团头侯天轩。

"祝青山祝团头，你知法犯法，该当何罪？该受什么处罚？"侯天轩指着被他甩在地上的祝青山厉声喝问。

按照袍哥规矩，像祝青山这样的知法犯法，虽不致死，但要受三刀六洞的刑罚。

自知理亏的祝青山将头一套，跪在侯天轩面前磕头如捣蒜。他痛哭流涕，请师弟原谅他一次。解释说他太爱这个女子了，没有控制住，差点做出蠢事，以后再也不敢了，请花桥镇团头，多年的同窗师弟，万万饶他这一次。

侯天轩觉得，这事如果张扬出去，以后人家这个很年轻的小寡妇如何做人？很要面子的张裁缝老两口脸面往哪儿搁？很可能小寡妇只有一死。再有，老师的脸面也没处放！

于是，侯天轩软了下来，决定放他一马，叹了口气对祝青山说了一席话，说得合情合理："你喜欢人家张李氏，也要人家喜欢你才行。更主要的是，你想讨人家为妾，也得通过媒人来说，人家二老，尤其是人家这个女子要肯答应才行。"

"是、是、是。"跪在地上的祝青山用手打自己的脸，打得啪啪响，"我是鬼迷心窍。感谢师弟指点迷津！"做出一番悔不当初的样子。

"起来吧！"侯天轩说，"知错改了就好。念你是初犯，我就违心地包庇你一次，下不为例。再犯，那你就不是人。那时，只怕我侯天轩认识你，法规不认识你。你走吧！记住，此事不准走漏任何一点风声。"

祝青山赌咒发誓，对师弟侯天轩千恩万谢而去。

然而，狗改不了吃屎。之后这家伙恶习不改，弄得花桥镇怨声载道，问题反映上去，县令撤了他的职，祝青山存身不得，这就带上同样不务正业的侄儿祝定邦外出打野、跑滩去了。

现在看来，杀回来的祝青山，如杨忠所说，还不简单，很可能加入了赵尔丰麾下王琰组织的侦缉处，是带着任务回来的，今晚先给他侯天轩一个下马威。

就这样，侯天轩在床上翻来覆去，想来想去，一宿没有睡好。天亮之前，他做出了一个决定：近日派义子、他信任的清津袍哥堂口，清津码头上人称"五爷"的杨忠上省垣成都去，尽可能打探打探情况。

袍哥组织分为九等：老大是大爷，如侯天轩，对所有事情拥有最终决定权；二爷是帮会中最耿直的人，虽然二爷看来地位也高，但基本上是个闲位；三爷又称"管事三爷""当家三爷"，由侯天轩的儿子侯刚担任；五爷负责外交和江湖上的联络等方面事务；五爷以下的几个爷，所管的事情就比较杂了。而九个爷中没有"四"和"七"爷，因为在四川话中，"四"和"死"谐音，"七"和"截"谐音，不吉利，因此没有这两个爷。

小城响惊雷

第五章

侯天轩站了出来，登高一呼，言辞有力地说：「刚才那位打金钱板的大哥，还有演讲的大哥，把我们争路、保路的缘由说得再清楚不过了。最气人、最欺负人的是，朝廷不仅要收回路权，还不退我川人的路款，把我们四川人马千吃尽，把我们欺伤心了！大家说，这样的不平事，我们该不该争？」

这天，同盟会四川分部军事部长龙鸣剑果然一早到清津来了。

为了让龙鸣剑对清津有个尽可能全面的了解，侯天轩陪客人先是来到小水南门，健步登上古城墙，极目眺望：这里山环水绕、五河汇聚，"走遍天下路，难过清津渡"，清津是成都南去第一锁钥之称的要镇、要地，让富有战略眼光的军事部长不由连声喝彩，心中暗暗称奇。

秋阳朗照。龙鸣剑眯缝起眼睛，手扶锯齿形的城堞，身子前靠，很有兴致地首先打量着城下那条宽阔的、波平如镜、俨如护城河的南河。河对面，青葱起伏、长烟一空而去的长秋山脉与县城相映相照。视线向左，是隔滔滔三水（两江一河）与县城相守相望、万瓦如鳞的古镇五津。而在五津的下游，则是三水相聚，江天茫茫，呈现出一派吞吐洪荒之势。

"我听闻有民谣谓'走遍天下路，难过清津渡'，不知作何解释呢？"

侯天轩指点着两津之间三条江河中镶嵌着的大小不一的几个青葱岛屿说："别看两津之间咫尺之遥，平时南来北往的商旅行

寸步不让
辛亥保路悲歌

人又多，要走到对面，很麻烦，之间要换三次船，上上下下，停停靠靠，费时费力费钱。难吧？"

"难。"龙鸣剑点头称是。

"到了每年的汛期，就更难了。"侯天轩把两津之间的洪汛期讲得绘声绘色，"其间，江水暴涨，两津之间顿成汪洋，镶嵌其间的几个岛屿，除了那个大岛，其余尽皆淹没。浊浪滔滔中，露出淹没的小岛上被激流冲击得东摆西荡的树枝，如同落水女人沉沉浮浮的头发，很有些惨烈。而那个没有被淹的大岛，顿成孤岛。"

说时用手指着南河对面那溯南河而上，纵横百里的长秋山脉。"你看，如果把这长秋山脉比作一把出鞘利剑，那么，"他指着三江汇聚处那拔地而起的宝资山，"你看这山像不像一只玲珑剔透的翠绿的玉瓶，又像一个风姿绰约的古装巾帼英雄？而山顶上那座红柱绿瓦的八角亭，则是巾帼英雄戴在头上的桂冠。"

"像、像、像。"龙鸣剑连连点头赞叹。

"到了每年的洪汛时节，两津封渡，宝资山顶那座红柱绿瓦的八角亭不仅呈现出别样的景观，而且有相当的实用性。八角亭上悬挂的两串大红灯笼的升降、高低起落，代表着两津之间水势的大小以及是否可以开渡放船。其间，在两津裹脚不前的商贾行人，莫不望眼欲穿地仰望宝资山上八角亭上那两串大红灯笼。其状况，很有些川剧《梁红玉击鼓抗金》中的苍劲。"

"还没有完。"侯天轩指着宝资山之下，与之并排的老君山说，"这老君山虽然海拔不过五百多米，但已经是这好大一片地区最高的山峰了。你看，这老君山像不像一个身着青布长衫、英姿挺拔的年轻道人？山顶上那一圈在白云缭绕、森森古柏簇拥中的老君殿，则是年轻道人戴在头上的道冠。晨钟暮鼓中，出没其间的一群群翩跹的白鹤似仙鹤，平添了一种祥瑞、一种仙风道骨。据说，此老君殿比成都那座青羊宫还早，是老子当年骑牛入关后，最先结庐修道处。"

"最奇的是，"他用手指着排第一的宝资山，"这宝资山如同一个至今未解的谜！"看龙鸣剑露出不解，他说："宝资山下有条玉带般的公路，向左，顺岷江而去，约百里进入川南重镇嘉定（现乐山）所属眉山。眉山在宋代出了'唐宋八大家'中占了三席的苏洵、苏轼、苏辙父子三人，其中，苏东坡最为有名，诗书画三绝，前无古人后无来者。向右，溯南河而上，在即将出清津县时，面雁河，莽莽苍苍的长秋山脉突然有一个跌宕：跌宕处的峡谷叫梨花沟，风景绝佳。每到千树万树梨花开之际，花开似雪，香飘百里。沟里有个观音寺，寺中的明代壁画《飘海观音》，属世间珍奇。观音寺背后，是宋代名相张商英、名士张唐英兄弟故居。

"之后，就进入邛崃，邛崃有严君平故居。严君平是西汉时期著名的学者、哲人，精通《老子》和《易经》八卦。特别是，他为人预卜吉凶祸福如有神助。成都至今有条君平街，就是以他名字命名的。

"这一线名人云集，而且大都出自宋代。这是为何，至今没有人说得清。"

"真个天造地设！"龙鸣剑对清津的山水人文啧啧赞叹。不过，他更关注的是此地非同一般的战略地位。

他说："清津的战略位置极其重要，兄又是保路中坚，这就决定了赵尔丰不久将会倾其全力，在这里与我们决一死战！不知兄注意到这一点没有？准备得如何？"

"耳听不如眼见。"侯天轩说，"正好今天城里有个保路游行，不妨去看看。"

龙鸣剑很高兴地接受了邀请。

他们下了城墙，从小水南门上街。这是一条幽巷。不宽的石板路两边，是一幢幢带有江南水乡意味的房舍，白壁黛瓦，石库门、高台阶。金色的秋阳斜斜地照射进来，被金色照射到的一面，呈现出一派金辉、一派灿烂、一派张扬；没有照射到的一面，则是一种含蓄、一种内敛。

清津不大，就前后两条街，绿化很好，鳞次栉比的屋舍，被古城墙围绕，整体呈棋盘状，显得幽静而富裕。他们来到最热闹的模范街时，一支保路护路的游行队伍迎面而来，他们驻足观看。

走在游行队伍前面的是两个颈后拖着长辫子，身穿短褂排扣服的工人样男人，他们手上举着"清津人民保路游行！"的横幅。后面是长长的队伍，中有穿长衫的士绅、穿短褂的下层劳苦人民，还有市民、商人、青年学生……他们沿途振臂高呼口号："誓死争回筑路权！""严惩贪官污吏盛宣怀！""全县父老乡亲紧急行动起来，罢市！罢课！罢工！罢耕！"同时沿途散发传单。刚才还很清幽的模范街，顿时人头攒动，长街被人群轧断了。游行队伍也就不走了，停下来做宣传鼓动。

一个打金钱板的艺人走了出来。金钱板是四川民间流传甚广，深受群众欢迎的一种曲艺，其道具只有手中的三块竹板。只见他把金钱板"呱嗒、呱嗒"一打，音韵铿锵地唱了起来，唱的是在四川城乡广泛流传的《反对铁路借款合同歌》——

这几天闹喧喧，四川人结为同志团。同志团为哪件？为的亡国事儿在眼前。亡国事是哪件？就是外国人儿勾通了汉奸。汉奸的罪状不忙谈，先把外国借债说根源。英法德美联成一串，把我中国当老憨。定个合同命难扳，绳子捆来索子拴。任你是个铁心汉，看看合同也泪涟。忍着泪儿睁着眼，从头至尾都看完。看完即便摇旗喊，喊醒国人莫酣眠……

　　这人的金钱板打得很好，声音清亮，表情到位，时而激昂慷慨，时而婉转悲怆，用朗朗上口通俗易懂的语言，对清廷同洋人签订的二十五条逐一进行了形象化的批驳。最后，他用这样激励性的语言结尾道——

　　说罢合同泪难干，颗颗泪儿湿衣衫。这合同深沉又狠险，这合同刻薄又尖酸。把中国人好比猪一圈，任他外国人来牵拴……要把我们路权占，要将警察陆军来压弹。他们的政策步步碾，我们都在他势力圈。等到他们的势力都布满，那时节就到了亡国的一天。当他们的奴隶谁都不愿，莫奈何要受熬煎。唱到这里高声喊，大家把办法来详参。一不是仇教要把教堂来打烂，二不是领人把公使馆来掀翻。大家抱定一个主见，废合同才是生死关……

　　人群中有人哭泣，更多的人摩拳擦掌。艺人下场后，出来一个书生模样的人。他身着整洁的青布长衫，脑后拖根黑浸浸的大辫子，站到附近市民送来的一个方凳上，高声呐喊："父老兄弟们，大家已看清楚了，我们川人的争路保路运动已到最后

寸步不让
辛亥保路悲歌

关头！"听得出来，这人不是本地人，肯定是同盟会从成都派来的，说一口成都话。这人条理清晰地向人群报告了朝廷对川人的呼声如何置之不理，叛贼李稷勋如何违法乱纪侵吞修路公款，反而被钦命为宜昌官办铁路总理；特别是，侵吞了川人七百万两银的邮传部大臣盛宣怀毫发未损，越发趾高气扬；川人不仅争路失败，而且，上谕还要川督赵尔丰惩办争路川人的种种最新情况后，场上的气氛达到了高潮。伴随着阵阵恸哭，场上愤怒呼声大起，如阵阵电闪雷鸣——

"这是朝廷不要我们四川人了……欺负我们四川人……把我们往死路上逼……"

"……"

这时，有人看到了人群中的侯天轩。显然，侯大爷在当地有很高的威信和很大的影响力，这人当即提议，请"侯捕头、侯大爷出来讲讲话"。

"对！"很多人响应，"侯大爷是对红心（袍哥语言，意为好样的）！"

侯天轩站了出来，登高一呼，言辞有力地说："刚才那位打金钱板的大哥，还有演讲的大哥，把我们争路、保路的缘由说得再清楚不过了。最气人、最欺负人的是，朝廷不仅要收回路权，还不退我川人的路款，把我们四川人马干吃尽（四川话，意为强迫别人服从自己），把我们欺伤心了！大家说，这样的不平事，我们该不该争？"

"争！"

"当然该争！"

将侯天轩围了个里三层外三层的人们群情激愤，不少人当即振臂高呼"保路护路，誓死力争"，气氛达到极点。看到这里，龙鸣剑不由暗暗佩服侯天轩把工作做到家了。由此及彼，由点到面，他不由想到目前在全省风起云涌的保路护路运动，心中激情油然而生。

这是清津文的一幕。之后，侯天轩带龙鸣剑去城外较场坝看袍哥训练，看清津武的一面。

是管事三爷侯刚在负责训练。

临南河，在过去清军训练的偌大的较场坝上，"嗨！嗨！嗨！"那些脱光上衣的青壮汉子足有百人，在进行短兵相接的擒拿格斗，拳来脚往虎虎生风。之后，他们又手持刀矛进行短打……

龙鸣剑对清津的各项工作很满意，当即主动对侯天轩说，他近日尽可能提调一些现代化枪支过来，让这些袍哥武装骨干进行这方面的武装训练。侯天轩非常高兴，表示感谢。

不知不觉，日已过午。侯天轩请客人到他家吃一顿便饭——清津素以鱼鲜闻名，说是便饭，实际是盛情款待。一顿饭还未吃完，杨忠匆匆赶来，给军事部长送来一份同盟会分部发给他的急电。龙鸣剑看了急电，马上与侯天轩告别，匆匆赶回了成都。

第六章

青羊宫内 迂回曲折打金章

古时成都花市就主要集中在青羊宫一带，到清光绪年间，每年的农历二月十五日，是成都的花朝节，又是老子生日，花市更为热闹。从这天起的一段日子，去的人特别多。有首竹枝词，道出其间盛况：

『到来都是看花人，百花丛里踏香尘。晓风扶起眠烟柳，春草看花处处春。』

成都百花潭附近的青羊宫，是规模宏大、历史悠久、建筑雄伟、保存完好的道观，总占地十二万平方米，其标志性建筑物有灵祖殿、八卦亭、三清殿、斗姥殿等，无不翘角飞檐，古色古香。殿中供奉的道家始祖老子骑青牛青铜塑像，非常醒目，竭尽张扬，形神兼备，呼之欲出；典藏的《道藏辑要》，是目前世界上保存最完整的道家精要。而最为有趣、最为人们所喜闻乐道的是混元殿里的吉祥物——铜铸青羊：羊须、虎爪、牛鼻、龙角、蛇尾、马嘴、兔背、鸡眼、鼠耳、猴颈、狗腹、猪臀，将十二生肖的特征集于一身。据说，此吉祥物最为灵验祥瑞，任何人只要摸到自己最为向往、希望处，就能心想事成、逢凶化吉。因此，每天前来摸它的人们牵群打浪。久而久之，此羊被摸得光可鉴人，有的地方已有毁损。因此，到清末，观中将此奇羊、神羊用铁笼子围了起来，这样一来，人们就只能观望而不可触摸了。

　　古时成都花市主要集中在青羊宫一带，到清光绪年间，每年的农历二月十五日，是成都的花朝节，又是老子生日，花市更为热闹。从这天起的一段日子，去的人特别多。有首竹枝词，道出其间盛况："到来都是看花人，百花丛里踏香尘。晓风扶起眠烟柳，春草看花处处春。"

　　曾两度去日本考察，很有经济头脑的成都劝业道周怀孝，在成都兴建商业场，开风气之先，大获成功，声名大振。他瞅准商机，在青羊宫内增加美食展售、物资交流，来的人就更多。周怀孝再增加武术内容，设擂台比武。如此一来，青羊宫更是热闹非常。

　　这天，奉义父、大码头大爷侯天轩之命，到成都打探消息的五爷杨忠，按捺不住对热热闹闹青羊宫的向往、好奇，赶青羊宫去了。因为职业的习惯，出门时不无警觉地戴上了墨镜。

　　他本是清津三渡水乡下的一个孤儿，小时连大名都没有，只有小名"狗儿"。他父亲原本是当地一个袍哥小头头，当然是侯天轩的下属，也深得侯大爷赏识，不幸早早去世，而母亲丢下小小的他，跟一个唱戏的走了。看狗儿可怜，侯大爷征得妻子李碧同意，收留、抱养了他；虽然他们已经有了侯刚、侯刃两个儿子，但侯天轩夫妇将狗儿视同己出。到了上学年纪，送他进新式小学读书。正式上学读书了，狗儿这个名字当然不能用，得取个正式的名字。有言穷人的孩子早当家，狗儿懂事很早，一踩九头翘。他给自己取名侯忠，意思是很明显的，要忠于义父，要报恩。义父笑笑说："名字我不动你的，但你本姓杨，就叫杨忠吧！"

　　也许是天性禀赋决定，杨忠不喜欢读书，小学毕业就不想读了。义父问他想干什么，他说："清津码头缺人，我就给义父做个跑腿的吧！"义父是个很开明的人，答应了他，但是约法三章：一、按照袍哥的入会要求，三人举荐，在当年的单刀会（阴历五月十三日，据说这天是关羽的生日）举办了他的入会仪式。

他在会上就像宣誓似的举手保证，遵守会规；不背叛会众，不抢劫，不奸淫等；一旦触犯，甘愿接受"三刀六洞"直至"点天灯"这样非常惨烈的刑罚。二、他在人前不叫侯天轩义父、干爹，而是叫大爷。三、公事公办。既然入了袍哥，那就一切照袍哥规矩办。办得好，有奖，有升；办不好，该如何处置就如何处置。这些，他都做到了，而且做得很好。杨忠就是这样一路过来的。年岁渐长，他越发能干，会办事，见风使舵，会察言观色，是清津码头上出了名的能干人。年前，他顺理成章地被义父拔擢成了清津码头的五爷，其整体职权、威风在清津码头位列第三，即在侯天轩、侯刚父子之后。

他衔命上省打探消息，住在少城酒楼，看样子要住一段时间。这天他动身很早，一路上，秋阳正在升起，金色的阳光朝四面铺展开去，到处都是亮堂堂的。少城，这座只住满人的城中城，展示着她的幽静、温柔、富贵，到处花香鸟语、流水潺潺，别有洞天。在全国，这样满人集中的城市，除成都，尚有北京、广州、西安、南京、杭州、福州、荆州、伊犁等，共九个城市。而这样的城中城，全国只成都有。少城有个专有的成都将军，专事居住在少城中的数万满人，却又很特别，堂堂四川总督大人举凡要紧之事要办，都要成都将军联名才行，否则不算数、不批准。现在的成都将军叫玉昆，真资格的满人，满洲镶红旗人，字石轩，曾任凉州副都统，同情川人保路。

杨忠走到祠堂街一段，少城的感觉更明显了。大街宽阔整洁，两边浓荫匝地。大街两边派生出多条蜈蚣脚似的幽巷，北京人叫胡同的。比如宽、窄巷子这些典型的幽静的长巷里，两边对立的幢幢青砖黑瓦的公馆排列有序，相偎相依；高墙深院里，亭台楼阁掩映于茂林修竹中；门外两边蹲着一对石狮子，这些石狮子的用料都是省内天全、芦山采就的汉白玉石，石质既好，雕刻又精，无不栩栩如生，平添威仪。家家古色古香，呈现出绝非一般人家可比的富庶。墙壁上，嵌有长方形的红砂石，设置有拴马桩。门前栽花养树，院内绿荫匝地，实实是洞天福地。少城里居住的数万满人，是人上人；少城当然是城中城、城上城。杨忠对居住在少城中的满人艳羡不已。

一出城，进入百花潭附近那座古色古香、巍峨壮丽、翘角飞檐、红墙环绕的青羊宫，顿感眼前一亮、精神一振。只见游客众多，善男信女摩肩接踵。一进青羊宫，首先是两边琳琅满目、五花八门的小吃。在这些摊点前，杂声盈耳：打锅盔的梆梆声、甩三大炮的咚咚声、小贩的吆喝声，声声在耳，就像把青羊宫架起来似的。之后是花市……而他对这些无暇顾及，只对打擂台感兴趣，直奔擂台，不意擂台前已是人山人海。他挤了进去。他是有功夫的人，像一条游鱼，在人海中，身姿敏捷地、巧妙地、不声不响地挤到前面，站在擂台前。

擂台赛已经摆了三天。这是最后一天，若再无人胜擂主栾炭花，栾炭花就要鸣金收兵了。这样，他的胸前就会佩上一枚纯金金牌，披红挂彩，打马游街，锣鼓喧天，风头出尽，名利双收了。

这最后一天，前来向擂主栾炭花挑战的三名壮士，都是武林高手。今天有得打，有得好看。

场上人多拥挤，有警察上来维持了一下秩序，秩序好些了。这当儿，只见一位银须飘髯、身着灰布长袍的老者轻步跃上台去。杨忠轻声问站在旁边的人："这台上老者是谁？"

"裁判刘博渊，评论最是精当好听。"被问者头也不回，不无赞叹地告诉他。刘裁判在台上一站，对台下众人拱一拱手，朗声道："今天是打金章的最后一天。今天前来向栾壮士挑战的有三位。他们是郫县流星锤——张飞龙、彭县燕钻天——晏振武、成都铁人——马宝。"

最让杨忠感兴趣的是耳熟能详的马宝。马宝很有名，是个回民，常在成都皇城坝卖艺——这成都皇城和皇城坝需要做个解释。说来话长。明初，明太祖朱元璋因特别宠爱他的十一子朱椿，而按例朱椿不能当太子继位。为了弥补这个遗憾，明太祖在将他众多的儿子分封到全国各地当藩王时，特别将朱椿分封到天府之国四川省的省垣成都当蜀王，而且先行派景川侯曹震等到成都，以南京故宫为蓝本，缩小规模建造蜀王府。破费了海量的钱财人力后，蜀王府被建造得恢宏壮丽——这是明朝的一个特例。

张献忠于明崇祯十七年（1644）占四川，在成都称帝，国号大西，蜀王府成了他的皇宫。不到三年，张献忠兵败，退出成都之时，恼羞成怒的他，一把火将唐宋时期就是全国五大繁华都市之一、有"扬一益二"之称的成都烧成了灰烬。当然，蜀王府烧得灰飞烟灭，只剩下门前一对烧不死、烧不掉的石狮子。后来经长达一个多世纪的广义上的"湖广填四川"，四川省的省会成都再度兴盛繁荣，被张献忠烧毁的蜀王宫依葫芦画瓢重新建成。

这时的蜀王宫被成都人广泛地称为"皇城"，皇城下偌大的广场被称为"皇城坝"，又叫"扯谎坝"——成都人生性幽默，因为这广场上，每天卖打药的、招人看西洋镜的，林林总总，无所不包，扯谎的自然不少。

家住皇城坝棚户区的回民马宝常在此卖艺。他武艺高强，气功特别好：一支足有胳膊粗的大红蜡烛点燃，通红的火焰燃得旺旺的，马宝一拳挥去，离拳尺余，火焰熄灭。马宝孔武有力，身高一米八几，脱去衣服，显得脸瘦、眼亮、肩宽、腰细，身材结实匀称。一般而言，胸膛是人体最薄弱，也是最娇气的地方，而马宝可以让两个人抬起一根马桩猛力朝他的胸膛撞去，若无其事，动都不动一下——这是他了不起的软功、气功。硬功也了不起。他运起气时，身上的疙瘩肉顿时结成"胎"，外人用手一摸，他身上无骨处好像罩了层铁幕，有骨的地方反而摸不出骨头，这是金罩功。他嗨的一声一拳砸去，一叠整整齐齐的青砖，顿时齐斩斩断成两截……他十八般武艺都好，人品也好，常常博得满堂彩。

刘裁判刚刚退下台去，台前忽地起哄，杨忠注意到，台前有一些歪戴帽子斜穿衣的歪人（四川话，恶人），显然这些人是栾炭花的哥们儿，一看就是些浑水袍哥，一口烂袍哥语言。打擂还未开始，这些歪人就在台下吹口哨、跺脚，给要上台来的栾炭花鼓劲。他们直起嗓门喊："栾炭花，好好打，上来一个丢翻一个，哥子们给你扎起！"

杨忠皱了皱眉，问身边一位忠厚老者："这些是啥人？"老者头都不回，气愤而悄声地告诉他："栾炭花一伙的烂龙、滚龙。这三天打擂赛，我天天来看，不是没有打不赢栾炭花的高手，而是人家不敢赢，怕赢了走不了路，麻烦。不过，今天这三个挑战者都相当了得，尤其铁人马宝，他是个出了名的犟拐拐，刚直不阿，今天怕是有好戏看了！"

得知四名赛手在后台用餐，很好奇的杨忠特意拐到后面看。

只见两位白案师傅抬着一个大蒸笼走来，放下。蒸笼里蒸的是壮士包子，每个包子足有西瓜大，有甜有咸，随便吃。还有鸡丝汤。

千呼万唤中，四个壮士吃好了壮士包子，就要开打了，杨忠又拐了回来。

刘博渊又走上台来，亮开嗓门，很专业地条声吆吆唱道："时辰已到，请栾壮士上台摆擂！"话音刚落，从后台呼地跳出一位大汉，稳笃笃站在台上。他三十来岁，满脸横肉，脱光了衣服，熊腰虎背，露出一身疙瘩肉，皮肤黝黑，就像铁打的似的，又像一块黑炭，称为"炭花"，名副其实。他身高近一米八，体重足有二百斤，一看就不是善类。

栾炭花上前一步，得意地朝大家拱一拱手，哑声道："请大家捧场！"好家伙，声震瓦屋。他腰束一条宽宽的黑绸带，胸脯上有黑黝黝的胸毛。一看就知道，栾炭花有相当的功夫。在四川，武术又称国术，群众习武之风很盛，整体水平不亚于燕赵齐鲁。在四川，武术按流派分为少林、武当、峨眉、青城四大家；若按门道分，则有僧、岳、赵、杜、洪、会、字、化等八门。

栾炭花自报家门："兄弟打的是僧门……"僧门以擒拿短打见长。莽家伙报完姓名、流派后，他的第一个挑战者、彭县燕钻天——晏振武跳上台来。他在栾炭花对面一站，对比强烈，越发显出燕钻天瘦小，栾炭花高大。

燕钻天朝台下众人拱一拱手，扯起洪亮的嗓门喊道："我燕钻天打的是岳门，请父老兄弟多多捧场！"所谓岳门，这套拳法是由抗金英雄岳飞的老师周同首创，以后由岳飞在实战中经过改良，发扬光大，更臻完美。特点是低桩小架，讲究贴身短打。

刘博渊上前细细检查了两人的指甲是否修剪，身上是否藏有暗器，脚上穿的是否是规定的软底鞋等，验核无误后，让二人抽签。燕钻天抽了一根上签，也不过就是优先选了根红腰带系在腰上而已，栾炭花系蓝腰带。

刘裁判让两人退后一步，宣布比赛规则："不准攻击对方裆部，不准插眼锁喉。三打两胜……"宣布完毕，刘裁判往后一退，说声："较！"

两名对手虽然相互虎视眈眈，但还是按部就班，先上前握手，再退后一步，相互拱手致意。副裁判在后台摇响了铃铛，二人开始交手。

栾炭花睁圆一双怪眼，罩着燕钻天，欺他个子瘦小，运起步法，贴上前去就是一拳，疾如闪电。燕钻天名不虚传，身轻如燕，闪身躲过杀着；突地跃起，在空中扯个倒提，脚比手还灵活，双腿一夹，啪、啪两声，栾炭花脸上挨了两下。

太精彩了！场上顿时哄堂大笑，刘裁判适时来在台前评判："这叫春风拂面。"

栾炭花当众丢了面子，脸气成了猪肝色，他眼中喷火，步步紧逼，口中"嗨、嗨"有声，对燕钻天连出恶拳。双方你来我往，让人眼花缭乱。十多个回合后，栾炭花见燕钻天被他逼到死角，用尽力气，狠出一拳；燕钻天见对手凶相毕露，露出破绽，身灵手快的他闪过身去，紧接着打出一记漂亮的疾如闪电的"凤眼锤"！

"炭花，注意倒！"台下那些泼皮，见栾炭花要吃亏，惊呼呐喊，"看倒起，来了！"栾炭花一下醒悟过来，伸出巨手，顺势拿住燕钻天的手，陡地将他举至空中，狞笑着转了两圈，往台下狠劲一扔一摔。

"嗨呀！"在人们的惊呼声中，只见燕钻天在空中扯了个倒提，稳稳当当落在擂台边上。顿时，场上喝彩声四起，让铁塔似的栾炭花一下傻了眼。都以为燕钻天还要与栾炭花再较下去，不意他却把系在腰上的大红腰带一解，不满地看了看站在台下的那帮歪人，说："不较了，不较了，我怕赢了走不脱！"然后，扔下腰带，跳下擂台，愤然而去。

接着上场的是郫县流星锤——张飞龙。他不高不矮的个子笃实，浓眉下的眼睛炯炯有神，他报的是赵门。此路拳法相传为宋太祖赵匡胤所创，风格与少林拳类似，动作刚强舒展。

一开始，流星锤的动作好像有些变形，细看却是避实就虚，他采取"引蛇出洞"法，并不主动出击，只引对手来攻。二十来个回合后，栾炭花焦躁起来，阵阵猛攻中不时露出破绽，流星锤明明可以抓住栾炭花漏洞乘势攻击，他却滑稽得很，腾挪跳跃间，把个五大三粗、累得气喘吁吁的栾炭花浑身上下摸了个遍，台下众人大笑。

起初，刘博渊还能报出点子，什么"风抚荷花""黑虎掏心""顺水推舟"……慢慢就跟不上趟了，最后简直就是莫名其妙。四川人生性幽默，看出了名堂，有人喊："栾炭花，你咋个搞起在哟？底下那家伙都拿给人家摸热了？！"场上更是哄堂大笑，台下泼皮中的主脑地痞舵爷熊三稳不起了，看不下去了，将穿在身上的黑色云衫袖口两挽，就要使什么坏时，流星锤却突然停了下来，用拳头朝自己的鼻子猛地一碰，鼻子流血了。赛场规定"见红为输"，在人们的惊愕中，流星锤张飞龙双手抱拳向台下一揖，什么话都没有说，跳下擂台扬长而去。

又是扬长而去、愤然而去！

在观众的嘘声中，自以为必得的栾炭花不以为耻反以为荣，摆出架势，得意扬扬，螃蟹似的在台上摆来扭去。在人们的期盼中，最后一个挑战者铁人马宝上台来了。他面朝台下拱拱手，朗声报道："在下打的是化门拳，师承赵麻布……"

赵麻布是清朝嘉庆年间的大侠马朝柱，志在反清复明，曾邀约师兄弟数人谋刺嘉庆皇帝未果，亡命四川，隐姓埋名，以卖麻布为生，教出了许多高徒，如原清军著名武官周玉珊就是他的嫡传弟子。赵麻布在民间很有些解气的传闻逸事。比如，有次他在新都一个颇有些恶名的绅粮（地主）门外高声叫卖麻布，惹那绅粮心烦，命人撵他走，赵麻布不走，而且叫卖声更高。绅粮是当地恶霸，武艺很高，这就打了上来，赵麻布仅回一拳，不仅当场将那恶霸打翻在地，而且打断了他一根肋骨，狠狠教训了那恶霸。恶霸知道自己惹到了赵麻布，自认倒霉，从此收敛了许多。

赵麻布有两个得意门生，都有一个很乡土化的绰号，一个叫"泥鳅"，一个叫"黄鳝"。

有次师徒三人去教训一个在华阳县观音阁一带鱼肉乡里的恶霸。得知赵麻布师徒三人来了，那恶霸让他们进来。师徒三人一进门，只见甬道两边都站的是赳赳武士、镖师，持枪亮戟，对他们怒目而视，杀气腾腾。恶霸给他们来了个下马威。师徒三人不惊不诧，稳步走过恶阵，上到厅堂。坐在太师椅上的恶霸，见他们来了，将粗眉一拧，叫下人给"稀客"上茶，却没有摆茶的桌子，故意把他们晾起。赵麻布知其用意，给黄鳝示了个意，黄鳝去到院中，将一扇无比沉重的青石桌面提进来接茶。恶霸兀自正惊疑间，泥鳅突然跳起空中，双脚扡个倒提。咚、咚两声，泥鳅在厅堂中梁上蹾出两个脚印，然后双脚落地，若无其事。这当儿，黄鳝将端在双手的那扇沉重无比的青石桌面摆在地上，将下人送来的三碗茶摆了上去。这个挑战和威慑，太明显了！

"休得无礼！"不意师父赵麻布佯装怒意，吼了徒弟们一声。他一声气冲丹田，竟然将窗棂震得簌簌抖动，屋梁上有灰尘随之飘下，唬得那恶霸魂飞魄散，当场吓炰告饶。赵麻布哈哈大笑，带着两名高徒扬长而去，那恶霸从此再不敢胡作非为……

赵麻布入川时间比杨忠义父的老师李鑫早些。李鑫的功夫不比赵麻布差，只是任务在身，目的是"造化育人""发展组织"，重任重肩，没有在这方面显露而已。

台上，铁人马宝已经同栾炭花交上了手。尽管台下熊三爷带着那帮泼皮、浑水袍哥给炭花一个劲扎起，但马宝丝毫不受影响，志在必得，精神抖擞。马宝亮起他"一狠二毒"的硬功夫，一拳击中栾炭花的左肩，力大无比。"哎哟！"栾炭花负痛惊叫一声，连连后退，败下阵来，输了第一局。

栾炭花非等闲之辈。第二局他一开始就向马宝频频发起攻击，他自恃身高体壮力大，拳头握起碗钵大，怪眼圆睁，两个拳头使得风车车一般，指着马宝的要害处猛攻猛打。

马宝改变战术，以柔克刚，绵里藏针。他用太极拳先将栾炭花的猛攻一一化解，继以三角消摆过渡，并不反击。栾炭花以为铁人马宝功夫不过如此，恨眼圆睁，出手越来越快、越来越狠，步步紧逼，恨不得将马宝吃了。殊不知急火攻心的他露出了破绽。马宝瞅准时机，左引右打，迎头而上，连发三拳，拳拳命中栾炭花要害，打得栾炭花趔趔趄趄，不断后退；仗着身高力大，恍兮惚兮中，栾炭花伸手搂住马宝往下一摔，幸好马宝身手敏捷，赶紧揽着一根柱子才未跌下台去。第二局，栾炭花险胜。

稍事休息，第三局开始。

这一局栾炭花拼命了。他使出看家本领，专用腿攻。他的腿攻着实了得！他能站在一块凸起的砖上连打 50 个旋风腿，而且出腿力重千钧，向有铁腿之称。马宝采用"砸根""砸梢"法都无法根本化解，眼看被栾炭花逼到了死角，马宝心一横，挺身而上，运用绝活"金罩功"以硬对硬。栾炭花狠劲一腿向马宝扫去时，铁人略为沉身，硬接一腿。只听梆、梆两声，裁判刘博渊在旁实时评说："这叫膝上栽花""轮身边脚"……台下一片喝彩。而就在这时，说时迟那时快，马宝快步贴上，迅如闪电，肩撞肘击，连挤带打，不等栾炭花反应过来，已被马宝打翻，腾身飞出擂台，站在了台下一丈开外，将台前贵宾席上的茶碗都打翻、打烂了好些，栾炭花系在腰上的绸带也不翼而飞，狼狈极了。

刘博渊当即宣布马宝挑战成功，获得金章。见多识广的刘博渊激动地称马宝为"十余年来未见之高手"，场上顿时掌声雷动。杨忠看得眼花缭乱、兴奋异常，兴之所至地揭了墨镜。不意这时他背上被人猛拍一掌，那人轻声道："了得，你在这里？！"

杨忠大吃一惊！转过身来，定睛一看，这不是跟着叔叔祝青山在老家存身不得，不得不外出跑滩多年的祝定邦是谁？这个青水脸、水蛇腰，用一双阴鸷的眼睛看着自己的家伙，如同他叔叔一样，也是一身阴气、蛇气。这家伙显然也怕被人认出来，也是刚刚揭下墨镜。

一时，杨忠有点发愣，不明白这条"蛇"怎么会在这里，而且穿得舒舒气气、人模狗样的！他心想："这家伙盯住我干什么？

"出来，借一步说话！"不意这家伙就像拿稳了他似的，率先走了出去，朝青羊宫后面走。"是福不是祸，是祸跑不脱。"杨忠就像是祝定邦手中的牵线木偶，跟着他走去。

两人前后相跟。走在前面的祝定邦，幽魂似的，左看右看、蹑手蹑脚来到青羊宫后面那片人迹罕至、原始森林般的地方时，看前后左右无人，阴悄悄地站在那株剑一般直指云天、虬枝盘杂的百年楠木树下，等走在他后面，离皮离骨犹犹豫豫的杨忠。

"呱、呱！"大树上那浓墨似的铺开的树顶上，突然惊飞起来两只乌鸦，让本来光线暗淡的林间，似乎一下子更阴暗了。

杨忠保持足够的警惕，站在离祝定邦足有五步的距离外。有点稳不起的他，嗨开了袍哥语言："祝哥子，你我兄弟白水不沾锅巴，从无瓜葛。说吧，你哥子把我找来有啥事？就来个月亮坝头要关刀——明砍！"

"兄弟爽直！"祝定邦给他比了比大拇指，又招了招手，笑道，"走近点嘛，近点好说话。你那么大个人，未必我还会把你吃了不成？"杨忠又走近了些，仍然保持着足够的警惕。

"兄弟现在是清津袍哥大爷侯天轩的对红心！"祝定邦也就单刀直入明砍了，"你是侯天轩派到省上来打探消息的对吧？"看杨忠不吭声，他说："明人面前不说暗话。不瞒你说，你昨天一到成都，我就受命跟踪你了！"

"受命跟踪我？你是什么人？你要做啥子？"杨忠大吃一惊，"你哥子把话说清楚点，我咋听不明白？"

祝定邦阴笑了一下："你肯定不晓得，赵尔丰赵大帅现在专门成立了一个侦缉处。侦缉处就是专门侦缉你们这样与大帅为敌、与朝廷为敌的人。你们的一举一动都在我们的掌握中。"

寸步不让
辛亥保路悲歌

"你们掌握了我们些什么？"

"掌握得多。比如前天同盟会的龙鸣剑就去了清津。"

"然后呢？"

"然后就不说了吧！"

"这样！"祝定邦观察着杨忠有些胆怯的反应，进一步道，"你如果怀疑我在打诳语，我把我的侦缉处的派司给你看，你就相信了。"

"派司"是个新词，相当洋盘，意即工作证。这，消息灵通的清津码头五排杨忠是知道的。如此看来，那晚上祝青山到清津甩侯天轩的飞镖，他当即就意料到，祝青山肯定有后台，现在看来就是。这对在家乡作恶多端，存身不得，外出跑滩多年回来了的祝家叔侄已今非昔比，摇身一变，成了官家人，有了靠山。他好生羡慕，把祝定邦看了好一阵。

很会察言观色的省侦缉处探员祝定邦，看出了杨忠的恍惚和对他的羡慕，这就不失时机地从衣服荷包里摸出一个对折的长方形的黑牛皮小包递给杨忠："兄弟，你看嘛，这就是官府发给我的派司，见识见识吧！"

杨忠情不自禁接过来，左看右看，是一个小小的黑牛皮的工作证。皮质很好，油光锃亮，上面是烫了金的几个篆体字：四川通省巡警道侦缉处。翻开，第一页就粘有祝定邦的一张小照片，人模狗样的，还编了号。盖了四川通省巡警道侦缉处的大红印章，完了还盖有一个王琰的私章，也是篆体字。他知道王琰。这个人很阴，很有心计，是前川督赵尔巽的心腹。赵尔巽走时，为了三弟赵尔丰能尽快熟悉川中情况，开展工作，特意留下的。赵尔丰也很赏识王琰，命他为省督署总会办，相当于秘书长；没有想到王琰还兼了秘密的、新近成立的侦缉处处长。

他信了。没有想到这个过去的烂滚龙、跑滩匠，这会儿咸鱼翻身，一下子成了吃香喝辣、呼风唤雨的公家人！当他把派司还给祝定邦时，用双手递上，态度明显地恭敬，与刚才的离山离水判若两人。

祝定邦当然注意到了杨忠态度的前后变化，当他从杨忠手中接过派司时，不无得意地问："哥子，这下，你相信我了吧？"

"相信，当然相信。"

"你哥子有啥想法？"

杨忠哈哈干笑了两声，连说"巴适！巴适！"

"我这样的笨人、木脑壳都拿给哥子说巴适，如果你老弟愿意进来，你这样一个人才，不知比我要巴适到哪里去了，巴适得板！"祝定邦看菜下饭，这就对杨忠进行公开的试探引诱了。

杨忠说："我咋进得来？"

"容易得很。"

"怎么个容易法？"

"你我兄弟不是外人，那我就明说了？"

"明说！"

"清津位置十分重要，是大帅必然要拿在手中才放得下心的要地，而清津大码头袍哥大爷侯天轩，又是川西片区几个县的龙头大爷，是保路护路的元凶，他是官府必然要拿下的要犯。而你杨忠，是侯天轩的帮凶、身边要人。昨天你一到成都，侦缉处本来马上就要拿办你，把你投进大牢。"祝定邦说得煞有其事，"是我和我叔在王大人面前竭力替你说情，说你哥子年轻，是个聪明人，从小就打得滑，又是读过书的，不会不懂'良禽择木而栖，

寸步不让
辛亥保路悲歌

贤臣择主而事’，让我们先同你谈一谈，先礼而后兵。我们这样一说，王处长就软了一下，答应了。你懂我的意思了吧？”

杨忠低下头默了默，抬起头看定祝定邦挑明："你哥子的意思是，要我背叛侯大爷，投降你们？"说时表现出义愤："这个不行，办不到！你们把我杨忠看成了啥子人？"

"哥子没有理解我的意思。"祝定邦很阴地笑了笑，"王处长最后给我交代，不要你背叛，而是要让你老弟输赢都吃糖，来个菜刀打豆腐——两面光，做一本万利的生意。"

"天下哪有这样的好事？说来听听。"

"这样吧，我人微言轻，也说不清楚，说出来你也不信。明天上午请你到郫县望丛祠来，那地方离成都也不远，那是个谈话的好地方。我让我的上司，关火的王队长出来，撑头同你详谈如何？这样，你也放得下心。有言狡兔三窟，现如今，兄弟是不是该给自己多留一条路？"

打得很滑的杨忠低头考虑了一会儿，点了点头，哑声道："好吧。"

他们约好了明天见面的时间和具体地点，就各走各的了。

墙头草，哪边风大哪边倒

第七章

那个时候，成都平原任何一座县城乃至一个乡镇，四周都有竹林环绕。在这个有轻雾的早晨，隐身于这片竹林中凝想的杨忠表面平静，实则内心波翻浪涌。有言穷人的孩子早当家。他虽然年轻，却因为出身，更因为禀性，要比一般同年纪的人成熟得多；他很功利，很会盘算。他信奉的是「人不为己，天诛地灭」；他的一切出发点和落足点都是为己！

望丛祠是一座为祭祀二帝——古蜀国的望帝和继后的丛帝——修建的陵冢。它位于郫县郊区，离县城约两公里，离省垣成都约二十三公里；占地约八十八亩，相当宏伟。

　　但是这里，除了节假日祭祀日，平时门可罗雀。

　　第二天天刚亮，天色有点阴沉。一层似有若无的乳白色晨雾，轻纱般在平原上丝丝缕缕地飘散开去。望丛祠占地广，红墙黄瓦，有崇楼丽阁、森森古柏，古柏林中一群群白鹤翩跹而去……望丛祠就像玉皇大帝的仙宫似的，缥缈而现实，遥远而切近。

　　望丛祠故事很多，有望帝杜宇首先教民务农，在蜀地首创按农事季节耕种，被后代奉为农神说。而在他之后的丛帝开明则凿玉垒山，开宝瓶口，对岷江的治理利用，在秦蜀郡太守李冰之前。

　　二帝遗爱在民，受历代蜀人尊祀。

　　传说，杜宇死后还不休息，他的魂灵化作杜鹃鸟，每到布谷下种季节，从早到晚飞来飞去，高叫"布谷！布谷！"提醒他的子民不误农时，直叫得口角流血，因之，郫县又叫鹃城。早在两

寸步不让
辛亥保路悲歌

千七百多年前，望帝杜宇就在郫县建立了第一个有文字记载的国家——古蜀国。

李白名诗曰："蚕丛及鱼凫，开国何茫然！尔来四万八千岁，不与秦塞通人烟。"说的就是这段时期，两千多年间，先后经历了蚕丛、柏灌、鱼凫、望帝、开明五个重要王朝。唐代著名诗人李商隐诗句"庄生晓梦迷蝴蝶，望帝春心托杜鹃"高度地赞美、诗化了望帝杜宇。

整体上坐西向东的望丛祠，建筑风格不同于一般祠庙，为了体现一祠祭二主，祠门不是单开单向，而是南北二门对开。

心事重重的杨忠早来了。不过，这时他隐身在县城旁边的一片竹林里，一边打量着他马上就要去赴会的望丛祠，一边心跳如鼓地想着心事，思忖着、权衡着等一会儿可能出现的情况。

那个时候，成都平原任何一座县城乃至一个乡镇，四周都有竹林环绕。在这个有轻雾的早晨，隐身于这片竹林中凝想的杨忠表面平静，实则内心波翻浪涌。有言穷人的孩子早当家。他虽然年轻，却因为出身，更因为禀性，要比一般同年纪的人成熟得多；他很功利，很会盘算。他信奉的是"人不为己，天诛地灭"；他的一切出发点和落足点都是为己！

为了今天这个不同一般的晤面，他昨天下午就提前来了郫县，住在鹃城酒店。昨天晚上，他琢磨了一夜。他之所以答应来，最关键的一点是，昨天祝定邦代表上峰给他交的底："无论如何不能让你老弟作难。要让你老弟菜刀打豆腐——两面光生，输赢都吃糖。"

这当然好，求之不得！他抱定的宗旨是：一会儿见了侦缉处的要人王队长，看他怎么说，无论他们如何说上天，说得花儿朵朵开都不管，反正是见水脱鞋、看菜下饭。如果与他们许诺的"菜刀打豆腐——两面光生，输赢都吃糖"稍有走展，就不行。

估计时间差不多了，穿一件青皮长衫、戴一副墨镜的他，从上衣口袋里掏出有一根细细金黄拉链连着的进口怀表看了看——长短针快在"10"那里交会，这是他们约定的时间。他这才从隐身的林盘里出来，镇定了一下情绪，沿着那条离望丛祠约有五百米，也还开阔平整的乡间公路而去。

进大门，对面是一面有些沧桑的照壁，照壁之后有南北两个相对的月亮院门，分别通往两个园区——南为子规园，北为涟漪园。他按照事前祝定邦说的，去了北园，即涟漪园。过了听鹃楼，南北贯通的一大片水域——波光潋滟的鳖灵湖闪现眼前。

环境很清幽。鳖灵湖四周树木繁多，花香鸟语，却又看不见这些唧啾的雀鸟在哪里，给人一种"鸟鸣湖更幽"的感觉。湖边就是悦来茶园了。茶园、茶铺是四川人的最爱。在成都，从早到晚，大街小巷里数不清的茶铺、茶园，都是座无虚席。而这很不错的悦来茶园，除了节假日，寂寂无人。他刚进茶园，那边有人站起向他招手，他注意到，他们早到了——祝定邦和一个中年人，想必那是王队长，已经坐在那里等他了。

杨忠走过去，祝定邦指着很客气地站起来的那个中年人——王队长，给他们分别做了介绍。王队长人高瘦，一双眼睛在他的那张寡骨脸上大得有点不成比例，那双眼睛鼓睖睖的，有力、阴沉。

他们互相抱拳作了揖。又高又瘦的王队长快速地将他做了从上到下，又从下到上的扫视后，看着祝定邦笑道："没有想到鼎鼎有名的杨忠、杨老弟一表人才！"

"久仰，久仰，王队长！"祝定邦给他说过，王队长大名叫王璧成。他是知道这个人的。

"请坐！"王队长说时，指了指对面的座位。他坐了下来，发现，盖碗茶已经给他泡好了。

四川乡间的茶园、茶馆的标配是：一张四条腿的茶桌，茶桌四边配四张青篾编就的有扶手的竹椅，很舒服。

他刚坐下，知冷知热的王队长说："茶凉了。"说时招招手，要小二换茶。杨忠注意到，王队长说一口带北方口音的本地话，显然王队长不是本地人。赵尔巽、赵尔丰都是东北人，他们带了许多东北人过来，这王队长应该就是。

小二右手提把沉甸甸的装满鲜开水被烟熏火燎得像个黑鸡婆一般的黄铜大茶壶，左手抱着一摞泡茶的三件头颤颤而来。

"把这杯茶倒了，换茶。泡好茶，你这里有什么好茶？"王队长很大气地问小二。

"客官！"小二看来很会做生意，他点头哈腰地说，"别看我们这里平时来的人不多，但好茶有的是。最好的茶是蒙山顶上的雨露茶，这是极品，很少，属于贡品。"

"不用那么好的茶。"受宠若惊的杨忠赶紧站起来，对小二摇了摇手，"就泡王队长喝的茶就好得不得了了。"

小二看了看王队长。王队长那张寡骨脸上带着笑："那也行，恭敬不如从命。"

"那就统一的'茉莉香片'了，这也是我们这里的好茶。"小二说。

王队长点头时，杨忠说："听名字就是好茶，雅。"说时很好奇地问："多少钱一碗？"

"不贵，也就一百文。"

杨忠暗暗算了一下，当时最大的钱是银圆，一个银圆相当于铜圆一千文，可买白米八十八斤。这一百文一碗的茶也是相当贵了。心中不由暗想，官家的人就是有钱。

小二耍杂技似的，咚的一声，将一只铜质茶船往桌上一甩，这有点厚重的铜质茶船，不偏不倚地定在杨忠面前；然后，一阵叮叮当当声间，一只白底蓝花、金线走边的江西景德镇精制茶碗稳笃笃骑在铜质茶船上。似乎为了表现货真价实，小二拿起一个长条形的精致纸包，还没有打开就闻到了一股沁人的异香。小二将纸包拆开，将一撮茶叶倒在茶碗中，还没有看清这是一撮什么茶叶，小二提在右手上的那把大茶壶随着手臂的徐徐提起间，一股清花亮色的鲜开水噗的一声从大茶壶那细细长长的壶嘴里喷射而出，像股银线端端注入茶碗中。卧在碗底的那撮茶叶被鲜开水冲击得打起转来，随即，若干根绿色茶叶发了开来，根根竖立，就像西洋女人在跳芭蕾舞似的；随之，在这旋转的碧潭中的顶上簇开一层雪白茉莉花，喷香。

在四川，斟酒泡茶都是有讲究的。小二并不将开水掺满，只到七分——这就是"茶七酒八"。空气中氤氲起浓郁的茉莉花香混合着高等素茶清香之时，小二用左手的小拇指轻轻一扣，吧嗒一声，只见茶盖扣在了茶碗上——真资格的高标准的四川盖碗茶就泡好了。

王队长用左手端起茶船，右手揭开茶盖，轻推茶汤，示意客人请茶。杨忠赶紧站起来，弓起身子，端起茶船，举了举，向王队长示意请茶。他们在做这些过场的时候，根本没有顾及在一边的祝定邦。

过场走完了。王队长故作轻松地问杨忠的年龄，说是后生可畏。说时，斜坐起来，对杨忠说："以后，我就叫你杨老弟吧，叫老弟亲热。"

"当然，当然，最好，最好。王队长叫我老弟，我求之不得。我能有王队长这样的哥子，实在是三生有幸。"

"那好。"王队长说，"昨天有些话，在青羊宫里，祝（定邦）探员已经给杨老弟说过了，对吧？"

"祝探员说的话多了，"杨忠强调，"不知王队长指他说过的哪些话？"

王队长当然知道他的意思，特别看定杨忠说："我们是第一次见面，杨老弟不会对我的身份有怀疑吧？我叫王璧成，是省侦缉处一队的队长，想来祝探员给你说过，要不要看看我的派司？"

"那不用，不用！"杨忠赶紧把他的手摇几摇，"王队长的大名早就如雷贯耳，哪有不相信王队长的？"

"那就好。"王队长看定杨忠，开门见山地说，"我知道，杨老弟是要我代表省侦缉处承诺，让你以后同我们合作时要'输赢都吃糖'，对吧？这句是最关键的。还要把'输赢都吃糖''菜刀打豆腐——两面都光生'这些话说清楚、说具体，对吧？"

杨忠架势点头，鸡啄米似的，王队长这话说到他心头去了。

"我们说的让你'输赢都吃糖''快刀打豆腐——两面都光生'，就是说一切都替你着想，让你老弟把一切便宜、好事占完。比如说，现在是两边相争相斗。假如说，侯天轩他们赢了，你吃糖，我们不来干扰你，也并不要求你为我们做什么，顺其自然。反之，我们赢了——我们肯定赢，届时，侯天轩这些人就是罪人，说不定在这个过程中侯天轩这些人早就死了。然而，你还是吃糖，因为，你早就是我们的人。"

"有这么好的事吗？'输赢都吃糖'？"杨忠忍不住问，"你们总要我为你们做些什么事吧？"

"简单，关键时刻，也就是说侯天轩输定了的时候，也可以说是侯天轩们马上就要垮慌了之际，打个比方，就是他在同我们搏斗，马上就要失败，但还有把子力时，你可以看他大势已去，趁此机会将他一推。这就算帮了我们的忙，就算立了大功。不知我说清楚了吗？"

"清楚了。"杨忠反应很快，他很简约地概括道，"王队长的意思是说，很可能不久官府会同以侯天轩为代表的保路会在清津展开一场事关全局的大战。肯定官府赢，但是为了赢得快些、省力些，关键时刻要我出力，助官府一臂之力，把侯天轩等掀下崖去？"

"聪明，就是这个意思，可谓一语中的。"王队长说时不禁轻轻鼓掌，又问杨忠，"你这算不算'输赢都吃糖'？"

"算。"杨忠很恳切地说。

"你同意吗？"

"就是说我平时身在曹营心在汉，你们并不要求我干什么，只是要我处处留意、事事有心，到关键时刻出手？"

"是。对。"

"关键时刻我怎么出手？"

"届时自有人来找你联系。"王队长说时告诉了他届时的暗号。

"行。"杨忠答应了。

"就这样定了？"王队长问。

"定了。"杨忠答。

"那好！"王队长随即从身上摸出一本支票，摊在桌上，填了一张五百元银圆的大额支票，扯给杨忠；杨忠故作推辞，架势摆手："要不得，要不得，无功不受禄。"

"拿着吧，杨老弟。这是见面礼。无功可以变为有功。来日可期！"王队长说时塞给杨忠，杨忠也就收下了。

这就完了。他们见面的时间很短，前后最多一个小时。

他们三人相跟着出了悦来茶园，一起去看了望帝和丛帝陵寝。在那片龙脊似微微隆起的小山上四下眺望时，都职业性地戴上了墨镜。他们那样的人，哪有那份雅兴，上此小山，纯粹做个过场而已，表示来过望丛祠。这时，一阵风过，传来身边那株冲天古柏上的喜鹊叫。

王队长把手背在身后，东瞧西望地说："听说，这株古柏上，每年春天都有杜鹃飞来筑巢。相传，杜鹃是望帝的化身，'布谷！布谷！'每年春播时，这株树上的杜鹃从早到晚，在空中不断穿梭来往，反复叫布谷，提醒子民不要误了农时。这也是望丛祠的特色。可惜我们来得不是时候。"

"是时候呀！"杨忠显出了他固有的讨好卖乖，"喜鹊叫，贵人到。我刚才经过这里怎么没有听到喜鹊叫呢？王队长一来，喜鹊就叫了，说明王队长是贵人。"

王队长一笑，朝山下走去，祝定邦赶紧跟了上去。

杨忠不无殷勤地问："王队长，你怎么走？要不要我送你们一程？"

"不要，不要！我们各走各的。"王队长并不转过身来，只是摇了摇手。很快，三个人就像鬼魅似的不见了身影。

杀鸡吓猴

第八章

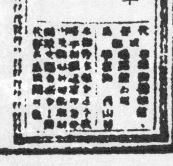

他已经没有退路了，如今唯有赶在端方之前，快刀斩乱麻，一举扑灭四川目前风起云涌的保路运动。时间，时间就是一切！想到这里，他猛地一个转身，疾步走了回来，拉开办公桌下的抽屉，拿出二哥赵尔巽回他的电报看。

素常威风威严，在整个西南地区都摆出一种睥睨架势的四川省督署这些天到了晚间，无端地显出一种紧张和血腥。

　　整整占了督院街半条街的省督署，高墙大院中的雕梁画栋、走马转角楼是看不到了，大都沉入了黑暗。而在那颇具满、蒙特色，金碧辉煌的大门外，却又是另外一番景象。门楣上的那两盏大红灯笼，在漆黑的夜幕中，就像两颗不时跳跃、或沉或浮的红宝石；灯笼下摆的两络金色流苏，在绵绵夜风的吹拂下飘飘拂拂。两个把门的戈什哈，身材魁梧、顶翎辉煌、腰挎鲨鱼皮面战刀，站在门口屹然不动，就像哼哈二将。

　　这些天，一些敏感的成都老百姓经过这条街时，就像生怕被一只手突然攫取进去似的，无不脚步匆匆，尽可能走街那边，离督署尽可能远。

　　其实，这是一种色厉内荏的假象：省督署的主人赵尔丰，这些天进退维谷，处于深重的忧思中。

　　夜已深，偌大的督署内阒然无声。然而，大帅素常办公的五福堂还亮着灯。不是电灯是烛光，烛光飘忽幽微。这时的成都，已经有一家私营的启明电灯公司，不过发电量很小，供电也不保

寸步不让
辛亥保路悲歌

证。虽然像督署这样重中之重的首脑机构是有电灯的，但午夜过后也不得不拉了闸。

幽微的烛光中，就任四川总督时间不长，明显瘦损了的大帅，在他相当简洁的办公室里，背着手，忧思重重地来回踱步。那光景，很像一个古时泽畔苦吟的潦倒诗人。他怎么也想不通，为官数年，为官数省，青云直上的他，哪怕在气候条件恶劣、凶险万状的康区，在个个长得又高又大、剽悍威猛的藏族人面前都能威风八面，马上一呼，山鸣谷应，脚在地上一蹬，地也要抖三抖；然而同样一个赵大帅，反而回到风和日丽，插根筷子下去都要长成大树的天府之国四川，面对外表看来文静听话、温润如水的川人造反，却不灵光了，无计可施了。

悲哀！就任川督以来，他惨淡经营，花样使尽，路却是越走越窄，现在他是"耗子钻风箱——两头受气""前有饿鬼归门，后有牛刀架颈"。

就任川督之初，了解到真相，他也同情川人的保路护路，将川人的要求奏请朝廷，却遭到朝廷严斥。朝廷要他限期平息川人的保路护路，不然"拿他是问"！

不仅如此，那个身为川汉、粤汉铁路督办，同盛宣怀沆瀣一气、引发事端的端方，不知怎么鬼迷心窍，居然垂涎他的四川总督，想到四川来"血盆里抓饭吃"，抢他的班，夺他的权。活动得很厉害，看来还真有这个可能。

他已经没有退路了，如今唯有赶在端方之前，快刀斩乱麻，一举扑灭四川目前风起云涌的保路运动。时间，时间就是一切！想到这里，他猛地一个转身，疾步走了回来，拉开办公桌下的抽屉，拿出二哥赵尔巽回他的电报看。

"窃以为，弟当以朝廷之意为是。当断不断，必为后患！切切！"这是他日前就川地困境请教二哥，二哥给他的回电。

二哥赵尔巽是他最为信任的。二哥不仅有学问，而且现在是东三省总督，离京畿很近，消息灵通。二哥的话坚定了他的信心。

是的，"当断不断，必为后患"，我不能再犹豫了。我应该采取主动。略为思索，他从书桌的笔挂上取下一支小楷狼毫毛笔，在端砚里饱蘸漆黑锃亮的香饵墨汁，提笔展纸，笔走龙蛇。在开头例行的等因奉此之后，这样写道："臣谨遵圣命，克期平息'保路'风潮，对'东学'决不姑息养奸。"想想，又加一句："目前川省兵力不敷，望朝廷就近最少调一标（团）鄂军精锐入川，竭力维持……"

写完后，他签上自己的名字。他的字写得不错，一笔行草沉雄有力，尤其是最后"赵尔丰"三字写得很别致，如同一只翱翔的雄鹰，可作单独的艺术品欣赏。

之后，他轻轻咳了一声，一个如影随形的戈什哈出现在他面前。

"立刻拿去发报，发京师朝廷。"

"嗻！"戈什哈弯腰低头，双手接过电报快步去军机房发报去了。

时间掐算得很好，这时，大帅的心腹、身兼数职的王琰来了。

大帅示意他坐。

尽管在这个时候，王琰对大帅还是行礼如仪。

大帅不耐烦地手一比，意思是免礼。王琰这就谢了大帅，坐在大帅对面那张早就摆好了的有扶手的四方四棱的黑漆太师椅

寸步不让
辛亥保路悲歌

上，坐得小心翼翼——半边屁股坐在椅子上，半边屁股虚起。他是故意的，故意做出一副尊上的架势。

中年的王琰，中等个子，精精瘦瘦的，显得很警觉，一双眼睛眍，眼眨眉毛动。

"怎么样？清津方面那个侯天轩的义子，叫杨忠吧，与他谈得如何？"王琰觉出大帅的细致，连杨忠的名字都知道。

"遵照大帅旨意，我们把侯天轩的义子、至关重要的清津码头的袍哥五排杨忠挖了过来，他肯做我们的内应。"王琰就此事向大帅做了详细禀报。

"那好。"大帅放心了就转换了话题，他要王琰明天一早，去岳府街省保路同志会，请蒲殿俊等九人来督署看一份很重要的京师回电。

王琰答应遵命照办。作为赵尔丰的心腹，他当然知道大帅要给蒲殿俊等九人看什么，知道大帅的意图。他看着大帅，等大帅把话说完。

"我让蒲殿俊他们来，就是要给他们摊牌。要他们的保路护路运动收刀检卦！如果他们听说听教，幡然悔过当然好。如其不然，我就要上演'杀鸡给猴看'这一出了！借他们四川人一句话说，不然他们不晓得'锅儿是铁打的'！"

"大帅英明。不知大帅还有没有什么具体的事要职幕办？"

大帅把手一招，示意王琰靠近一些。王琰尽可能将头靠了上去，他们小声交谈起来。

这个晚上，五福堂内幽微的烛光亮了个通宵。

翌日上午十时。金色的秋阳像一支彩笔，将成都岳府街的四川省保路会所在的四合院抹得透亮，金阳穿过屋檐下那一株高大粗壮、绿如翡翠的檐前的芭蕉树，洒进保路会首脑们正在开会的屋子里，在红地板的屋里闪烁游移，编织出一个个梦幻般的图案。

平时很少露面的王琰，在门房的带领下出现在院子里。

股东会副会长张澜迎了出来。

"哟，稀客！"张澜用手抚着颔下那部大胡子，不无幽默地说，"哪阵风把总会办吹来了？有事？"

"是！"王琰说，"大帅派我来，请你们去督署议事，还有朝廷的一份要电要给你们传看。"

"我们九人都去？"

"都去。"王琰把大帅要请的九人一一点名，完了不放心地问了一句，"都能去吧？"

"能去。"

王琰这就放心了，对张澜说："我先走一步，在督署专候各位先生。"他同张澜相互抱拳一揖，去了。

随后，蒲殿俊等九位老爷，分别坐九辆黄包车，来在督署。下了车，一个戈什哈接着他们，进了督署，穿廊过檐，经过一些转角楼，到了五福堂。高坐堂上的大帅已经在等他们了。

大帅办公桌下，两排共九个黑漆太师椅已经虚位以待，每两张黑漆太师椅之间就有一个茶几，九碗四川盖碗茶已经给他们泡好了。

高坐堂上的大帅形容虽然有些憔悴、瘦损，但他有棱有角的老脸上的眼睛目光炯炯。正襟危坐的大帅示意九位老爷坐，然后以手拂髯，用虎虎有生的眼睛，默默看了看挨次坐下的蒲殿俊、罗纶、颜楷、张澜、彭芬、邓孝可、江三乘、叶茂林、王铭新。

就像梁山泊一百零八将的排座次，九位老爷似乎知道自己该坐哪把交椅，坐的位置都没有错。

大帅一时没有说话，只是用他虎威威的眼睛，从始至终看下去。他这是给九位老爷一种暗示、一种压力。大帅的目光犀利、有力，枪弹似的。

大帅这才说话了，说得字斟句酌。大帅说一口带有浓郁北方音的四川话。

"日前，你们的要求、请求，我觉得合理，我同意，而且立即上奏。现在，朝廷回电来了。"说时，对侍卫在侧的戈什哈示了个意，那个身材高大，着传统襟袍，腰间挎刀的戈什哈颠颠上前来，躬身将大帅摆在桌上的回电用双手捧起，走下来，交到坐在右边首位的会长蒲殿俊手中。蒲殿俊注意看去，朝廷回电很短，字字句句充斥着对赵尔丰的不满、责备；最后通牒似的威胁："此次川绅集会，倡议之人皆少年喜事，并非公正士绅，询之蜀绅，众口皆同。并闻我留东各校学生纷纷回川，显有学人煽感情事，尤恐名为争路，实则别有阴谋，非请明降谕旨，责成赵尔丰严重对待，殊不足以遏乱萌而靖地方。"最后对赵尔丰加了一句，很狠："如其执行不力，拿该督进京是问！"

蒲殿俊看完，交给坐在旁边的罗纶，待九位老爷传看完毕后，赵尔丰用手拂了拂颔下那部染霜的大胡子，很矜持地轻咳了一声，对坐下九位老爷命令似的说："事已至此，都明白了吧？都表个态吧！"

"圣上多次明示！"大大出乎赵大帅的意料，五福堂里响起保路会副会长罗纶浓郁的川北口音，"我川人当今所做一切，俱按先德宗景皇帝（光绪）定下的国策进行。光绪皇帝早就明确说过'庶政公诸舆论，铁路准归商办'。可是？"

"一朝天子一朝臣！你们已经是老调重弹了。"一丝严重的不满，从赵尔丰瘦削的、铁青色的脸上滑过，他相当横蛮地打断了罗纶的话，很专横地说，"今天请你们来，就是请你们遵从朝廷意旨，与尔丰共克时艰。"

"共克时艰？！"谘议局议长、保路会会长蒲殿俊发言了。这个曾中乡试解元，被清廷首批派出国学习法政，毕业于日本法政大学的饱学之士，在这一群穿长袍的绅士中间，是唯一穿西服打领带的"新派"，背后拖的那根辫子是回国后做的。他直接问赵尔丰："制台大人说的共克时艰，意思就是要让我们摘下保路会的牌子？要川人很有理由的大规模保路运动，半途而废、偃旗息鼓？"

"正是。"赵尔丰明确表示。

"不行。"罗纶硬顶一句。

看总督大人气得变脸变色，就要发作，不知什么时候，影子似的进来了的大帅亲信布政使吴钟容赶紧出来打圆场："朝廷的回电诸君也看了。请诸位体谅大帅的难处。"可是九位老爷毫不退让，针锋相对。赵尔丰霍地站起，变脸变色，手在桌上猛地一拍，训道："你们还有王法吗？"他大为震怒，手中扬起一张《川人自保商榷书》，就像抓到了罪证似的，威胁道："这是你们保路会散发的吧！公然煽动全省百姓不纳粮、不纳税。我实话告诉你们，就这一条，本部堂就可以治你们的死罪。本部堂怜惜你们都是有功名的士绅，才请你们来，本想开导你们，共襄盛举。不意你等一个个如此任性乖张，不知底止。再这样，哼！"满以为堂下坐的都是一帮书生，以为这些人嘴犟都是被原

寸步不让

辛亥保路悲歌

四川护理总督王人文惯坏了！有"屠户"之称的他，以为如此一番震怒威吓，这些捏在自己手心里的书生该吓炸了吧，该乖乖听凭他摆布了吧？谁知话未落音，股东会副会长、年仅三十一岁的颜楷硬顶一句："有什么了不起的？流血罢了，四川人还怕流血吗？"

赵尔丰恼羞成怒，将手一挥，喝道："来人，把这几个给我绑了！"

话音未落，埋伏在外的卫士长"草上飞"何麻子带领一群穷凶极恶的边兵一拥而进。他们一律旧式清军打扮，黑纱包头却手端新式钢枪，腰挎战刀，凶神恶煞，就像阎王殿里放出的一群恶鬼，就像要把这九位老爷生吞活剥了似的。

如狼似虎的边兵，用绑人筋痛的细麻绳把九个老爷绑成粽子一般；对嘴犟的张澜、罗纶特别"优待"——绳捆索绑犹嫌不足，还以刀架其颈，以枪抵其胸，大有不刀劈即枪毙之势。卫士长何麻子更是将袖子挽起多高，露出手臂上的块子肉和饱绽的青筋，越发显得孔武有力；一张麻脸涨得通红，眼睛充血，像要吃人。他上蹿下跳，手中拿一块一尺多长的白布，将拿在另一只手上的那把四五尺长、寒光闪闪的宽叶大刀擦了又擦，寒光可鉴，一派森然。

一阵乒乒乓乓乱响之后，张澜、蒲殿俊、罗纶等九名老爷被边兵推推搡搡押下去关起了。就在这时，一阵阵传呼传进花厅来："成都将军玉昆到！"赵尔丰站起身来，走出花厅，降阶相迎。

如前所述，成都将军是清朝二百多年间对成都的一个特别设置；成都将军虽只管满城的满人，但朝廷规定，举凡川督有什么重要的举动，比如今天这样，川督准备"杀鸡吓猴"，将不听话的九位老爷正法，不仅要上奏朝廷，第一步就要成都将军同意，共同签名。

玉将军被大帅迎进来，恭请坐下，不用说，仆役立刻上茶。玉昆将军知道赵尔丰有什么事求他，也不说话，坐在一边稳起，一手拈起茶盖，用茶盖轻推茶汤、弹花，把过场做够了，开始呷茶，好像他来督署是专门来晕盖碗茶的。

没有办法，求人难。向来大块（四川话，傲慢）的大帅，陪坐在侧，小心观察成都将军的神情，猜测玉昆来意，考虑措辞。

成都将军玉昆，文静，脸黄无须，一看就是那种头脑冷静，平时豁达，遇到大事不糊涂的人。他是一个真资格的满人，镶黄旗，很通达，同情川人的争路护路保路。这个节骨眼上，向来耳线密布、消息灵通的成都将军不请自来，显然是为九位老爷的事。

"玉将军，你来得正好。"向来矜持的赵尔丰，放下架子，试着这样启齿，"我将煽动闹事的保路会、股东会首领蒲殿俊、罗纶、张澜等九人拿了！"

玉将军也不多说、多问，只是轻描淡写地一句："赵制台意欲如何处置这些人？"

"治乱世需用重典。我意将这九人立即正法！请玉将军同我联名上奏！有言说得好，'杀鸡给猴看'，不把这几只不听话的鸡杀了，那猴子真是要翻天了。"

"他们不是鸡，是颇有声望的士绅！"玉昆将军抢白了他一句，让赵尔丰一怔。

"总不至于这几位深孚众望的名绅因与季翁政见不合，就要把他们杀了吧？"玉昆看着赵尔丰，不满地诘问，"这样大事，季翁怎么不先向朝廷请旨，就随便拿了他们？"

"朝廷只知责备季和对川路事处理不力、镇压不力。季和对朝廷的上奏被朝廷驳回，要我克期治乱！不把这几个带头闹事的人治服，朝廷就要拿我是问！不如此，该怎么办？"说时，赵尔丰看着玉将军，意思是明显的。

"如此看来，朝廷尚慎重。我们怎能随便抓人、杀人？"玉昆将军按着自己的意思说下去，说时，语气中多了一分教训意味，"要知道，人头不是韭菜，韭菜割了又会长起来，人头落地，人就没有了。这个名我不能签！"说完，就要起身走人。赵尔丰急了，做出一副可怜兮兮的样子："玉将军，非季和不慎重，是事已至此，不如此、不强硬，不杀几个，川省动乱会日甚一日，最终不可收拾！"

"不行！此事非请准圣旨不可！"玉昆毫不通融，霍地从椅子上站起，坚决地说，"谅弟不能签这个字、联这个名！"说完，拂袖而去。

咦，这可是你们满人的天下啊！赵尔丰看着玉昆消失的背影，心里怨恨不已，心想：天都要垮慌了，我赵尔丰在一边干着急，你个真资格的满人倒在一边打倒锤？！赵尔丰气得直跺脚，颔下那把白胡子直抖。

第九章

『成都血案』动地哀

砰！砰！砰！严阵以待的巡防军接到了赵尔丰『开枪镇压』的命令，竟敢冒天下之大不韪，向手无寸铁的和平请愿居民开枪了。

一时，枪声大作，流弹如雨，惨叫声声，督署内伏尸累累，光绪皇帝的牌位和鞋子、衣物等散落满地。冲进督署的人群惊慌失措，纷纷从督署内又拥了出来。可是，早就埋伏好的巡防军奉命闸了街口，开枪乱击；马队驰出，冲撞践踏……这时，老天垂泪，下起倾盆大雨。

清宣统三年（1911，辛亥）农历七月十五日这天近午时分，九里三分的成都城躁动不安，空气中弥漫着一种火药味、血腥气。

　　当、当、当！当、当、当！

　　"各位父老乡亲周知——赵尔丰抓了我保路会、股东会首领蒲殿俊、罗纶……"急急的锣声和惊诧诧的呼唤，在全城两百多条大街小巷响起，让一段时间来早就义愤填膺的成都人忍无可忍，他们摩拳擦掌，呼朋唤友，从各个方拥向督署，沿街呼号：

　　"龟儿子赵尔丰太欺负我四川人！"

　　"大家走！到督署去，要他们拿话来说！"

　　"走！去给我们的人扎起！"

　　"……"

　　成千上万男女老少，手拈香、头顶光绪皇帝牌位，从四面八方牵群打浪拥到了督院街督署衙门。愤怒的人们会集在督署门前，振臂高呼，号泣呼冤，强烈要求释放蒲、罗诸君。

　　督署门前严阵以待的巡防军弹上膛、刀出鞘，同愤怒的人群紧张对峙。在任何场合都少不了的卫士长何占标，猴子似的上蹿

寸步不让
辛亥保路悲歌

下跳，挥着手枪，威胁群众："你们聚众闹事，是要造反吗？"

几个手举光绪牌位的老者，哭着跪下要求："我们要见罗（纶）先生他们……"

"我们要见赵制台！"旁边大量的群众助阵，呼声如雷，"赶快放出罗先生他们九人！"

"今天不放罗先生他们九人就不行！"这就有了点威胁的意味了。

"赵大帅有令！"何麻子不为所动，凶神恶煞哑着嗓子吼道，"都赶紧回去。谨防你们中有乱党！聚众闹事者，格杀勿论！"

"哪个是乱党，你指出来！青天白日，在这儿红口白牙胡说就不行！"抗议的人群中站出一位青年，长衫一袭，模样精明，他十分气愤地指着何麻子质问。他叫曹笃，是同盟会会员，当然何麻子不知他的身份。就在何麻子发愣间，人群不依，大声质问："你说清楚，哪个是乱党！""随便栽污人不行！"

平素作威作福惯了的何麻子，恼羞成怒，将站在他面前的曹笃一指："我看你就不是一个好人。你就是乱党。你带头闹事。"说着，他将袖揎拳冲上来抓曹笃，四周愤怒的群众不依不饶，一拥而上，把何麻子团团围紧，打他的耳巴子。啪！啪！啪！一人不敌众手，混乱中，何麻子脸上挨了好几巴掌。了得！竟敢打大帅的卫队长，反了！几个如狼似虎的巡防军冲上来为他们的卫队长助阵，大打出手。顿时，秩序大乱。混乱中，密密层层的人群趁势冲进了总督府大门，再冲进左右仪门……

砰！砰！砰！严阵以待的巡防军接到了赵尔丰"开枪镇压"的命令，竟敢冒天下之大不韪，向手无寸铁的和平请愿居民开枪了。一时，枪声大作，流弹如雨，惨叫声声，督署内伏尸累累，光绪皇帝的牌位和鞋子、衣物等散落满地。冲进督署的人群惊慌失措，纷纷从督署内又拥了出来。可是，早就埋伏好的巡防军奉命闸了街口，开枪乱击；马队驰出，冲撞践踏……这时，老天垂泪，下起倾盆大雨。

这场震惊全国、骤然爆发的"成都血案"时间不长、为害甚烈、影响很大——赵尔丰从康藏带回来的巡防军、近乎他的"御林军"当场打死和平请愿的民众三十多人，伤数百人。接着，赵尔丰亮出他的"屠户"本色，一不做二不休，下令："三天不准收尸！"无数具尸体被大雨冲刷浸泡后，腹胀如鼓；先皇牌位，多系纸写，雨水一冲，一片狼藉。消息传到城外，四乡八邻的农民在袍哥或同盟会的组织下，成群结队赶进城来声援。他们一律身穿白色孝服，一路哭哭嚷嚷，有好些是七十岁以上的老人和十二三岁的少年。

赵尔丰命令守城巡防军对前来吊孝的百姓开枪，击毙了一群又一群。一时，哭声遍野，愁云惨雾笼罩了九里三分的成都城。有《竹枝词》控诉这桩骇人听闻的惨案："手抱神牌有罪无，任他持械妄相诛。署中喊杀连开枪，我是良民，官才是匪徒。"

赵尔丰毫不手软，变本加厉：当即下令，对四川省保路会以及形形色色的嫌疑单位、人物查封、逮捕；同时封城。随着夜的到来，轰然一声，九里三分的成都东西南北四道城门封闭。

似乎老天也看不下去，恸哭不已，当天晚上下起了倾盆大雨。

倾盆大雨中，早在唐宋时期就是全国五大繁华大都市，有"扬一益二"之称，哪怕就是全国陷于战乱也能偏安一隅，左思笔下"既丽且崇，实号成都"、李白诗中"九天开出一成都，万户千门入画图""岁无饥馑"的温柔富贵之乡成都，素常的繁华今夜不仅尽失，而且，在哗哗的雨声中，在漆黑的夜幕裹挟中，似乎到处潜藏着凶险。

这时，西门城楼下，有个人，头戴斗笠影子似的伏藏在一株虬枝盘杂的大树后，竭力睁大眼睛，注视着前面不远处的老西门。白天那座巍然屹立、红柱绿瓦、翘角飞檐的城楼是看不到了，这时看去，只觉得城楼像是只狰狞的鹞鹰，用它的两只利爪，一左一右抓牢锁链——两边的城墙；同时用一双凶光闪闪的锐利鹰眼注视着与它对视的人，似乎在说：我戒备森严，你休想出城。

这人是同盟会会员曹笃，他急于出城去锦江试验农场，设法把今天发生的成都血案的由来，以及同盟会要求各地同志会、同志军、袍哥速起行动、暴动的通知迅速散发到全省一百四十二州县。

赵尔丰下令封城，就是预防这一着。

曹笃是有备而来。为了预防这一天，他早把他的自贡老乡、同情川人护路保路的哨长马不一争取了过来。马哨长答应过曹笃，如果有事可以找他，并告诉了他联络方式。真是天无绝人之路，在这个晚上，哨长马不一正好在西门城楼当班。

瓢泼的大雨一个劲地倾泻。显而易见，因为这样的大雨，楼上和城墙上放松了警惕。在这样戒严的非常时期，楼上和城墙上不是鼓角连营、巡逻很紧，而是在瓢泼大雨的倾泻中，楼上和城墙上好像都睡了过去。守城的清军将保护的责任，交给了哗哗的雨声和不时闪过的惊雷。

伏在大树后的曹笃头上虽戴了顶斗笠，可是这顶斗笠是象征性的，一身都被淋得焦湿。他已经在这株虬枝盘杂的大榕树后伏了很长时间。夜深了，在哗哗的雨声中，他一心关注的西门城楼和城墙，就像精灵似的在朝什么地方神秘地潜行。他更为关注的是，对面，那像长街尾巴似的一间板房里亮起的一星灯火，那是一间二十四小时都不关门的小酒店。马哨长曾经告诉过他，只要他当班，晚上十时左右，他都要派一个他信得过叫小老幺的小兵、弁兵来小酒店打酒买菜，有事可以找小老幺，小老幺就会带他上去。

估计该小老幺下来的时间，曹笃从焦湿的上衣口袋里掏出一只进口的防水瑞士怀表看了看，两根有夜光的绿莹莹的长短针差十分到点。

果然，城墙上下来一个小兵——小老幺，他进了酒店，打了酒买了菜出来，曹笃已经等在那里。

小老幺思想上早有准备，对拦他路的来人，也不问，直接用上了袍哥暗号："花花轿儿搁地坝。"

曹笃对："旗锣蓝伞吹唢呐。"这就对上了。小老幺看看四下无人，点点头，要曹笃跟他走。

小老幺带曹笃上了西门城楼，进了房间，见到马哨长。

"这么巧！"曹笃很是高兴。

"今天成都血案发生，赵尔丰下令封城。"马哨长说，"我就估计你要来找我，设法出城。恰好天公作美，下起大雨，天如人意，这就给你提供了一个绝好的机会。这一段城墙上，现在就我和小老幺两人。别的人，我都设法把他们支开了。"

马哨长是个瘦削精干的小伙子。赵尔丰的城防军是精锐部队，马哨长穿的是清军改良过的下层军官对襟云纹饰边武官服，半截长裤加裹腿，满式帽圈上嵌一颗清军龙旗似的帽徽，帽子后露出小小一截辫子，腰间束有皮带，皮带上一边别一支手枪，一边别一把匕首。

在这间西门楼上的小屋子里，在哗哗的雨声中，马哨长也不多说，得知曹笃的意图后，早有准备的他让小老幺放风，注视四面有无来人。他从桌下拿起一盘粗绳子，带着曹笃走到城堞前，将绳子的一端在曹笃的腰上一套，挽了个圆，打了个结，说："你下吧，縋城！你这个白面书生行吗？"雨声哗哗中，漆黑夜幕中的城墙刀削似的壁立。

"绝对没有问题！"曹笃信心满满地说，"我早在日本留学，从参加同盟会那天起，就不止一次经受过这方面的军事训练。我下了。"说时，双手紧握粗绳，往下一跳縋城。墙上的马哨长借着城堞挺立的部分挽着绳，将手中牵着的绳子不断放、放、放……整个过程很顺利，神不知鬼不觉。

曹笃縋下了城，解下身上的绳套，按照事先约定，拿着粗绳用力摇了几摇，向上面表示平安无事。然后，顶着大雨，没入黑夜，顺着涨了大水、涛声哗哗的锦江而去。在泥泞的路上，火急火燎的他，深一脚浅一脚，不知摔了多少跤。终于，前方，雨幕中有几点浅浅的灯光闪烁、游移——锦江试验农场快到了，他的心剧烈地跳动起来。

破天荒的「水电报」

第十章

缓过气来的曹笃，赶紧将今天发生的成都血案由来，及同盟会四川分会采取的应对措施，如龙鸣剑如何回到荣县组织起事，自己如何冒险缒城来到这里大体说了。特别强调，目前最要紧的是，将「成都血案」尽可能快地告诉全省一百四十二州县的同志，并要他们速速起事！

与成都市区一条锦江之隔的锦江试验农场，不仅是一个试验农场，更是同盟会一个重要的地下联络点、转运站。

成都血案发生之后，老到的赵尔丰下令封城，目的是封锁消息。而同样富有斗争经验的同盟会"军事部长"龙鸣剑，抢在赵尔丰封城之前，做了一些布置，比如，派曹笃设法缒城，火速去到锦江试验农场，与同志们群策群力，设法把成都血案这个消息尽快传递到全省一百四十二州县；要各地同志军、袍哥，特别是就近的基础好的清津速起行动，向成都进军。身体力行的他，更是抢先出了城，赶回家乡荣县，同川东片区袍哥大爷秦载赓拉起部队向成都进军。秦载赓是这支部队的总指挥，他任参谋长。过后证明，川东川西片区两支对成都形成夹击之势的民军给了赵尔丰莫大的压力，带动了全省起义；造成了全省范围内的抗丁、抗粮、抗捐以及打跑各地政府官员成燎原之势，成都成一座空城，让赵尔丰如同四川乡间说，用一根指拇去按十二个虼蚤（跳蚤），结果一个也按不了，让赵尔丰如坐针毡。

在大雨哗哗夜幕如漆的深夜里，当曹笃的视线中出现了那几星闪烁游移的灯光时，他顿时感到温暖、有信心。几间茅屋组成

寸步不让

辛亥保路悲歌

的场部里，同志们并没有休息，都在担着心，都在等着他。

汪汪汪！这时，一条狗风似的闪到他面前，围着他大叫不止。看不清这是一条什么狗，只是狗的两只眼睛，在暗夜中像两颗上下翻动的绿莹莹的诡谲的、带有些戾气的黄中渗绿的宝石。

与此同时，台阶上，当中那扇门突然敞开，一片金色的灯光铺泻而出。

"赛虎、赛虎，不准乱叫乱咬！"

他听出是场长朱国琛的声音。

"是朱场长吧？"曹笃已经精疲力竭。显然都没有休息的同志们一拥而出，把浑身湿透、体力透支的曹笃搀扶了进去。马上就有一种回家的感觉：朱国琛赶紧去拿了自己的干衣服给他换；同志们有的给泡热茶，有的赶紧通知厨下，先送了碗祛寒的姜汤来，然后给他送来碗热面。

缓过气来的曹笃，赶紧将今天发生的成都血案由来，及同盟会四川分会采取的应对措施，如龙鸣剑如何回到荣县组织起事，自己如何冒险绲城来到这里大体说了。特别强调，目前最要紧的是，将"成都血案"尽可能快地告诉全省一百四十二州县的同志，并要他们速速起事！

见微知著的朱国琛霍地站了起来，凝思着看了看与会的几个同志。"是的，这才是当务之急，重中之重！但是……"他右手握拳，往左手掌上一击，征询道，"问题是，如何尽快通知出去呢？"

这一问如同响了一声惊雷，把大家问住了。大家都处于凝想中，都没有回应。

真是人多出智慧。三个臭皮匠，顶个诸葛亮。

很快，两分钟，或更久一些，坐在一边，一个叫李大扬的管农场电气方面的工程师不由说："要得快，除非发电报！"

"问题是，哪里去发电报？怎么发得出电报呀？"这就有人按照他的思路迅速做出回应，或者说是反驳。是的，当时，电报是最新发明，是通信方面的高科技，整个成都也没有几部电报机，而且是被当局严格管制了的。

一时，大家又陷入沉默、沉思。

"有了！"电光石火间，那个长得眉清目秀的农场调水员、对全省的水势水利情况很了解很熟悉的袁玉明眼睛一亮，大声说。

这让大家精神一振，都要他把他的"有了"说一说。

"我们四川不是号称水乡泽国吗？我们四川不是有四条大江吗？我们四川不是江河纵横、水量充沛、水路四通八达吗？"他在这样一连几个问后提醒大家，"不说多了，我们农场旁边这条锦江，不就是同全省的水网连在一起！又在下雨，下大雨。我们只要想想办法，在锦江上做文章，马上就可以把消息发出去，发到全省。"

"对呀！"

"这不就是发'水电报'吗？"不知谁发出这一声叫好，让大家的思路又进了一程时，那个管木材加工的沈技术员深受启发，激动地站了起来。他说："这样，在座的秀才马上把要发的'水电报'的电文拟好。我下去，把木工都叫起来，要他们赶快准备好若干个适宜放到江中的木板。"

在座的马上就有人补充，在这些木板上写好字后，再涂上桐油，放入水中，这些字才不会被水冲没……

真是众人拾柴火焰高，很快，怎样制作"水电报"就完善了。朱场长马上做了分工，并且，他首先就拟了个初稿，经大家丰富、补充，最后形成的文字是："赵尔丰先捕蒲、罗，后剿四川。各地同志，速起自保！"

天亮之前，若干封"水电报"制作完成。全场四十多人，抱着、扛着这些"水电报"，来在逝水滔滔的锦江边。在漆黑的夜幕中，唰唰的雨声中，他们把一封封写有"赵尔丰先捕蒲、罗，后剿四川。各地同志，速起自保！"并且涂上了桐油的一封封"水电报"投入江中，看着它们随着急流远去。毫无疑问，这些"水电报"上的消息很快就会到达全省一百四十二州县。可以想象，全省早就枕戈待旦的同志军、袍哥们得到这些"水电报"时的激愤情景。

当曹笃将自己写就的那封"水电报"投入江中之前，他万分珍惜地将木牌举了举，随着锦江的流向，对着清津的方向，他祷告似的轻声说："侯（天轩）大哥、侯大爷，但愿您能最先收到我们的'水电报'，不负前约，率部急速支援成都，打赵尔丰一个措手不及，给全省做一个榜样！"

不知不觉间，"水电报"发完了，天也亮了，雨也住了。

一轮金红的朝阳，从眠床似的锦江上一跃而起，很快升上水洗过的蓝玻璃似的天上。远远的天边，翻滚着几块银棉似的薄云，就像是翻滚着几缕白羽。一群白鸽响着鸽哨，在蓝天上袅袅飞过，它们的翅膀涂金抹银，就像是一群神鸟。

这是一个多么美好、多么清新、表面上多么平静的早晨！华西坝锦江农场那一大片丰收在望，快要收割的金黄的稻田，恍若铺的一坝金子。而对面，隔江而立，铁打链环似的青灰色的城墙沉默威严如故。城墙当中那座拔地而起，红柱黄瓦、翘角飞檐的西门城楼，俨然一个头戴金盔身穿锁子甲、威风凛凛的把门大将军。一夜狂风暴雨之后，这个把门大将军似乎感觉到了有什么不好，感觉到了昨夜有什么疏漏，却又不清楚。

这时，每个人的心情都是不同的。负责把守西门的统领，昨夜因为大雨放松警惕，醉酒后呼呼大睡，现在见到这种情状的他，私心期望昨夜那一场大雨，能把昨天发生的"成都大血案"的血迹冲洗掉，私心期望他把的门，最少能把昨天发生的"成都血案"消息封锁住，可是，他总感觉有哪里不对。他紧锁浓眉，用怀疑的眼光，忧心忡忡地注视着江对面的锦江农场。他知道，"成都血案"消息一旦传出去，马上就会惊天动地！已经变成了一座空城的成都，会很快被暴动了的攻上省城来的，由全省一百四十二州县民军、袍哥们形成的铁拳砸得粉碎。

"覆巢之下安有完卵"？那时，他和他保护的赵大帅赵尔丰都会死无葬身之地。

寸步不让
辛亥保路悲歌

奋不顾身的袍哥们

第十一章

成都西边的要塞红牌楼就这样丢失了。侯天轩率部一战而胜，大军直抵成都华西坝，隔锦江与成都南门遥遥相望。成都感受到了直接的威胁。消息传出，全省震动。

果然，五河汇聚的清津最先接到成都发来的"水电报"。早有准备的侯天轩侯大爷，闻风而动，当即集结起五千人的袍哥队伍上省。第一个考验就是连过三水，在"走遍天下路，难过清津渡"的这个津——清津，到那个津——五津之间必须连过三水。

　　这天，好像老天爷也为昨天的成都血案悲恸不已，从午后就开始下起小雨——这是一个很反常的天气，按说是"雨不过午"的，接着就是倾盆大雨。

　　部队出发时，小城清津闹震了。虽说保路护路在这里深得民心，深得人民群众拥护——因为涉及每个人的利益，但是当自己的子弟真要开到成都去与官府、与鼎鼎大名的"赵屠户"开战，在守旧的、管驯了的、怕官的众多的乡民父母心里，认为这还是忤逆，很有些害怕、担心。这支集结起来的队伍，兵不像兵、民不像民，大都穿破衣烂衫，而且，这些破衣烂衫上还沾有泥巴、牛屎，他们大都还在田间劳作，就被仓促喊起出征，脚上大都穿的是麻耳子草鞋。腰上拴根草绳，将穿在身上的破衣烂衫随意一挽，扎在腰带上。他们就是地地道道的农民，最醒目的是，头上大多缠一条足有一丈二尺长的白帕子——这是四川城乡劳动人民的标配，而且是有来由的。传说当年蜀国丞相诸葛亮死后，举国哀恸——为了表达他们的哀思，蜀中无论男女都用一条足有一丈二尺长的白帕子吊孝。之后，人们发现这条足有一丈二尺长的白帕子具有很强的实用性：冬天，挽在头上做帽子戴可以御寒；平时，帕子作腰带在腰上一拴，穿在身上的长衫子上半部分形成了一个最好的仓库，可以揣很多东西。

在今天这个下雨的日子，这些要跟着侯大爷过江上省，去同官府打仗的几千本土子弟，服装奇奇怪怪，顶在头上的那条螺蛳壳似的白帕子，因为下雨，又加了顶竹编斗笠，身上披件蓑衣，几千人聚集在渡口上，队伍显得庞大、松散而怪异。他们手上拿的那也叫武器吗？打鸟的砂枪、牛儿炮、锄头……形形色色，非常原始，而且也都是从自己家里寻出来的。

这支上省与官军打仗的大部队中，只有邛州起义反正的周洪营——约有一千人的部队，让人刮目相看。他们本属清军的精锐部队，反正后仓促间，不过是将缀在前胸后背上的那个大大的"兵"或"卒"字撕了，头上的辫子剪了而已。一色的九子钢枪，训练有素，在渡口站成方队。

本地的五千子弟，当然都是袍哥，他们由侯大爷带着去清津渡口，经过模范街时，因为有大队人马来为他们送行，一时有点骚动。这是他们年老的父母，还有一些年轻的农妇，是他们中某些人的妻子。

在外人看来，这些兵不像兵的"农豁皮"、官家人眼中的"乌合之众"，在家人眼中可都是宝——他们是家中的顶梁柱，孩子的父亲，妻子的丈夫，年迈父母的依靠。

"狗娃他爸，打完这仗早点回来，我给你推豆花！"说这话的是妻子。

"跟着侯大爷，尽管朝前整，侯大爷是对红心！"说这话的是家中深明大义的老父亲。

不少人将煮熟的鸡蛋朝他们怀里塞……

有不少人看着自己要上省打仗的亲人，忍不住痛哭失声。

当全部队伍集聚在清津渡口，排队渡江时，天已经完全黑了。大雨仍然一个劲地下。清津与那边的五津之间已是一片汪洋。

清津码头能干的三排，侯天轩侯大爷的大儿子侯刚负责大部队过江。他上午设法找到了三四十只平底大船。每只大船最多能装四五十人。过江不成问题，问题是时间。在拥挤的渡口前，晃动着数不清的马灯、灯笼；看不清人们的面容，能看见的是无数的斗笠、蓑衣、雨披、油布、纸伞；惨白的、乳黄的、微红的，大小明亮不一的光，像一只只急欲报仇的眼睛，傲视着这场恼人的风雨。

首次带队出征的侯天轩侯大爷，头戴斗笠，身披蓑衣。站在渡口上的他，在迷迷离离的灯光闪烁中，注意着这支簇拥在渡口上等待上船过江的杂色队伍。他这支五千人的子弟兵，外观上确实是"乌合之众"，闹闹嚷嚷。而周鸿勋那一营反正过来的部队，站有站相，立有立相，令行禁止。他们扛在肩上的是九子钢枪，有的枪还上了刺刀，在迷离的灯光闪烁下，相当威风。

杨忠对义父显得忠心耿耿，他撑着一把黄油纸雨伞，努力探过来，尽可能为侯天轩遮风挡雨；卫队长张俊明习惯地用手按着挎在腰上的手枪，用他那双比鹰还敏锐的、具有穿透力的眼睛注视着周围的一切。在四周忽闪忽闪的光照中，侯天轩显得沉着冷静，坚如磐石。整个过渡紧张有序，耽误时间的是，这些平底大船没有机械动力，只能用传统的方法——按照侯刚的布置，每只船上，四五十人分坐在大船的两边，一起用劲摇橹——这些摇橹者也就是过江者。

尽管过河总体顺利，但是，侯天轩上了船后，还是感到隔在两津之间的三道江河呈一体后显示出来的淫威。暴雨哗哗，江水猛涨。每只平底大船都装满了人，还要抽出一些大船装载少量的骡马，而且这些骡马还得有人在旁照应，不让它们受惊。

三四十只尽可能满载的平底大船，在雨夜间穿梭往来，有一种别样的气势和紧张！漆黑的夜中，浪涛轰轰撞击着这些大船，大浪将这些大船举起，再抛进波峰浪谷。大船的后面有人掌舵，前面有个指挥者。站在前面的指挥者，不断打着朝前的手势，而坐在船两边弓身奋力的摇橹者，则喊着号子，尽可能一致地奋力摇橹。他们手中的大橹起起落落，保持一致用力。看起来，一只只船就像一条条奋力前进的蜈蚣；船两边起起落落的大橹，就是这些蜈蚣多只划动的脚。

雨声哗哗、浪涛声声的夜里，大船破浪前进声、领队的号子声，以及船与船之间人们的呼应声、比赛声；摇曳飘忽的灯光中间或传出的争吵声、斥骂声、哗笑声，铁器的撞击声、骡马的嘶叫声、牛角号的呜咽声声声在耳，形成了一个喧腾的世界、抗争的世界。

终于，大部队全部到达五津，这时，天亮了，雨也停了，太阳腾地跳了出来。这个时分，广袤的成都平原真是好看极了，非常静谧，如诗如画。一望无边二望无际，绿色为底、五彩斑斓的平原以及远远近近的一个个林盘（村庄）滚动着、缭绕着一层薄薄的雪白晨雾。随着太阳的升起，晨雾渐渐散去，沟渠上成排的柳树、构树上浓密的树冠树叶上的露珠，在悄然滴落。这里那里公鸡啼喔、炊烟袅袅、雀鸟啁啾，却又看不见这些啁啾的雀鸟在那里。新的一天就这样开始了。

这支杂沓而庞大的队伍，尽可能保持队形，走在川藏线上，也就是俗称的西大道上。在这个雨后初晴的早晨，右边，那条如一条青龙忽地腾起，又如一匹扬鬃奋蹄的青色雄骏的牧马山与他们相映相衬。总指挥侯天轩骑一匹栗青色口外高头大马，走在队伍中间，有作战经验的参谋长周鸿勋骑一匹枣骝马走在他身边，二人边走边谈着什么。杨忠骑一匹黑马，走前走后，督促着什么，显得很是尽心尽责，吆喝卫队注意保护，显得比卫队长还要尽心尽责。

沿路，不时有在田埂上游牛的儿童唱起有关时局的民谣，传递出早已深入人心、深入民间的保路信息——

张打铁，李打铁，打把剪刀送姐姐。

姐姐留我歇，我不歇，我要回家学打铁。

打菜刀，把肉切；打弯刀，把柴劈；打战刀，去杀敌。

爸爸喊我读子曰，我不肯，偏要上省打赵尔丰去……

这边刚唱完，那边儿歌又起——

胖娃胖嘟嘟，

骑马上成都。

成都现今不好耍，

寸步不让
辛亥保路悲歌

那胖娃去成都做啥子？

胖娃说，保路，我要去成都吼起……

侯天轩深有感触地对骑马走在两边的侯刚和周鸿勋说："连小儿都唱起了打赵尔丰的歌谣，看来，保路护路深入人心，'赵屠户'彻底垮台的日子不远了！"

沿途都有袍哥加入，像涓涓细流入大海，午后到达红牌楼，这里离成都很近，是一个要隘。驻守在这里的是新军一个连。侯天轩万万没有想到，也让他喜不自禁的是，他的袍哥部队刚抵城下，城墙上居然插起白旗。早听说，新军中袍哥盛行，新军大都同情川人保路护路，今天一见果然是。侯天轩命令部队停下来，这时，城上出现一个戴大盖军帽的青年军官，他对队伍中几个人簇拥其中的骑马者侯天轩，大声问："那是侯天轩侯大爷吧？"

杨忠打马出来，紧前几步，走到城下，仰起头，代替干爹对城上喊话的军官扬声道："你哥子有啥子事，说！"

青年军官开宗明义地说："我们新军不会替赵尔丰卖命。我是连长，我有事情下来同侯大爷商量商量，行吗？"

杨忠打马回来，征求了义父和参谋长周洪勋的意见，回言："可以。"

很快，关闭的城门轰的一声洞开。那年轻的学生模样的连长跑步而来，在侯天轩面前啪地立正，胸一挺，给侯天轩敬了个标准的军礼，朗声道："陆军十七团五营三连连长张天一！"侯天轩按袍哥的礼仪，抱拳还了他一揖，随即滚鞍下马，手朝那边公路边上的一株大榕树下一比："请，张连长，我们那边说话。"

在亭亭如盖的大榕树下，剑眉星眼的张连长很直接地说，他们不愿打民军。"新军大多是四川人，都知保路护路是咋回事。但是，我们是军人，军人得服从命令。我们得做个样子才行。我们得假装抵挡一下才行。"

侯天轩、周洪勋和这个叫张天一的新军连长，当即商量了一个两全其美的攻城计划。

侯天轩是个心很细的人，他问张连长："我们没有见过面吧？你怎么一下就能认出我？"

张连长笑了一下，说："侯大爷早就名声在外了。我是四川军校毕业的。尹昌衡尹会办在我们新军中很受欢迎，威望很高，经常来我们军校讲话。他在讲话中经常提到你、赞赏你，对你有相当的描绘。所以你一来，我就认出了你。"

双方商定后，为避人耳目，一场比演习还假的攻城丢城战开始了。

城上的新军全部进入阵地。而在城下，在漫山遍野的民军队伍中，忽然冉冉升起三颗红色信号弹——这是周洪勋的正规部队打的。

三颗红色的信号弹尚未落下，惊天动地的轰轰声铺天盖地响起——这些都是民军用手中的土炮、鸟铳打的，徒有声势而已。随即，民军极有声势的牛角号呜嘟嘟、呜嘟嘟低沉喑哑的号声响起。像突然起了一阵暴风骤雨，数千民军从隐身处一跃而起，拿着手中的原始武器冲锋。哪怕这是一场心照不宣的攻城战，数千人的冲锋还是相当有震撼力的。城上的守军做出一副拼命阻击的架势，拼命开枪了——当然是开望天枪。

在民军的猛烈冲击下，城上人数少得多的新军做出一副不支的架势，溃退了。

成都西边的要塞红牌楼就这样丢失了。侯天轩率部一战而胜，大军直抵成都华西坝，隔锦江与成都南门遥遥相望。成都感受到了直接的威胁。消息传出，全省震动。

枪打出头鸟

第十二章

他们注意到，大帅的注意力集中在巴山蜀水间星火燎原般的众多的小红旗上。不用说，这些众多的惹眼的小红旗，代表着目前全省一百四十二州县的「乱」——这些地方，不是保路风潮急，就是对抗官府的抗丁、抗粮、驱逐政府官员，或是宣布了独立……显然，这是大帅最关注、最头疼，最为忧心如焚的。

子时不到。比大帅要求的时间提前一刻钟，也许是职业习惯，平时做事总是不声不响、阴缩缩的王琰，悄然来在大帅书房前时，惊讶地发现，正、副统领田征葵、田振邦比他还先到。二田是职业军人，向来遵守时间，既不提前更不拖后，可是今天反常，也提前到了，这是从来没有过的事！二田和他都诧异地对视了一眼。

不用说，他们都明白，今天大帅召他们来非比一般。二田是大帅特意从康巴带回来的、很看重的军事将领。大帅经边七年，一直用的是他那支久经考验、能征善战的十一营边兵——又称边军，这支边军堪称精锐。本来，大帅就任四川总督，有的是军队可供使用——这就是二哥赵尔巽留给他的新近练成的一支川军、新军。可是大帅对这支新军嗤之以鼻，他认为新军没有经过实战，银样镴枪头；更主要的是新军总体倾向革命，袍哥在这支队伍中盛行，他们同情川人保路护路，不堪用。

大帅回川就任川督时，为自身计，不管不顾地，如四川话一句"鸡骨头上刮油"——从他的心腹、他推荐上去的代理川滇边务大臣傅华封手上，将本来就不敷分配的十一营边军，扯走三

寸步不让
辛亥保路悲歌

营，即带走三千百战精兵回川。不仅如此，将身经百战、足堪信任的边军的正副统领二田带了回来。

二田一王，大帅足可信任的三个心腹就这样肃立门外，凝神屏息地透过挂在门楣上的那副精编竹帘，注视着室内。精编竹帘散发着淡淡的清竹的幽香。精编竹帘采用了繁复的工艺，巧妙地展现出"蜀中四绝"：峨眉之秀、青城之幽、夔门之险、剑门之雄——大帅的生性简朴和对四川山水的酷爱，由此可见一斑。

他们注意到，背对着他们的大帅，钉子一般立在地上，凝神屏息地、长时间地注视着挂在壁上的一幅四川地图。大帅就是这样的人，就有这样的本事——泰山崩于前而色不变，猛虎啸于后而不惊。

其实，那不是一幅地图。那时，真正的地图罕见。确切地说，是一幅挂在壁上的硕大的四川写意水墨画。明灯灿灿中，看得分明，画上的四围高山环绕——显然，这是巍巍然的逶迤的秦岭、巴山。之下，地势渐渐走低，呈现出互相渗透的红块黄块褐块——代表四川中部特别是西部的高山峡谷、众多的丘陵地带。最后慢慢下降，形成了一大片亮丽翠绿的色块——天造地设、富甲天下的成都平原，又称川西平原。所谓四川是天府之国，主要就是指的这一大片膏腴之地。从图上看，如果把富裕辽阔的成都平原比喻为一个什么好的都往里流的金盆，那么，省垣成都所在地就是这个金盆的盆底。而富得流油，筷子插下去都要长成大树的金温（江）、银郫（县）及崇（州）、新（新津、新繁、新都）灌（县）等几个最为富庶的县，就是这个金盆盆底闪闪发亮的珍奇。

在这张硕大的写意图上，在众多的色块间，渗透着若干长长短短、曲曲弯弯、伸伸缩缩、粗粗细细、纵横交错的绿色线条——代表四川众多的、纵横交错的江河湖泊。

他们注意到，大帅的注意力集中在巴山蜀水间星火燎原般的众多的小红旗上。不用说，这些众多的惹眼的小红旗，代表着目前全省一百四十二州县的"乱"——这些地方，不是保路风潮急，就是对抗官府的抗丁、抗粮、驱逐政府官员，或是宣布了独立……显然，这是大帅最关注、最头疼，最为忧心如焚的。

不知不觉间，大帅指定的时间到了。

"你们都进来吧。"大帅说时并不转过身来，显然大帅早知道他们来了。

"谢大帅！"他们三个掀帘进去时，虽然大帅仍然保持着固有的姿势，深浸在固有的思维中，他们三个仍然对大帅行鞠躬礼。

大帅根本无暇顾及这些，随手拿起一根小竹竿，生气地啪啪敲打画图上到处都插着的那一面面小红旗，恨声道："反了，反了，全川一百四十二州县全部反了天！这是重庆，这是荣县，公然宣布独立……"

说时，哗的一声，手上的小竹竿从上至下拉了下来，在离成都很近的、五河汇聚处的清津一点："不出所料。这里，侯天轩最先造反！他带着他的袍哥队伍，还有邛州周洪勋那营叛军，直扑成都。而且，新军也不经打，竟让这乌合之众，如入无人之境；竟让他们在一天之内，摧枯拉朽地拿下红牌楼，直逼省垣，开了一个极坏的头！全省震动，全国震动。有言，枪打出头鸟。蛇无头不行，鸟无翼不飞！你们说，该怎么办？"说时，突然转过身来，目视着站在他面前的三个心腹，满面怒气，杀气腾腾。

三人一下领会了大帅找他们来的目的。

"没有什么说的，针锋相对！"大块头田征葵显得很有信心地说，"给侯天轩迎头痛击！"说时挥了一下拳头，咬着腮帮子说："要不然，用他们一句四川话说，不晓得锅儿是铁打的。"

大帅欣慰地点了点头，将目光移向精瘦精瘦的田振邦。

"不怕这乌合之众人多。他们没有领教过我边军的厉害。新军就不说了。恳请大帅给我三分之一的边军，即一千边军。大帅今天给我，我明天就把这乌合之众撵回清津去。"

大帅的脸色更好了些。他把目光移向了很是阴沉的王琰。作为实际的督署总管家、大帅心腹，他心思远比两个武棒棒细致、缜密得多，有全局思考的能力。

他理解大帅的心思。略为沉吟，他这样说："伤其十指不如断其一指。要打就要把头领侯天轩打死，生要见人，死要见尸。不要筋筋胖胖，要干净利落。此战不开则已，一开必然把西线打通。此战事关全局，全省全国都在看。"

大帅点了点头，重复着他那句"一开必然把西线打通"，要他上来指着地图说说。

王琰上去拿起小竹竿，将图上坐落在河谷的雨城雅安一点说："这个雨城雅安，战略地位极为重要。这个城市说是在四川，其实是川康、川藏间最后最重要的一个城市。"说时，他的小竹竿顺着川藏线拉到清津："川西一线的保路护路，也就是说与政府对抗，主要集中点在清津，在侯天轩身上。打掉了清津，也就打通了这条极重要的西干线。我们与傅华封也就连接了起来，可以声投气求，必要时可以要傅华封带边军支援。

"打掉了清津，打掉了侯天轩，不仅打击了乱军的气焰，而且也就打掉了现在已经动起来了的蛇的头，正在起飞的鸟的翼。"说到这里，他戛然而止，将那根小竹竿竖起来放好，走下来，仍然站在原先的位置上，等候大帅一锤定音。

大帅没有说话，只是注意看了看面向他躬身肃立的三人。

三个重要心腹齐声表示，听从大帅调遣，万死不辞。

"好。"大帅点田振邦。

"末将在！"田振邦将胸一挺，上前一步。

"这次打清津，孤注一掷，只能胜不能输，而且要速战速决。"大帅显然胸有成竹，"你带一千巡防军去打主力。我让新军统领朱庆山亲自带大部队去，在五津正面攻打清津，吸引侯天轩的的注意力。"说时比了个手势，"在新军吸引对方注意力的同时，你带这一千百战边军，从背后，从三渡口插进去，打侯天轩一个出其不意，嗯？"

久经战阵的田振邦当然一下明白了大帅意图，在接受作战任务的同时，咬了咬牙，那张瘦瘦的酱色的脸紧绷绷的，显出了一丝凶残。他用他那有神的眼睛，看了看在侧的、细眉细眼的王琰，意思是很明显的，意思是问王琰："关键时刻，你安在侯天轩那边的那个人，就是'输赢都吃糖'的那个人，能不能发挥作用，给我提供点有用的情报？"

看大帅也在注视他，等待他的回答，王琰点点头，说："这点，下来我再向大帅详细禀报。"大帅会意地点了点头。

大帅接着说："这是一次非比一般的大战，王会办（指王琰）代表本帅去，调整边军和新军的关系。王会办是这次清津大战总指挥，新军朱庆山归你指挥。"

"是。"王琰挺身作答。

田振邦很奇怪大帅没有点到田征葵。

"田统领在家坐镇。"大帅这样说，"家里离不了人。"

"是。"大块头也将胸一挺。

最后，大帅只是要求三人下去，将此次的作战方案造出来，明天上午交上来，经他批准。

如此重大的军事行动，大帅三言两语就交代完毕，前后可能最多一小时，而且细致、周密、简洁、实用。赵尔丰本人与他的三个心腹甚至连坐都没有坐，就一一落实了。这与当时清廷上下讲究的繁文缛节形成鲜明对照，显示了赵尔丰的能干和他一贯的雷厉风行。

二田一王接受任务走后，当当当当，高墙外隐隐传来更夫敲打四更的更声。钟声袅袅而去，在大帅听来如泣如诉。大帅压抑不住心中如潮的思绪，步出了五福堂。眼前，如水的月光在那条用大宁河小三峡无数细碎的、如珍珠玛瑙般红红绿绿小石子砌成的花道上铺展、跳跃，闪射着一种冷峻、银亮的光。他在这条蜿蜒的花道上慢慢踱了开去。花道两边白天多姿多彩、生命力旺盛的花，这时都睡了过去，就像是飘忽的魂。

白天里显得巍峨壮观，很有一些清宫特色的崇楼丽阁，还有鱼池假山等，在夜风吹拂下，竹梢风动，这一切就像是白纸剪就，没有一点生命力。

他突然觉得这些都不够真实。他猛地一愣，站住了。出现的幻觉是，小时他随在山东当官的父亲在夜间见到的大海。后来父亲在山东阳谷，为抵抗太平军，死在太平军的刀下……

宽阔的大海，往往表面平静无波，底下却是暗潮汹涌，什么凶险都能瞬间发生。猛地，他的脑海里闪出一个白面无须、一脸奸相的中年男人——端方（字午桥）。这是一个成事不足、败事有余的人，这也是他目前最大的担心、最大的威胁！端方鬼迷心窍，居然要来抢他四川总督这个位子。

时年五十岁的端方，真资格的满人，正白旗。官至直隶总督，北洋大臣。曾经因得罪慈禧太后被贬，后为粤汉铁路督办，与邮传大臣盛宣怀一起，反对前圣上定的集资修路，直接引发了全国性的保路运动，尤其是在四川，那真是排山倒海、天怒人怨。他想，我堂堂赵尔丰，为官数年数省，凭才能取得功绩，步步递升。而今，你端方和盛宣怀弄的好事，让我赵尔丰来给你们背黑锅、捡烂摊子，直弄得我如四川话所说"猫抓糍粑——脱不了爪爪"，掉入从来没有过的陷阱。

不仅如此，你端方居然还要来抢我头上这顶官帽！原因姑且不论，弄得我没有退路了。我现在是棋盘上过了河的兵，只能进不能退，进生退死！端方近水楼台先得月，活动还真有效。据悉，朝廷的意思是再看一看，也就是看我赵尔丰最近能否把四川的保路风潮压下去！压得下去，我的位子能稳住；压不下去，还真有可能是端方的。如此看来，我现在不仅要把清津这一仗打好，还得提防这个虎视眈眈的端方。

恍然间，他觉得，这个他做主、主事的四川督署，也不就铁定是他的。就像蒲松龄笔下的《聊斋》，说不定今夜歌舞场，明日就是坟场。

时间、时间，现实、现实，成功、成功！他希望明天早点到来。他在这条小道上反复徘徊，直到月落，黑夜笼罩了一切，才回去歇了。

打清津，波诡云谲

第十三章

此次清津大决战，事关大局。赵尔丰放出狠话，不仅要牛刀杀鸡，一举拿下清津，而且对侯天轩，是生要见人、死要见尸。明天就是决战，他早就得到消息，官军明天是两面作战，朱庆山的新军是正面佯攻，能征善战的田振邦率领百战边军从三渡口偷袭。

清晨。

一阵江风吹过，轻轻揭开了雾纱。好不容易兵临五津镇的田振邦，举着手中的望远镜朝前瞭望。他的身后远方，是好不容易打过来的牧马山黛青色的剪影。

他很着急！按照大帅的时间限制，拿下挑头闹事的侯天轩老巢清津，只有两天了。然而，谈何容易！他和朱庆山兵分两路，浩浩荡荡而来，这么近的路，从成都到五津不过几十里，竟走了四天。现在，要拿下清津，有两道难关：第一就是当面铜墙铁壁般的五津；第二就是对面，隔着三条大江大河、武装到牙齿的清津。

这一路而来，步履维艰。仗打得奇奇怪怪，让他领教了民军——草根武装——的厉害。最初，身经百战的他，压根儿没有把沿途的乌合之众放在眼里。他率边军走牧马山这一线，主动挑起重担；让当配角的新军副统领朱庆山带着他浩浩荡荡的人马走与牧马山并行的川藏线而来。

沿途，乌合之众让他们寸步难行，伤透了脑筋。官军在明处，乌合之众在暗处，大都混同于一般老百姓，让他们皂白难分。你打他打不到，他打你容易。路上口渴难忍，明明到处

寸步不让
辛亥保路悲歌

都是水渠纵横，但是不敢去喝水，因为怕民军投毒。向沿途的老百姓问点事吧，他们大都指东道西，不说真话，让他们误入歧途……

印象最深，也最让他惊悸的是，昨天下午，他们好不容易推进到牧马山宝峰寺。这是一个制高点。在那座庙宇之后的下面，有一片顺着山势起伏的黑松林。从这里看下去，五津、清津和两津之间茫茫一线的三条江河清晰可见。按计划，他们从这里下山，与早到五津外围的朱庆山部会合。

可让他万万没有想到的是，就在他以为胜利在望时，惊人的一幕发生了——呜嘟嘟！呜嘟嘟！宝峰寺后那片顺着山势起伏的黑松林里，沉闷森然的牛角号声突然响起。这是夕阳衔山时分，残阳如血。突然响起的牛角号声，吹落了刚刚升起在天幕上的颗颗金色的繁星。

与此同时，成千上万提刀执杖的民军，就像突然从地里冒出来似的。他们敞胸露怀，拍着胸脯说刀枪不入，大声呐喊，如同平地卷起的风雷，漫山遍野呼啸而上，气势相当惊人。

身经百战的田振邦稳住阵脚，沉着指挥。

唰的一声，迎着血红的夕阳，田振邦抽刀出鞘。按规定，他是该用剑的，然而，他嫌那玩意好看不好使，中看不中用，他用的是宽叶宝刀。雪亮宽大的刀片在空中一挺一举，在如血残阳的映照中，好像是突然溅开的一股鲜血。

"开枪！"他大声命令。啪啪啪！一阵密集的枪响之后，大声喊着口号、呼啸而上的民军，立刻就像被锋利的镰刀割倒的稻禾，纷纷倒了下去。然而民军继续大声呐喊冲锋，不屈不挠，好像他们要凭借气贯长虹的气势来震撼、压倒、吓退边军。然而，血肉之躯怎么经得起钢铁的击打，怎么能与钢铁抗衡。被滚瓜切菜般的民军，终于在丢下一地的尸体后退了下去，在第一线暮色中消失在黑松林中。

很是讶异的田振邦，让部下上去剥开刚才带头冲锋被打死的几个大汉血淋淋的衣服。大汉们血淋淋的衣服一剥开，他大吃一惊，不由后退一步，瞪大眼睛，倒抽了一口凉气——他们只不过在胸口上垫了一捆有名的清津大草纸而已！其他被打死的民军也大都如此。

他很震惊。"民不畏死，奈何以死惧之！"他虽然是武人，但还是读过相当多书的。这样的话，这样的道理他是知道的。

至此，他明白了，这些草根，为了维护、争取自己的切身利益是不怕死的！而一旦他们汇入保路护路洪流，那么，保路护路就有了深刻牢固的根基。不仅如此，事到如今，因为有一心要"驱除鞑虏，恢复中华，创立民国，平均地权"的孙中山倡导成立的同盟会介入，他们这就不单是保路了，而是要誓死推翻清朝，改天换地。

时至如今，他田振邦和他率领的百战百胜的边军不管如何能打，恐怕也难挡潮流了！

但是，他田振邦是职业军人，是大清军的高级将领，是跟随大帅赵尔丰多年的部下。军人以服从命令为天职。他要服从命令，服从大帅，尽人事听天命。

在第一线暮色中，他带着他的边军从牧马山蜿蜒而下，到了濒临岷江的古镇五津。当天晚上，在监军王琰的协同下，他同新军副统领朱庆山做好衔接，做好了第二天一举拔除五津这根"楔子"的作战准备。

这会儿，从望远镜中看出去，背靠岷江的五津壁垒森严。一条半月形的、铁打连环似的防线，从场头一直拉到场尾，纵横好几里地。防线异常坚固，纵深配备得也好：最外一层是铁丝网，里面一层是鹿砦，层层相依。齐胸高的战壕里，不多的现代化的九子钢枪同原始的民间的牛儿炮、砂枪等各种各样的武器交相配置；一排排黑洞洞的枪口对着这面，对着他。纵横交错的战壕里，很多人在扬锹挥镐加固工事；有许多当地的农民、市民给民军送饭送水，有的妇女从她们挎在胳膊上的竹篮里，将金黄的热气腾腾的玉米粑拿起，往民军手上递……有头上包着白帕子的男人，将一些黑咕隆咚的东西从筐里一一拣出来，放在战壕里，这些黑咕隆咚的东西显然是他们自制的手雷……

田振邦凝然不动，观察着、沉思着。绵绵江风吹拂下，他戴在头上的盔式帽上的那根朝后的红缨，在江风中招展。清晨的阳光中，田振邦身量稍高，脸庞黧黑瘦削，目光敏锐，显得孔武有力。他身着传统的清军将领服装，黑纱包头，着青皮战裙，腰上挎鲨鱼皮面大刀，肩上挎支最新式的进口的德国造驳壳枪——可以二十发子弹连发，又称二十响手提机枪。他这身旧式服装配新式武器，是大帅三千边军服装上的典型代表，显得有点不伦不类、土洋结合。但是，可不要小看这支边军的战斗力！

他将望远镜朝五津后移——在两津之间，三条大江大河汇成的茫茫江天那边，拔地而起的金瓶似的宝资山和山顶上那红柱绿瓦的六角亭内，有两个同志军首领模样的人，在对围在身边的几个人说着什么，交代着什么。一看就知道，那个穿清军军官服，仅是将盔式帽上的红缨摘了的是周鸿勋。中间那个必是侯天轩无疑。他是第一次见到这位袍哥大爷，他久久地打量着侯天轩。侯天轩完全不像个草根，有大将风度，个子适中，神态沉稳。这时，恰好有一束明亮的阳光，从翘角飞檐的六角亭的一边斜射过来，就像舞台上的一束追光，打在侯天轩脸上，就更看清了。他印象深刻的是，侯天轩那双眼窝略微有点凹的大眼睛，目光炯炯，特别有神。

六角亭外，山上最高点，架有几尊黑森森的土炮。炮口向着这边，就像是几只随时要起跳的青蛙。看到这里，他那酱色的脸上不由闪过一丝不屑。吓谁呢，你这几尊土炮！打起来，你才知道我边军的厉害。

然后，他转过身来，透过望远镜端详埋伏在一边的精兵、奇兵。

旁边一排树林中，由绰号张老虎率领的一支约两百人的边兵，显然饮了酒，一个个脱了衣服，摩拳擦掌。这些是以打仗为职业，嗜杀成性的莽子！

昨天晚上，王琰作为大帅的督军赶来，将耽搁了一段时间的军饷全部兑现，这就像给两军及时打了一针兴奋剂，无论边军还是新军都很兴奋。王督军再三强调大帅命令：清津一战只能胜不能输。立功者奖，临阵后退者杀。捉到侯天轩或将其打死者重奖，要钱者，大洋五千；要官者，官升三级。捉到或打死周洪勋、侯刚等都有类似奖励。

在这片浅浅的树林里，管带张老虎领头的敢死队员们，已做好了冲锋前的准备：他们手持九子钢枪，腰别连枪，还有一把寒光闪闪的大刀。在这个很有些凉意的早晨，身着短褂、窄衣窄袖，黑纱包头喝了壮行酒的莽子们跃跃欲试。

张老虎壮实的身板上只套了件黑坎肩，敞开胸襟，亮出黑黢黢的胸毛；粗壮的手臂上刺有张牙舞爪的青龙；四方脸上块块横肉饱绽；扫帚眉下，有双凶眼；串脸胡又浓又粗又硬，有如钢针。饮了壮行酒的他，正用大拇指将提在手上的连枪的机头一会儿张开，一会儿关上；一只手从裤兜里掏出怀表不断看时间，一副急不可耐的样子。

田振邦看到这里，不由得松了口气，以手加额，暗暗祈求老天保佑。

攻击的时间到了。田振邦从身上掏出一只进口瑞士怀表看了看，正好是上午九时，他断然将手一挥，站在他身边的传令官转过身去，将手中那面绣有一条张牙舞爪青龙的黑边月牙小旗一挥，哑着嗓子，大喊一声："开——炮！"

一字排开的三门由德国克虏伯兵工厂最新出产的格林炮开炮了——最先出膛的三颗炮弹，像三枚红果子，呼啸而出，在五津镇中段咚、咚、咚地爆炸开来，随即腾起一片黑烟。这表示总攻开始。这时，三江之隔的高高宝资山上，同志军设下的土炮拼命还击。可惜，这些过时的土炮没有任何威力，象征性大于实用性。

边军与侧翼的新军同时开始集团冲锋。

最先，尽管官军急骤有力的炮火不断砸向同志军精心构筑的工事，但是，五津镇保持了不祥的沉默。大规模的集团冲锋还是很有气势的。在督战队的威迫下，这边打主力的边军端着上了刺刀的九子钢枪，呐喊着，排山倒海般冲了上去。同志军拼尽全力还击，还不时扔出土手榴弹，暂时压制了巡防军的冲锋。

张老虎的敢死队，在民军的还击中，发现了软肋。张老虎瞅准时机，率领他的敢死队，从一角不引人注目处，出其不意地插了上去。很快，攻破了民军一点，并突了进去。田振邦举起手中的望远镜看去，双方在这个点上展开了血肉横飞的肉搏战、争夺战。田振邦大喜，心跳快了起来。他正要亲自率部从这一点冲上去增援，把突破的这一点拉开、撕破时，不意后面出现了混乱。他万分诧异地回头看去，后营管带牛得胜气急败坏地跑来，结结巴巴向他报告："后面……后面遭遇同志军进攻！"这是怎么回事？怎么可能！就在他瞪大眼睛，不知所以时，后面尘埃卷起处，大量同志军不知从什么地方钻了出来，铺天盖地大声呐喊着，以狂飙突进之势，勇不可当地杀了上来。完全乱了！后面猝不及防的边军吃了大亏，人头纷纷落地，其势相当可怕！久经战阵的他一时有点发愣，仗，竟有这样打的？这些同志军是从哪里钻出来的？但是，田振邦毕竟是身经百战的将军，他立刻镇定下来，一连发布几道命令：暂停进攻；稳住阵脚；后队改前队，反身杀过去。而这时，得了便宜的同志军，转眼间不见了踪影。

搜索过去，这才发现，同志军利用牧马山下荆棘丛生、树木掩映的复杂地形，打了一些地洞。刚才他们就是从那些地洞里钻出来，打了他们一个措手不及。田振邦不得不下令全军停止进攻，先将这些地洞一律填平夯实，以免再次两线作战。

第一天就这样在紧张、慌乱中过去了。

黑夜像乌鸦的翅膀裹紧了一切。官军怕夜战。因为他们得不到民众的任何一点支持和消息，到了夜晚，他们成了聋子、瞎子。从成都一路而来的几个晚上，沿路而来，他们被同志军打突袭、摸"夜螺蛳"很吃了些亏。田振邦及时把情况告知了侧翼的新军；命令各部扎好脚子，加强巡逻，相互协应，提高警惕！

官军各营在夜间燃起多堆篝火，篝火彻夜不熄，保持足够的警惕。尽管如此，这个夜晚，在他们背后，仍然不时有同志军出现偷袭、放冷枪、摸"夜螺蛳"……被骚扰了一夜，人喊马嘶，完全不敢休息。

可是，第二天天亮他们惊异地发现，古镇五津完全空了，上万居民和昨天拼死一战的民军就像驾了地遁，撤到三江对面的清津城里去了。

边军、新军占领了五津。

监军王琰在镇中心那座带有浓郁西洋建筑意味，高顶阔窗、一楼一底的镇政府楼上的会议室里召集田振邦、朱庆山开了一个短会，协调两军作战。

坐在没有铺桌布的长条桌的上首的王琰，眯起他那双细长眼睛，看了看坐在他两边的田振邦、朱庆山，用手在桌上下意识敲着，故作镇静地说："好好好，他们明知不敌退到那边县城去了，这是侯天轩为保存实力。这就让我们拿下清津的时间提前了些。从现在算起，到大帅规定的时间还有一天半。"接着他分配作战任务：按大帅批准的作战计划，朱统领的新军今天拿半天时间做好充分准备，将成都运来的大批大船做好拼接；明天一早，对清津发起猛烈攻击。他强调："如果可能，新军可一鼓作气攻进清津；如果攻不过去，就最大限度地吸引侯天轩的注意力，让田统率领的边军从侧面迂回过去。"说时，他用右手一劈，做了个迂回的手势："边军出其不意地突破民军的三渡口防线，从背后拿下清津！"

说完，他看了看坐在两侧的朱庆山和田振邦。

"大帅和监军是知道的，新军练成不久，能有这样的战斗力不错了。"朱庆山狡猾，他说，"我当尽力，如监军所说，'最大限度地吸引侯天轩的注意力'，而真正能在明天之内拿下侯天轩的老巢清津，则只有靠田统领那支富有战斗经验、百战百胜的边军。"说完这一句，他戛然而止。穿一身黄呢新式军装，显得很威风的大块头朱庆山看着田振邦，一双蛤蟆眼一眨一眨的。他这是为自己减压。

监军王琰这就把目光转向田振邦。田振邦低了低头，拧了拧浓眉，思索少顷，复抬起头来，看着监军说："三渡口地形复杂，侯天轩肯定在那里做了重点防御。要在明天拿下三渡口，从背后进入清津，非动用监军的'钉子'不行，而且这个'钉子'要起作用才行。"

田振邦这一说，朱庆山听来好像在打哑谜，他诧异地看了看王琰和田振邦，显得很有兴致，想听个明白。

啊，王琰可不愿意公布这个秘密。在侦缉处处长看来，秘密就是，左手做的事决不能让右手知道。

于是，他让朱庆山先下去准备，让田振邦留下细细商议。

这个晚上，寂静无人的古镇五津上半夜有月亮。不过，凄凉惨白的月亮，时而被浮云遮没，时而很不容易钻出来，在浑浑沌沌中，显得有些波诡云谲。

到了下半夜，在最黑暗的时分，田振邦率领他的一千人的巡防军轻装简从，借着夜幕掩护，从五津神不知鬼不觉地拉了出去；随即，进入了农村，很快穿行在曲曲弯弯的田间小路上，朝三渡口方向快速前进。

当这批精干利索、黑纱包头、身着青布战裙、腰挎战刀、手持九子钢枪、训练有素的边军在天亮以前到达三渡口时，这片水域广阔的地方，因为地形特殊，连空气都是湿的。借着岸边丰茂植物的掩护，他们很快隐藏起来，做好了天一亮就向对面发起致命一击的准备。这些黑衣黑裤的边军，在夜幕中，就像是盘踞在岸边、隐蔽很好的一条巨大、凶猛的黑蟒蛇。

夜幕中，田振邦不无焦急地凝望着河对面，想象着那个坚持"输赢都要吃糖"的人的态度，不无担心。按王琰所说，他已派人神不知鬼不觉过河去了——那个"钉子"事关大局，他就是侯天轩的义子、清津三排、三渡口副总指挥杨忠。

杨忠太重要了！

三渡口地形复杂，侯天轩又在这里做了充分准备，严阵以待，如果这个埋伏的"钉子"不发挥作用，关键时刻，不给边军提供便利，要扑过河宽水急的三渡口太难，何况，他的边军又都是些北方人，不善水战……

就在田振邦担着心，猜测着河那边那个"钉子"的情况时，对面，三渡口防线副总指挥杨忠躺在床上忐忑不安，辗转反侧。他在漆黑的夜幕中大睁着眼睛。他在紧张思索，侯天轩今天是不是发觉了些什么？不然，怎么突然将他的儿子、清津码头管事三排侯刚派来做三渡口防线总指挥，自己垮为侯刚的副手，成了副总指挥？转念一想，大战在即，三渡口事关重大，侯天轩派他的儿子来担此重任，也在情理之中。但是，仅是如此吗？杨忠是一个细心的人，他反复回忆、审视一段时间来自己有无不当、疏漏处，检索的结果是没有。思绪一转，月前，在成都青羊宫，祝定邦找到他，过后为慎重，王队长出面，与他在望丛祠密谈的一切恍若昨日。他们谈定，让他"输赢都吃糖"。平时，官方根本不找他，不同他联系，只在关键时刻找他。现在看来，关键时刻到了。看来，这"输赢都吃糖"，不过是一句话。他实际上已经成了过河的兵，只能进不能退了。

此次清津大决战，事关大局。赵尔丰放出狠话，不仅要牛刀杀鸡，一举拿下清津，而且对侯天轩，是生要见人、死要见尸。明天就是决战，他早就得到消息，官军明天是两面作战，朱庆山的新军是正面佯攻，能征善战的田振邦率领百战边军从三渡口偷袭。

现在看来，田振邦率领他的百战边军肯定已经到了河对面，肯定有人马上要来找他"拿话来说"！一更二更又三更，心怀鬼胎的杨忠就这样在床上辗转反侧，待到四更刚要合眼，职业的警觉，让他敏锐地意识到有人来了！眼睛一睁，只觉万籁俱寂中屋顶上有沙沙声轻响，像是有猫在跑。俄顷，窗棂上黑影一闪，他一骨碌坐起时，一个人已倏地站在他面前，像个鬼魅。

"谁？"他惊问。

"我，祝青山。"一如既往地沙声沙气，上次出面跟他交接的是祝定邦，这次是祝青山。虽然他看不清这个人，但这个人就是化成灰他都认得。

"找我啥子事？"他故作矜持，明知故问。

"贤侄，你升官发财的大好时机到了！"祝青山单刀直入，告诉他，准备天亮扑河的边军已埋伏在羊马河对面，"王（琰）大人要我告诉你，希望你尽可能为边军扑河提供便利，这也是大帅的意思。"

"哪个大帅？"

"当然是赵尔丰赵大帅。"

"啊！"他一惊，"赵大帅都知道我了？"

"知道，当然知道，你现在非同小可，举足轻重。"

"那好。"他下了决心，对这个鬼魅轻轻招了招手，祝麻子影子似的靠近了他，他把三渡口的秘密，明天边军该如何扑河，悉数告诉了祝青山。

祝青山细细听完，万分高兴地在杨忠肩上轻轻一拍，说声"兄弟，你立大功了。我们后会有期"，这就转过身去，轻轻推开窗户，运起轻功，倏忽一闪，就像一片飘然而去的枯叶，瞬间不见了踪影。

这时，远处传来了第一声雄鸡的啼鸣。

还是中了『赵屠户』的招

第十四章

这时，心潮澎湃的总指挥侯天轩万万没有想到，也不会想到，他从小养大的义子，也是他极信任、对他跟上跟下、说一不二的清津三排杨忠，居然早就生了异心，在即将展开的三渡口之战中叛变。

这就不仅让他一着不慎，满盘皆输，而且将他置于怎么都跑不脱的死地。

这天注定是惨烈的一天。

清晨时分，一轮血红的太阳，冲破黑绒似的夜幕，冉冉升起在宝资山顶那座飞檐斗拱、红柱绿瓦的六角亭上时，瞬间，万千道金色的光波，落到两津之间三条江河形成的广阔的、波翻浪涌的水域上激越跳荡，就像是漾起的大片大片的鲜血。

两津之间，往天这个时候注定出现的成群结队、往来翻飞，大都飞得贴近江面，寻觅、叼食鱼儿的水鸟，这天似乎也觉出不好——它们贴江盘旋一阵后，放弃马上可以到口的美味，拍着翅膀，箭一般地升高，逃之夭夭。

两津之间，所有的山川树木似乎都揪着心，等待着什么，心惊胆战地谛听着什么。

这时，侯天轩已经早早伫立在八角亭中，等着好戏开场。昨天，他好不容易才说服周洪勋同意他留下观战一天，而让专程从雅安赶来接他的罗定舟代替他，带着大队人马去了雅安。说定了，这天的仗一打完，他马上赶去雅安。

对这天的战事，他心中有数，信心满满。赵尔丰的官军很可能从两条战线上进攻清津。而眼前朱庆山率领的新军，在他看来是主要的对手。两津之间就只有这么宽，朱庆山完全可以凭借强大的火力和众多的人马一举打过来。对此，他有他的打法，我有我的打法。另外，清津背后的三渡口，也是官军的一个攻击点，他们可能企望拿下三渡口，在背后给我军一个突袭。但是，这谈何容易！三渡口有其特殊的地理条件：上游三条又坦又浅又宽的河流构成一大片沼泽地带，堪称死亡地带；而下游的羊马河水深浪急，是真正的天堑——那两个地方都很难过来。如果官军要从此处扑河，我看他要拿多少人来填！目前，全省一派动乱。"赵屠户"集中一点拿我清津，而且放出话来，要拿我侯天轩，活要见人，死要见尸！好，我等在这里，等你来拿！我就要把你赵尔丰吸引在这里，吸引的时间越久越好！

侯天轩的心情是愉悦的。他不时举起手中的望远镜，朝五津方面望去，举起又放下，放下又举起。那边，官军的二十五只武装战船正在集结，他私心期望这场好戏快点开始。卫队长张俊明带着十来个极其精干的卫士注意加强警卫，其任务很明确，两点：一是不要出任何一点问题；二是这一天的战斗一结束，具体点说，两津之间的这场战斗一结束，他就保护着总指挥侯天轩速去雅安——这是昨天最高三人会议决定的。

这时，心潮澎湃的总指挥侯天轩万万没有想到，也不会想到，他从小养大的义子，也是他极信任、对他跟上跟下、说一不二的清津三排杨忠，居然早就生了异心，在即将展开的三渡口之战中叛变。这就不仅让他一着不慎，满盘皆输，而且将他置于怎么都跑不脱的死地。

有言，知人知面不知心。平生行侠仗义深孚众望的清津资深捕头，川西片区的袍哥大爷侯天轩，太相信他的义子；他看人不准，没有看到平时好像很忠义的杨忠自私自利的本质，没有看到他那丑恶的灵魂；没有想到在时代变幻的风云中，在巨大的利益引诱下，杨忠这样的人为了自己，是什么都可以干，都可以出卖的。

五津方面，一字排开三十至四十艘平底武装大船，整好队，气势汹汹、威风八面地开过来了。

有利官军的是，洪汛期间吞天吐地开阔的江面，虽然落下去了一些，但两津之间仍然淹得淌平，让官军的战船可以一直抵达清津。

从望远镜中看得分明，这些战船的前头，用沙包堆成一个半月圆的掩体，掩体上都架着一挺机枪；船舷两边沙袋堆起的掩体后，伏着数不胜数身穿黄卡其军装、头戴大盖帽的官兵。看出去，一排排黑洞洞的枪口正对着这边，在阳光下闪烁着一种凛冽的寒光。

而看这边的江边防线，构筑的工事都不正规，显得渣渣草草的，不堪一击。摆在工事上的武器大都是上不得台盘的鸟枪、土炮，虽然间有九子钢枪——配备给周洪勋的反正部队的，但是，两相比较完全不在一个档次。虽然如此，但总指挥侯天轩心中有数，完全不在意。因为，眼前的战线是明的，还有暗的——在江中，抵近清津一线，牵绊了无数条纵横交错的带有勾叉的铁链。一会儿，这些洋洋得意的官军战船如果不小心撞了上去，那就惨了！这些战船都是木质的，一旦被带有勾叉的铁链撞上、缠上，那就等于送死。

这当儿，官军的船队到了江中，停止了前进。他注意到中间那艘船上的挺神气的大个子——显然就是被人们多次嘲笑过的

"人大无才，山大无柴"的新军副统领朱庆山了。朱庆山给传令官下达了命令，传令官将手上的信号枪一举一扣，红绿黄三颗信号弹升起在空中。三颗信号弹尚未落下，咚咚咚、嗒嗒嗒、啪啪啪——官军火力全开。最有威力的是，隐藏于三只战船上的新近从德国进口的格林炮，带着可怕的啸声，打出的炮弹就像一个个通红的果子，准确地砸进了对面民军构筑的防线内，猛烈爆炸开来。

瞬间，民军煞费苦心，用铁丝网、马桩等层层相依构筑的障碍物防线，被炸得一塌糊涂，在惊叫声中，好些残肢断臂飞了起来。显然，土得掉渣，从来没有见过大炮的民军们，被这种猛烈的打击吓住了，震慑住了，虽然周洪勋指挥民军全力阻击，但效果不佳。望远镜中，侯天轩注意到，宽面大耳的朱庆山脸上一派欣喜，把手一挥，下达了全速前进的命令。

可是，很快，冲在最前面的两只战船突然不动了，原地打转，就像两只被蚂蟥钻进了身去的肥猪儿，惊恐地嚎叫，想甩掉蚂蟥脱身而去。侯天轩哑然失笑。他知道，这是官军的战船撞上了民军预先埋伏在江中的铁丝网，被勾缠住了。

朱庆山得报，赶紧下令，让所有战船停止进攻，退回中线，退到民军火力够不着的地方，利用火力优势对对岸进行剿杀。然而，已经迟了，有几只战船突然樯倾楫摧……他虽然听不见这些樯倾楫摧的战船上兵士的惊呼呐喊，但看得清他们的狼狈相——这个状况，很像《水浒传》中，高俅统帅官军进攻梁山时，在河汊地被"浪里白条"张顺等农民起义军折腾得鬼哭狼嚎的场景。清津五河汇聚，是出了名的水城。官军这样贸然攻城，被水下功夫娴熟的清津民军们，从江中摸来，凿沉战船是必然的……

朱庆山惊慌失措，心急火燎地下令退兵、退兵，已经完全不顾军仪。又高又大，穿一身将校呢黄军服的他，大声喝叫退兵时，就像火烧屁股似的，跳了起来，双手不断拍打，可笑极了——就像一只拍着翅膀嘎嘎叫的土黄鸭子。

朱庆山的新军摆出一副必胜架势，却是乘兴而来，败兴而归。沉浸在无限愉悦中的侯天轩没有想到，真个是东边日出西边雨，这时，离清津不过二十里的三渡口防线，因为杨忠叛变，已经丢失。

这天一早，虽然已经天明，但三渡口一线很是阴沉，到处都弥漫着乳白色的浓雾。随着一轮昏昏太阳的升起，天色亮开了些。早就进入主阵地，负责在金马河这面阻击边军、心怀鬼胎的指挥杨忠注意到，果不其然，对面的边军做得很像，做出了一副攻击的架势。河对面随着红黄蓝三颗信号弹升起，埋伏的边军一跃而出，在一阵阵对这边猛烈的炮火压制中，边军不知将从哪里农家抢来的几只拌桶掀进了河中，好像要代替船装上人，不管不顾地要扑河了。在这种魔术般的炫目表演中，大批边军提着枪，弓着腰，快速向上游转移。在一般人看来，这是边军故弄玄虚——摆出一副要从羊马河抢渡的架势，其实是避实就虚，要从上游真正的三渡口抢过去。对此心知肚明的杨忠知道，负责上游指挥的侯刚同他一样，关注着这一切。不过，侯刚哪里知道他们之间的秘密。

果然，边军开始在上游大规模扑河。

沉着指挥的侯刚下达命令，因为边军在这一片河滩地要连扑三次，他命令自己的部队，在边军扑第一次时不打，扑第二次时小打，扑第三次时猛打。

那些用黑纱包头，身着青皮战裙，打扮得怪头怪脑的边军动作敏捷，他们战术素养很高。他们一个个弓着背，提着九子钢枪，快速冲到第二个滩头伏下时，侯刚刚喊打，却不意在他的下游，奇怪的一幕出现了：羊马河对面的边军并没有以拌桶当船载人冲过来，而是集中强大的火力对对岸的民军进行形式性的压制，实际上这边的防线已经不战而溃。与此同时，大批的边军成一条竖起的散兵线，就像幽灵跳舞似的，从看似很深的黝黑黝黑的水中，点水雀似的冲过来了……

糟了，上当了！看到这里，侯刚的头嗡的一声！他知道，杨忠叛变了，他中计了！原来他以为边军根本不可能从水深浪急河宽的羊马河正面扑河，于是，他把这一线交给了杨忠，却不意正中杨忠心意。看来，只有杨忠知道羊马河的这个秘密——那里，其实水很浅。

幽灵跳舞似的边军很快过了河，很快占领了滩头阵地，与誓死不降的守滩袍哥兄弟们进行了残酷的肉搏。这些本身就是纯粹农民的袍哥兄弟，哪是穷凶极恶、训练有素的边军的对手！边军对这些宁死不降的兄弟们进行了杀戮。

"侯三爷！"这时，一声泣血的惊呼，把一时简直蒙了的侯刚唤醒。朝他跑来报信的人吴二娃，是他原来带在身边的足可信任的小兄弟。吴二娃告诉他，杨忠叛变了。"狗东西，我杀了你！"侯刚到处找杨忠，可是，哪里还有杨忠的影子？

好在他的部队是完整的。他清醒过来，率领他的部队且战且退，他把他的部队最后集结在城边上濒临南河的纯阳观一线坚守。他希望借此尽量拖延边军进入清津城的时间，让昨天就该走的父亲从容撤退。

这时，不知不觉中，时间飞快，浓重的暮色已经笼罩了宝资山八角亭。尽管卫队长张俊明再三催促总指挥侯天轩撤退，而始终处于兴奋、憧憬中的总指挥，总说再等一下、再等一下，他还没有等到三渡口官军折戟沉沙的消息。

"总指挥！"这时，随着山边一声泣血急促的呼喊，他们不禁惊愕万分地掉头看去，在夜幕的背景上，山口出现一个人跑上山来累得东倒西歪的身影——显然，他因为一鼓作气沿着那条从山上垂下去，垂到河边的漫长的羊肠似的山道一个劲跑上来，已经累得精疲力竭。卫队长张俊明认出了来人，吃惊地说："这不是周（洪勋）参谋长的副官卜洪顺吗？"摇摇欲倒的卜洪顺坚持不倒，上气不接下气，他挥着手，竭尽大声对这边喊："总指挥，你快……快走！三……三渡口……丢……丢失！边军从后面偷袭上来了！杨忠，叛……叛变了……"

于是，卫队长张俊明赶紧率领卫队，保护着总指挥侯天轩，从后山匆匆而下。这时，天一下就像落下的黑幕，黑透了。

响彻云霄的悲壮

第十五章

『果然是你！』侯天轩怒不可遏，『我后悔当初心软放了你，让你这条「青竹彪」又出来咬人、害人！给我打！』怒不可遏的侯天轩说时率先将手中的手提机关枪一抬，对准黑暗中传出祝青山声音的地方打去一梭子。

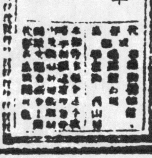

借着夜幕掩护，侯天轩一行下了山，快捷穿行在南河边人烟稀少的车荒坝茅草没膝的小道上——这是一条秘密小道。突然，右边河滩芦苇丛中扑棱棱惊飞起来几只野鸭。

"不好！"卫队长张俊明警觉地一下将侯天轩按倒在地。说时迟，那时快，嗖嗖嗖！芦苇丛中扫过来一串紧紧咬在一起的金黄色子弹，猝不及防，卫队中有人中弹栽倒在地。这条极其隐蔽的小路，怎么会被敌人知晓？来不及多想，卫队长张俊明要霍更夫、赵长寿掩护，他带剩下的几个卫士，征得侯天轩同意，临时改变路线，从老君山背后深处插了进去。

很快，在他们身后，敌我双方打成了一锅粥，枪声爆响。侯天轩的卫队十来人，相当精悍。配备也好，都是双枪，除了一支九子钢枪，还有一支手枪——从德国进口的可以连发二十发子弹的驳壳枪。

背后的枪声听不见了。疾走如风的他们，进入了长秋山脉的纵深。可是不一会儿，发现后面的追兵又上来了，他们就像被牛皮糖黏住了似的，而且不疾不慢，始终同他们保持着一定距离——你走他跟，你停他也停，显然追兵是想等天亮以后解决他们。

这不是个办法！路经一个有坟茔的地方，富有作战经验的卫队长张俊明察觉后面追兵不多，而此处浅浅的坟茔点点，磷火明灭，很适宜打伏击。征得侯总指挥的同意，他将卫队摆好一个口袋阵，只等这股鬼魂似的追兵进来，一气打掉。

然而，这股鬼魂似的追兵似乎也知道这里的地形，知道他们的意图，停止了追击，同他们处于僵持状态。

少顷，黑暗中，一个馒头状的坟茔后传来一个熟悉的公鸭似的嗓音："侯天轩跑不脱了，已经被团团包围。对面的兄弟，犯不着为侯天轩卖命！赵大帅点名捉拿侯天轩，生要见人，死要见尸。你们中，若是谁能将侯天轩捉拿归案，就是立了大功，要啥有啥，要钱给钱，要官给官。你们中有谁不忍心拿他，个人反正过来，也算立功。"

仇人相见，分外眼红！侯天轩听出来了，喊话的不是"青竹彪"祝青山是谁！

"果然是你！"侯天轩怒不可遏，"我后悔当初心软放了你，让你这条'青竹彪'又出来咬人、害人！给我打！"怒不可遏的侯天轩说时率先将手中的手提机关枪一抬，对准黑暗中传出祝青山声音的地方打去一梭子。

"哎哟！"对面发出一声惨叫，不过不是祝青山的声音。看来，祝青山早有准备，藏得很深。

随即，双方打在了一起。嗖嗖嗖！夜幕中，一串串金色的子弹，就像发了疯的马蜂紧紧咬在一起。

为甩开这股紧追不舍的边军，卫队长张俊明向总指挥建议：没有办法，只有走最后那条险中险、秘中秘的道路，去象鼻山暂避一时，险中求胜，这也是最后一步棋！侯天轩同意了。卫队长带三个卫士保护总指挥走，其他五人全部留下打阻击，并给他们交代：尽可能把时间拖长一些；最好能把追敌转移到其他方向去；尽最大可能，保障总指挥的这最后一条退路，不要让追兵摸到火门。

背后枪声又是骤响。在这静静的深夜，骤响紧响的枪声，在高山峡谷间响起久久的回音。听得出，留下的五个卫士在主动出击。

终于，在一口锅扣了下来似的黑暗中，影影绰绰的象鼻山出现在面前，可是，等他们上了象鼻山，才发现那股鬼魂似的追兵也接踵而至。只有去飞来峰。飞来峰就像一把刺向苍天的利剑，孤峰独立，与象鼻山是断开的，比象鼻山更高。两者之间相距不过四五米，但下面是万丈悬崖。也不知何年何月，一道天造地设的藤桥将两者连接在一起——两边股股年深日久、柔韧粗壮的青藤，就像受到对方的牵引，向对面伸出手去，两只柔韧的巨手最后握在了一起，握得很紧，形成了一道天然的藤桥。

山风在峡谷间呼啸，藤桥摇来摇去，似乎随时都可能被山风吹折。

张俊明等三个卫士小心翼翼地护卫着侯天轩过了凌空一线的藤桥，上了飞来峰。这就踏实了。峰顶上，有一簇蓊郁的楠木围成一个圆，就像是一个骄傲的武士头顶上的盔缨。

天蒙蒙亮了，天上乱云飞渡。让他们大为诧异的是，那股鬼魂似的追兵，居然脚跟脚地到了。没有办法，破釜沉舟！侯天轩要卫队长砍断藤桥。张俊明抽出锋利的佩刀，唰、唰两声将藤桥砍断。

在第一线曙光中，只见纠结缠绵在这边悬崖上的那株粗壮的、虬枝盘杂大树上的柔韧青藤，刹那间，就像一个多情而痛苦的女人，万分不舍地放弃了对大树的拥抱，身子一缩，朝悬崖下一跳，却被那边抓着她的大树一带，呈多根抛物线，在空中荡了开来。

卫队长张俊明请总指挥尽可能退后一些，注意用大树作为掩护，他带两个弟兄，分别从不同的三个方向，举枪向对面瞄准，注意观察那边敌军动向。

对面树丛中，影影绰绰，只见十来个鬼魅似的边军，簇拥于一个大块头身边，听他的坏主意。

天亮了。看清了，这个大块头，居然是赵尔丰的卫队长，"草上飞"何麻子！侯天轩端起望远镜看去，立功心切的何麻子因为激动，就像打了鸡血，一脸凶相，麻子颗颗饱绽。看来，赵尔丰为了捉拿他侯天轩，达到生要活捉、死要见尸的目的，连他须臾不离的卫队长都用上了，赵尔丰是不遗余力、竭尽所能啊！

"喂，飞来峰上的哥子们！"对面躲在大树后的边军，好像临时用树皮卷起权作喇叭，放大音量，用袍哥语言，对这边开始劝降、攻心。在呼啸于峡谷的风声中，他们的劝降声音显得很是怪异，嗡嗡的；还是老一套，无非是说侯天轩已经走投无路，对面哥子们立功受奖的时候到了……让张俊明们感到震惊的是，对面的边军对他们这边的情况知道得很清楚，连现在侯天轩身边还有几个卫士都知道，甚至居然点了卫队长张俊明的名。

"少在那边给老子叫丧！"卫队长张俊明气极，提起手枪，对那边喊话的打了一梭子。从树后对这边探头探脑喊话的边兵中了一枪，哎哟一声缩了回去。

欺飞来峰上人少，对面，赵尔丰卫士长何麻子组织强大的火力对这边进行压制。为尽量节约子弹，张俊明要两个兄弟不要轻易射击，只是注意保护好总指挥并做好隐蔽，监视对方。

嗖！嗖！嗖！对面，边军在强大火力压制下，大树后突然飞出三根带钩的绳，这三根绳钩，闪电般扎在了这边临崖的三株树上，而且扎得很牢靠——这就是长年征战在康藏的边兵练出的绝技。就像变戏法似的，在强大火力压制下，三个身穿黑衣服的边兵，就像黑蜘蛛似的，上了那三条绳，脚攀手爬，快速朝这边爬来。

"阴险！好个狗东西！"张俊明骂了起来，他将手一挥，对左右的卫士说，"咱们一人打一个，打掉他们。我打中间那个！"说时，率先出枪，砰的一声，打掉了中间那个蜘蛛人。他两边的卫士一人一枪，都打中了。三个正飞速朝这边爬的蜘蛛人，惨叫着跌下深谷。

他们这样一来，就完全暴露了目标。那边恼怒万分的边军欺他们人少，集中火力，暴风骤雨般地朝他们这边的三个地方打来，把他们掩身的大树打得皮皮翻翻的。

张俊明们就这样，边军朝这边爬就打，不爬就躲在树后，隐而不发。

趁着一个短暂的战斗间隙，富有作战经验的卫队长对躲在他右边大树后的卫士张大力说："这样僵持下去不是办法，只有我们吃亏的。趁这个机会，你保护总指挥先走。"他将他早想好了的办法告诉张大力："我刚才已经割了一些山上柔韧无比的青藤，搓成了一条藤索，你将这条藤索的一端拴在飞来峰后面的那株大树上。"说时，朝飞来峰后面一指："这条藤索放下去够得了。你将这藤索的另一端吊一块石头放下崖去。"他想得很细：

"待确定藤索落地之后，为以防万一，大力你先下去，落地后如果安全，拉拉藤索，拉三下，总指挥这才下去，然后你保护总指挥先走……"

也只能这样了。

就在张大力如愿以偿让总指挥侯天轩下去了时，对面边兵故伎重施，火力更猛，强大的火力近乎朝这边雨一般地疯狂倾泻，打得这边两个人抬不起头。那已经跨越起来的三条绳上，蜘蛛人又开始朝这边爬来，而且，这次呈现出疯狂的架势。

张俊明和卫士吴士成竭力开枪阻止。但是，一人不敌二手，虽然快速朝这边爬的蜘蛛人又被他们打掉两个，但对面的蜘蛛人源源不断。而且，糟糕的是，他们发现，从昨晚开始的持续的战斗，让他们的子弹所剩无几。

万分危急中，为消除隐患，不致暴露秘密，张俊明让卫士吴士成注意警戒，他冒险弯腰蹿出，飞快跑到峰边，将那根绐下峰去让总指挥侯天轩先走的青藤砍了。

啪啪两枪打来，张俊明脚上受了伤。掉过头来，吴士成的子弹显然打完了，五六个鬼魅似的蜘蛛人，从绳上跳了下来，端着枪，在赵尔丰卫队长何麻子的带领下，狞笑着，朝他们逼了上来。

他们朝后退，退到飞来峰边上，面对逼上来的边军，他们将枪一比，吓得何麻子等赶紧朝后退。他们这就砸了枪，将枪甩下了飞来峰。何麻子们发现上了当，逼上前来，将枪对着张俊明、吴士成，大声喝问："侯天轩呢？你们把他藏到哪里去了？"直到这时，何麻子还心存幻想，说是只要他们将侯天轩交出来，就是立了大功。

"我愿意把侯天轩献出来，到这个时候，藏也藏不住了！"吴士成做出一副大彻大悟的样子，对张俊明示了个意，对何麻子招招手说，"你来看！"

"吴士成，你要干什么！"为了把这场戏演得更像一些，张俊明大声怒喝。

"拦住他！"何麻子要他的部下挟制住暴怒的张俊明。

吴士成故弄玄虚，手朝峰下一指说："我们把他藏在了这里。"何麻子立功心切，利令智昏，上前一步，头朝前一探。只见飞来峰外，下面是乱云飞渡万丈悬崖，望下去让人头发昏。何麻子大意了，他以为到这个时候，吴士成真的是想把侯天轩献出来立功。

他看不明白，不禁睁大一双怪眼，问吴士成："这崖边不就是长有几棵歪脖子松树吗，难道你们还能把侯天轩藏到松树后不成？"

吴士成诓道："你再看，松树后是不是有个洞？"

"在哪里？"何麻子一半出于好奇，一半出于侥幸，犹犹豫豫，探头去看时，吴士成突然出手，猛地将何麻子的头一拧，用力往前一带——两个人一起坠下了万丈悬崖。

"哈哈哈！"飞来峰上，侯天轩的卫士长张俊明对着这群吓得呆若木鸡的边兵朗声大笑，似乎他要通过这笑声，把总指挥侯天轩成功离去的喜悦，把他对这些蠢货的不屑和鄙视都尽情宣泄出来。

就在这些边兵醒悟过来，恼羞成怒端枪逼上来之时，张俊明教训似的对他们说，"在咱们清津这个地方，你们想抓到侯天轩，做你娘的春秋大梦去吧！"

面对逼上来的边兵，站在悬崖边的他，最后深情地凝望了一眼他热爱的家乡的山川河流，跳了下去，扑通一声落在后山荆棘丛生的山坡上，溅开一地玫瑰花似的鲜血——这是他留在人间的最后一道美丽的风景。

而刚才，在另一边，侯天轩接到卫士张大力要他下去的信号，攀缘着藤索下去了。站定下来，却不见卫士张大力，他好生奇怪，一边轻轻喊着张大力的名字，一边四面逡寻。

"哈哈哈！"背后猛然传来一阵干笑，让侯天轩寒毛倒竖，以为遇到了鬼，循声转过身来，惊得眼睛都大了，站在他面前的居然是清津城里出了名的懒鬼、二流子侯二。他穿一身稀烂的衣服，人瘦得像麻秆，站在离他大概十步远的地方，佝着腰，盯着他，就像一条饿极了想吃人的恶狗，讪笑着说："你是在找你的卫士张大力对不对？"

不容侯天轩回答，侯二说："你找不到他了。他已经死了，做了你的替死鬼。"说着用那张猴子似的嘴，朝拐角处一努，侯天轩才注意到，张大力倒在一片草上，背上一个刀眼，背上草上尽是血。

"你把他杀了？为什么要杀张大力？"愤怒已极的侯天轩指着二流子侯二大声喝问。

"简单，我不杀他，他就杀我。"

这一切太突然了。侯天轩不解地问侯二："这究竟是怎么回事？我们与你近日无仇，远日无冤。我当清津捕头、清津袍哥大爷这么多年，没有少管顾你！况且，我们都姓侯，远角亲，你怎么下得了手？"

"侯大爷，不说那么多了。这些话，是人都晓得：人不为己，天诛地灭。人为财死，鸟为食亡。我侯二是穷怕了，穷得要死。"

侯二接着说："都晓得赵尔丰赵大帅这次打清津，指名道姓要抓你，生要见人，死要见尸。现在不说多了，你反正被我活捉了，就成全我吧，跟我走，让我发财。"说着，他枯瘦的手上竟然亮出一把开了红膛的手枪。

"那我就成全你吧。"侯天轩知道是怎么一回事了，他做出一副只能如此了的架势，对侯二说，"不过，你要先回答我几个问题，不然我宁肯死在你的枪下，也要同你拼命。"

"好好好，老辈子你问。"

"是哪个叫你到这个鬼都找不到的地方等我的？"

"还有哪个嘛？还有哪个对你知晓得这样清楚！是你的义子、清津码头五排杨忠！"

这一切，侯天轩已经从昨天三渡口的丢失预感到了，昨天临走得到了证实，现在再次证实。他问侯二："未必你手上这支手枪，也是他给你的？"

"是。"

"他还教了你咋个开枪？"

"对头。"

侯天轩长长叹了一口气，无限痛惜地、悔不当初地喃喃道："算我侯天轩自作自受，瞎了眼睛，看错了人。"

"走吧！"侯二等不及了，把开了膛的手枪对他一指，"不要尽说这些没用的话了，跟我走！"

侯天轩这就做出一副听说听教、命该如此的样子，背过身去，朝前走。就在侯二跟上时，身上有功夫的清津资深捕头、袍

寸步不让
辛亥保路悲歌

哥大爷侯天轩突然一个鹞子翻身反扑上来，用两只铁钳似的手，卡在侯二瘦得干豇豆似的细喉咙上用劲，侯二一双猴子眼睛翻了翻，死了。

侯天轩草草掩埋了卫士张大力，沿着野草没膝的羊肠小道，也是他们最后一条备用的秘密小道扬长而去。

一跟到底的魑魅魍魉

第十六章

对面，坐落在一片隆起高地上的古松庵，被一派黑森森的松林掩盖、裹紧。剪纸似的映衬在蓝蓝天幕上古松庵色彩落尽的飞翘的檐角，透出一种难言的沧桑。古松庵与包围它的那派松林相接相映，似乎在朝一个不可知处潜行。

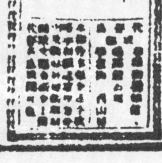

当侯天轩从连绵不绝、纵横百里的长秋山脉中段走出来时，已是第二天中午时分了。这是邛州偏西地区，属于成都平原西陲，逐步由平原而丘陵地段。去雅安中间隔着一个名山县，还有川藏线上那一夫当关、万夫莫开的金鸡关。此地虽然离雅安不过一百多里，但地形复杂，心理上隔着千山万水。

看到一道不宽的河流对面，掩映在一片松林中的古松庵，他立刻感到踏实、放松，有一种快到家了的熨帖感。

这一段空山鸟语，人迹寥寥，清风送来森林的气息和雀鸟的啁啾，格外幽静，给人一种世外桃源的感觉。这个时分，两岸简直看不到一个人。远远地，在波浪般起伏的丘陵的末端，在分布稀疏的林盘里升起了袅袅炊烟。微风吹来田野稻谷成熟的芳香，一种久违了的人间温馨在心中升起。

一时，他有点恍惚。他无法将眼前这样的世外桃源、人间温馨，与他刚经历、刚脱离的从昨晚上开始的血与火、生死劫联系起来。

他知道，只要他过了这道奔马河，进入古松庵，就意味着新的开始。他马上就会被雅安罗（定舟）大爷安排在那里的人接去

寸步不让
辛亥保路悲歌

雅安——坐落在河谷的著名雨城雅安，是川康间最大的城市，也是一个战略要地，是川西片区同志会、同志军和袍哥的大本营。罗大爷正等着他去主持工作。他这一去，就会没日没夜地工作，他会组织起对赵尔丰新的进攻。

出于一种纪念，他没有急于过河，而是坐在河边休息。他四顾频频，心里翻江倒海。

再看对面，坐落在一片隆起高地上的古松庵，被一派黑森森的松林掩盖、裹紧。剪纸似的映衬在蓝蓝天幕上古松庵色彩落尽的飞翘的檐角，透出一种难言的沧桑。古松庵与包围它的那派松林相接相映，似乎在朝一个不可知处潜行。

古松庵挂在飞翘的檐角上已经生锈、风都吹不响的铜铃，瓦椽上丛生的杂草种种，让第一次去古松庵的侯天轩可以想象它的破败。

同世俗社会一样，所有观庵的热闹与否，以及这些观庵中道或尼的生活状况、贫富，大都取决于这些观庵所处的地段。而像古松庵这样烧"冷灶"，处于这样鸟不拉屎的地方，也只有庵主妙善才能多年如一日地在此默默承受。换一个人，早就远去了。

妙善俗名陈妙玉，她是雅安城中一个小商人家的女儿，父亲信教。不要小看雅安，在那个时候，得风气之先，在这里的传教士，居然在张家山办了一所小型的明德女子中学。一是陈妙玉从小聪明过人，喜欢读书；二是她父亲支持，妙玉进了这所不收费的女子中学。她成绩好，长得又漂亮，本来顺风顺水，如果发展下去，前途很难限量，不意平地起了风波。

属于雅安管辖、横亘在荥经和汉源两县之间的泥巴山，又叫丞相岭——因当年诸葛亮平南，七擒孟获经过此山而得名，主峰海拔三千多米。这是一条古已有之的著名的茶马古道，也是一条黄金道，因为是川康藏之间商贸往来的必经道。此道很是险峻，山上终年云遮雾锁；山分四季，十里不同天。荥经这边称为阴山，汉源那边称为阳山。荥经这边的气候与雅安类似，四季阴雨绵绵，山上植被葱郁丰茂；而到了阳山那边则属于云南高原气候，整天阳光灿烂烤脸，古时作为贡品的红灿灿的汉源花椒，就大宗产自那里。

那时，在这样川康藏和凉山的交接地带，好些地方都是"三不管"，土匪出没频繁。其中，盘踞汉源一侧一个绰号"花面虎"的土匪是个巨匪，随时对行走经过泥巴山的商旅进行抢劫，让负责管理这一线的雅安军阀云占山防不胜防，头痛不已。因为，花面虎此举，也是断了他的财路。后来，这个军阀采用了一个最便宜的办法，他摸到花面虎的软肋——好色，就去找花面虎谈判。

花面虎明确给云占山提出，只要云占山把雅安明德女中的陈妙玉许他为妾，他就从此不再袭扰泥巴山。这就好办了。云占山利用职权，很容易地把陈妙玉强行许配给了好色的花面虎，这才安定下来。

不意花面虎五毒俱全，吃喝嫖赌毒一样不落，在陈妙玉嫁过去一年之后，上了些年纪的他因酒色过度一命呜呼。花面虎家马上乱套。本来，花面虎众多的妻妾就对陈妙玉嫉妒得要死、恨得要命，花面虎一死，陈妙玉一是存身不得，二是正想借机离开土匪家。

她这就"借事出徐州"，去远在邛崃僻处的古松庵出家为尼。

她之所以选中古松庵，是她的智慧。因为，这个破败的庵中只有一个病恹恹、来日不多的老尼；何况她向老尼——也是庵主——隆心表示，她在出家为尼的同时，将自己所有的积蓄全部捐献给庵里。这就心想事成、水到渠成。这样，自然地，以后这个俗名陈妙玉，而且已经被人们忘记了俗名的庵主妙善成了仙逝的老尼隆心的翻版。

时间飞快地流逝。已经垂垂老矣的古松庵庵主妙善表面上日复一日地晨钟暮鼓、青灯黄卷，可是，她毕竟是读过中学的，是有慧根的。她对那个黑暗的社会、对不堪回首的过去，对那种非人的制度，有一种刻骨铭心的仇恨。表面上，每天风声雨声诵经声鸟叫声，声声在耳；实际上，川事国事天下事，事事在心。她的内心很不平静。特别是，四川的保路护路运动，风起云涌，渐渐发展到冲击清廷。对此，她内心充满了希望、欣喜、憧憬。

因此，当了解她的过去和现在，而且心思很细的、举旗造反的雅安袍哥大爷罗定舟找到她，希望得到她的帮助，将古松庵作为川西片区袍哥和同志会、同志军的秘密联络点和转运站时，她毫不犹豫地答应了。甚至罗大爷日前专门来对她进一步提出，为了接应清津方面过来的一个袍哥大爷，他们准备安排一个叫江静的年轻女子进来作为接应，假装是她新近接收的女尼时，她也满口答应。

坐在河边凝想的侯天轩抬起头来，猛然察觉太阳已经偏西，时间不待了。他站起来，习惯性地戴上墨镜，朝河边走去。他准备过河了。

这条河流的河面比较宽阔，水深而水流平缓，两岸的树多，沿岸排成行，或大或小的树，团团浓得发黑的树冠倒映在河面上，呈现出阵阵阴森。他发现，一只带篷小船静静地停泊在河边。他知道，这一带人少，过河的人更少，过河的小船没有船夫的。小船上的一根绳套套在那条绷紧的、系在两岸大树上的篾条编就的粗粗的篾索上。人上船，站在船头，两手把着那条粗粗的篾索，两手不断交叉用力，小船就过河了。

他咚的一声上了船。出乎他意料的是，船舱中坐了一个汉子，头戴斗笠，低着头，好像在打瞌睡。而且，更奇怪的是，他一上船，小船就自然而然地开了。

他这才注意到，船尾也坐了个人，这人头上也戴了顶大斗笠，低着头。就是这个人在开船。他一时有点发蒙，笑道："我的运气才好呢，原来有两个哥子在等我。"

说时，这只带篷小船已经唰唰地到了河心。

坐在他面前的那个人，将头缓缓抬了起来，同他打了个照面，用一双阴骛的蛇眼盯着他。

他大吃一惊，这不是祝青山吗！"你要干什么？"他预感到了不好，不由大声问。祝青山闪身站起，站在了他前面。这时，他发现，坐在船尾那个人也走了进来，朝他逼来，原来是杨忠。

"杨忠！"他转身看着杨忠，大骂，"你还是个人吗？你的良心被狗吃了？你要做啥子？"他赶紧从身上摸枪，可是迟了，挡在他前面的祝青山，像一头凶恶的狼，猛地朝他扑来，二人随即扭打在一起。侯天轩忽觉阴风袭来，背后一阵剧痛——一把快刀从他背上进、前胸出。侯天轩吃力地转过身来看，杀他的竟是杨忠。

"是你？！"侯天轩瞪大眼睛，吃惊地看着这个忘恩负义的家伙。"大爷，我也是逼不得已。"杨忠吓得退后一步，事情到了这一步，他还在为自己辩护，装出一副可怜相。

"你……你……你们……"这时，背后的祝青山也趁机给了他两刀，刀刀致命。侯天轩站不稳了，他用颤抖的手，指着吓得连连后退的两个家伙："你……你们……不得……好……死……"然后，咚的一声倒下了。不过，他没有倒在船板上，而是挣扎着坐到凳上，身子斜倚在船篷上。他死不瞑目，浓眉下的大眼睛一直硬睁着，瞳仁上映出了两个丑类，鲜血不断地从直贯前胸后背的刀口上渗出来。他死了，他的眉头拧成了结，拧成了两个粗大的问号。

两个毫无人性的家伙，为领赏，割下侯天轩的头，然后将其尸体装入麻袋，系上大石头，沉到河底。

昨天晚上，侯刚率部且战且退到离县城很近的纯阳观驻扎下来，努力组成一条环形的阻击线，希望尽可能阻止官军的步伐。好在夜幕降临了，已经过来的官军，无论是新军还是能征善战的边军都不敢在夜间向他们进攻。

夜已经深了。在仓促构筑的工事里，侯刚心如刀绞，他对这天杨忠的叛变，一是痛恨，更多的是自责。他太粗心大意了。平时经常说"粗枝大叶害死人"，并没有留意，现在才了解这简简单单七个字中所包含的深意……

思维一转，他想到了身负重任的父亲。父亲现在哪里？杨忠这个家伙太可怕了！平时杨忠像父亲的一条忠实的狗，父亲走到哪里他跟到哪里，他知道的太多了。他会不会带能征善战，很会偷袭的边兵一直跟着父亲追踪下去？完全可能！如果这样，所有的秘密线路，都可能成为他们逮捕父亲的陷阱！

想到这里，他恨不得立刻循着父亲秘密撤退的线路追踪下去，救父亲于危难之中。

可是，这会儿，他哪里都不能去。

借着熹微的天光，他注视着身边这条草草构筑的工事；他发现，早上还好好的一些弟兄都不在了，都牺牲了。他叫得出他们的名字，他们的名字都很土，什么留根、狗娃、火乖……都是身穿破衣烂衫，身上沾有牛屎的农民。他们大都正当年，是家中的主要劳力，是家中年迈父母亲下半辈子的依靠，是年幼需要抚养的儿女的父亲……他们名义上是袍哥，其实就是一般的农民，他们没有受过基本的军事训练。拿在手上的武器说起来笑人，连祖上留下来的鸟枪、自制火药枪都算是好的，甚至连铡草的铡刀等都上了手……而且，这些不是武器的武器，还是他们自己提供的。

就是他们，为了保路护路，为了自己的切身利益，勇敢地站了出来。就近来说，他们是听从侯大爷的命令，同以杀人为职业的，赵尔丰指挥的大批新军，特别是赵尔丰专门从康藏带回来的杀人如滚瓜切菜，眼都不眨一下的边军以命相搏，寸步不让，做出了重大牺牲。环顾左右，数一数，狗娃、莽墩、火娃……这些早晨都还生龙活虎的人，这些年轻的生命，像花一样刚刚开放，就被赵尔丰掐没了。

如果没有战争，这是一个多么美丽的秋夜。深蓝色的天幕上，有金色的繁星。天幕下，可以遥遥看见身后那道锯齿形起伏的古城墙围绕中县城优美的剪影；可以看见，在县城之后，天幕下隐约起伏的宝资山、老君山……

在这个静静的夜晚，身负重任的侯刚思绪一转，思考着天亮以后如何应敌、如何撤退，如何同周洪勋衔接，尽管他很疲惫了，可脑海中翻江倒海似的，完全忘记了时间。

突然，在漆黑的静夜里，在他们对面，边军嘀嘀嗒、嗒嗒嘀的军号声突然响了起来，注意看去，边军正在趁夜撤退。

在最初的黎明光线中，他发现，训练有素的边军，来时像大海涌浪涨潮，现在像退潮，轻轻地退去了。

显然，他明白，是省垣成都告急！赵尔丰不得不把他的这批宝贝边军撤回成都去救急。而且，清津已经被他们打下来了，或许，赵尔丰还有更多的收获。更多的收获是什么呢？这样一想，他心惊肉跳。

边军新军都撤走了，他把他的部队向副手孙玉民交代了一下，立刻不管不顾地、心急火燎地沿父亲昨天撤退的秘密路线一路找去。沿途，昨天战斗的惨烈从遗弃原地的敌我尸体上，无言地告诉了他。他特别注意到，父亲的卫士近乎全部牺牲……他更担心了。

一路寻去，从长秋山脉中段出来，寻到父亲昨天过河的地方，已是夕阳西下时分。

隔河看去，浓密松林掩映中的古松庵，没有一点人气，鬼气森森。

他忙不迭、咚的一声上了昨天那只被虬枝盘杂的大榕树掩映的带篷小船，站在船板上，双手抓住篾套交叉用力，很快将小船划到了对岸。他下了船，三步并作两步朝古松庵走去。

呱！呱！他背后高高的树上，老鸹猛然间叫了两声，然后拍打着翅膀一飞而起，很快不见了踪影，平添了一种阴森。

他一脚踏进庙门，迎面是一堵破败的朱红色照壁。古庵虽然破旧，但院子中植物疯长。在这夜幕初降时分，几只蝙蝠在他的前后左右，晃动着不祥的身影。

"妙善法师在吗？"没有人应。他再喊，法师仍无回应，只有空洞的回音在这破败的庵中回响。他警觉起来，掣枪在手，一边朝里走，一边大声壮胆似的喝问。可是，还是没有人回应。这时，进入了中间那个庭院的他注意观察，落叶满院的两边，是真人般大小，塑造得有些粗糙的八大仙人，什么吕纯阳、何仙姑、铁拐李等，都在夜幕的笼罩中模糊不清。

奇怪，人呢？法师呢，父亲呢？未必他们转移了？父亲即便转移了，法师不会转移吧！风一吹，他似乎闻到了一股血腥气。就在他掣枪在手左顾右盼时，他万万没有想到，两个丧尽天良的家伙——祝青山和杨忠躲在前后两个阴暗处，将他紧跟，注视着他的一举一动；两支黑洞洞的枪管随着他的移动而移动。

祝青山和杨忠这两个家伙狼心狗肺，他们一不做二不休，昨天下午，在船上谋杀了侯天轩后，估计寻父心急的侯刚要寻来，昨天晚上，他们潜入庵中，一连将庵主妙善和雅安龙头大爷罗定舟专门安排来接应侯天轩的假扮道姑的江静姑娘杀害。

祝青山和杨忠原想将侯刚逮活的，但看不行——侯刚年轻力壮血气方刚，身手敏捷，又警惕。他们决定杀死侯刚。

侯刚似有察觉，想退下去，可是迟了。躲在他前面厢房中，将他瞄准的祝青山，悄悄从窗户上的破纸洞里伸出枪管，对着侯刚打了一枪。

砰！侯刚只觉得胸前被什么利器猛地一推一锥，就在他下意识地一边伸手扪胸、一手扬枪，对着枪响之处还枪之时，影子似的跟在他身后的杨忠对准他又开一枪，砰！

被两枪前后命中要害的侯刚口吐鲜血，跟跟跄跄，可他像他父亲一样，坚持不倒，退坐在阶沿上，背靠墙壁。他已经估计到暗杀他的两个凶手是谁了，他强撑着坐在那里，等着这两个向他前胸后背开枪的丑类出现。

可是，一直到他年轻的生命随着前胸后背汩汩涌出的热血流尽，两个色厉内荏的家伙也没敢出现。两个丑类在确信侯刚死后，才从阴暗的角落梭出来。站在死而不倒的侯刚面前，他们猛然从侯刚那充满仇恨、死不瞑目的清亮的眼睛中看见了他们丑陋不堪的样子，自己都吓了一大跳，惊叫一声，大退一步，跳了开去。

黑夜似乎不忍看着这场惨剧，像展开一件巨大的丧服，急匆匆将杀人现场古松庵裹紧。本来，这两个丑类还想做点什么，这时，一阵山风呼啸而过，他们惊讶地听见山坡下有杂沓的脚步声由远而近——是的，是他们的枪声引起了山坡下村民的注意，附近的村民举着火把，大声呼朋唤友而来。两个丑类赶紧趁着夜幕，蹿出庵后那道有些老朽了的月亮门，蹿进了长秋山脉，急急将他们罪恶的身影隐藏。

铁血大师的另一面

第十七章

身下这把马架子，是当时小何就地取材做的，结实、粗糙、简洁、实用。战争岁月，戎马倥偬间，他累了，就躺在上面休息，思谋……这把马架子陪着他熬过多少难挨的岁月，渡过多少难关，在绝望中夺取了多少胜利，让他难忘！所以，当他从康区回归成都，匆匆就任四川总督时，别的东西都没有带，而专门将这把朴拙的马架子带了回来。

向来说话办事刀切斧砍，勤于政事的赵尔丰赵大帅，这天破例没有去五福堂料理公务。从早晨起就一直躺在他那把很有感情的马架子上，动都不动，闭着眼睛，好像又睡了过去，显得非常委顿——这可是从来没有过的啊！

他的书房宽敞、简洁、舒适，古色古香，保持着一些战时特征。

一缕印度香，从摆在旁边的一个翠绿的无头蟾蜍里徐徐飘出，满屋子弥漫着一种让人醺醺欲醉的幽香。

四周很静。花园里本来雀鸟啁啾、百花芳菲，是很热闹的，但懂他、关心他、体贴他的夫人李氏派人将这些鸟吆了，尽可能保持绝对的安静。

金色的秋阳并不受影响，将它金色的光芒大面积地泼洒在裱糊着雪白绵柔夹江宣纸，由雕龙刻凤的窗棂嵌制的窗户上。这些金色的光芒穿透窗户纸，再穿透里面那层雪白的薄如蝉翼的暗花落地窗帘，就柔和了许多，变成无数的金箔，在打蜡的红漆地板上伸伸缩缩、闪烁游移，编织出一个个梦幻般的图案。如此氛围，很有些唐诗"打起黄莺儿，莫叫枝上啼。啼时惊妾梦，不得到辽西"的意味。

大帅这会儿表面平静，其实是百爪挠心。原先他拟定的一步好棋：先是集中力量，打掉就近对他威胁最大的侯天轩和他的"匪窝子"清津；继而逐步将全省乱局一一拣平，殊不知却是一步臭棋。不打还好点，这一打，就像捅了一个马蜂窝，蜇得他鼻青脸肿、始料不及——先是鞭长莫及的重庆宣布独立，接着是荣县……乱局丛生。一时间，以重庆为首的川东大半个四川，完全脱离了他的控制。更有以龙鸣剑、秦载赓率领的声势浩大的义军正在朝成都逼近，他已经被种种乱局压得喘不过气来。现在，他名为四川总督，军令政令却走不出这只有九里三分的成都，而成都也成了一座孤城、空城。他寄予厚望的朝廷也摇摇欲坠。

睹物思人。他对躺着的这把马架子极有感情，而当时给他做这把马架子的卫士小何，后来的卫士长、"草上飞"何麻子何占标，日前请命去清津追杀侯天轩，因为心急，上飞来峰后，上了侯天轩的卫士吴士成的当，与吴同归于尽，悲哀。

身下这把马架子，是当时小何就地取材做的，结实、粗糙、简洁、实用。战争岁月，戎马倥偬间，他累了，就躺在上面休息、思谋……这把马架子陪着他熬过多少难挨的岁月，渡过多少难关，在绝望中夺取了多少胜利，让他难忘！所以，当他从康区回归成都，匆匆就任四川总督时，别的东西都没有带，而专门将这把朴拙的马架子带了回来。

一段难忘的往事，在他脑海中烟云般升起。

那是攻打桑披寺。桑披寺战略地位极为重要，位于康区，是连接川康藏三者的交通要隘，是赵尔丰眼中必须拔除的一根钉子。

一叶弯弯冷月挂在凄清的夜空。远处，河水呜咽，怪鸟悲鸣。

端坐马上凝然不动的他，久久打量着眼前围攻了半年不克的桑披寺。朔风凛冽。惨白的月光下，大帅身上穿的得胜褂、额下那部花白胡须，坐下栗青色战马的鬃毛，以及背后掌旗官手中的那杆标着"赵"字的大旗，无不在寒风中猎猎招展。

雄踞半山的桑披寺在夜晚愈显峥嵘，山是一座寺，寺是一座山，简直就是一道铜墙铁壁。硬攻不行。唯一的办法是切断流向寺里的水。他明明知道，水是从后山流下来的，却一直找不到水源。山区风雪早到，桑披寺恶僧们以逸待劳，而他们的粮草将尽，已经拖不起了。

突然，山上桑披寺胡笳声声，苍凉悲壮，百感凄恻。与此同时，城楼上突然亮起数百支松油火把，鬼影憧憧中，缓缓竖起两根高杆，高杆上挂着月前被叛军逮捕杀害、剥皮实草的两个当地军官的尸体。叛变了的恶僧们向他示威，恶僧们知道他赵尔丰就在城下。

身材高大的枭首香普占中亮出身来。他指着黑暗中的赵尔丰，用一口流利的汉话大声说："赵胡子！你可看清，这就是你的两个部下，都被我们剥皮实草，这也是你赵胡子的下场……"

"秃驴，住嘴！"

"秃驴，休得逞强！"

城下，簇拥在赵尔丰身边的边军统领凤山和副统领田征葵气愤地大声喝止时，咬破了嘴唇。

借着城上闪烁的松明火把可以看清，恣意妄为、高声谩骂的枭首香普占中，身材相当高大魁梧，相貌狰狞；额头上束一根宽宽的大红绸带，着一身猩红色大喇嘛服，两只袖子一只穿，另一

寸步不让
辛亥保路悲歌

只不穿，拴在腰带上，亮出一条粗壮黝黑的臂子。不仅如此，在这样寒冷的晚上，枭首整个亮出壮实厚重门板似的胸脯。他土洋结合，腰带上别一支可以二十发子弹连发的德国造手枪，同时别一把镶金嵌银的匕首；手上又握一把雪亮沉重的鬼头大刀，十分凶悍。

在一阵铙钹高奏中，簇拥在枭首周围的喽啰们，忽然齐声用汉话羞辱起赵尔丰："赵胡子，你们的锅儿怕是吊起当锣打了吧？"他们一边在城上手舞足蹈，一边哈哈大笑，做出一些下流相："我们可是吃饱喝足了……"

没有办法，必须找到并切断通进桑披寺的水源不可。接下来，他天天身先士卒，带着卫队上山寻找水源。

站在山上最高处放眼四望，只见四周大山叠嶂巍峨。山势缓缓下降，山上披着残雪，这里那里怪石林立。桑披寺与后面的森林之间，有相当一段距离，这是寺里武装僧侣们有意而为。而在那片遮天蔽日的森林里，古藤盘绕，荒草没径，乱石纵横。毫无疑问，桑披寺的水是从这里进去的，可是，他们在这一带过篦子似的反复搜索过无数遍，就是没有发现。

那天，极有韧性的他，率卫队再次上山寻找。他让部下分片包干，在密林中从上至下，又从下至上，反复寻找，但见腐叶遮地、枯枝纵横，哪里有一点水的影子！不知不觉间，过午了，森林中的光线迅速黯淡下来。这时，他的卫士，还是小何的何麻子何占标，突然不无痛苦地用手捂着肚子，躬下身去，哼哼报告："大帅，我肚子痛，得去林中方便一下。"

"快去。"他点了点头。

不意何麻子很狼狈地蹿进森林中，拉完肚子，站起来时，忽觉脚下一松，陷下去尺许。他低头一看，不由大喜，真是踏破铁鞋无觅处，得来全不费工夫！机关就在他的脚下，脚下现出的一个坑，坑内有根细细的黄铜管向前后两边延伸。何麻子伏在地上听得很清楚，水从管中流过发出淙淙声。不用说，这水管两端的水，一端来自山顶，一端通向桑披寺。

"大帅，我找到水了！"麻子小何飞叉叉钻出密林，高兴得手舞足蹈地向焦眉愁眼坐在石头上陷入深思的赵尔丰报告。

赵尔丰当即高兴万分，带着卫士们从塌陷处露出的铜管的地方起探寻而上，最终在山端用刀拨开草丛，秘密显露出来：只见上面崖隙中有股细细的清泉，汩汩而来，端端注入接在下面的铜管的喇叭形口中。水源终于寻到了。

"真是狡猾，难以想象！"赵尔丰以手抚髯，感叹不已。

"断水！"就在黑夜张着巨大的羽翼，将天地弥合之际，赵尔丰断然将手一挥。

水一断，桑披寺中恶僧们不攻自乱，就这样，叛乱作恶的桑披寺恶僧终于被他拿下了。

破桑披寺，何占标居功至伟。不仅如此，在攻打桑披寺那难忘、难熬的日子里，这把他躺着的马架，就是小何给他做的。

思维一转。那次，他去冷谷寺。冷谷寺是理塘名寺，处于格业山和省扎山峡谷中，有六百多年历史。在康藏，去拉萨的朝圣者，大都要先到冷谷寺朝拜，以示虔诚。当时，身为川滇边务大臣的他，将行辕驻扎理塘。他到康区时间不长，却将康区治理得井井有条，改土归流，兴实业，办教育，发展改善民生大见起色。而朝廷派慈禧太后的侄儿、年轻的钟颖率领的一协（师）川军进藏，居然处处受阻，寸步难行；没有办法，朝廷派他协助，他上演了一出兵送兵（用很少的边兵，将庞大的川军送进西藏）的滑稽剧。之前，他忙里偷闲，去了一趟冷谷寺。

冷谷寺堪布大活佛偕其小舅尼玛彭措，率众僧在寺外恭候多时。

"嘟——"见他到了，四只放在小喇嘛肩上镶嵌着珠宝，长约一丈的红铜喇叭吹响。它庄严而洪亮的声响撞击在附近的山崖上，在幽深的冷谷寺引起了沉雷般的回响。

三四百名红衣喇嘛为大帅齐声诵起祝福经文。

大帅由年高德劭的冷谷寺堪布大喇嘛、尼玛彭措甥舅陪着，一路细细看去。只见殿宇重重，酥油灯闪闪。寺院的建筑风格，明显脱胎于唐朝，兼容印度、尼泊尔格调，梁木尽穿斗，无一根铁钉。寺中完好地保存着自七世纪以来的各种藏传佛教典籍、档案、乐器。清乾隆年间设置的"金奔巴瓶"也收藏在这里。

特别引起他注意的是，大喇嘛介绍他舅舅尼玛彭措是前藏军本布（军官），而且，这位前藏军本布盛情邀请大帅去他家做客。他正想多方了解西藏情况，就很爽快地答应了。殊不知，这一去就引出大帅一段风流逸事，更引出一位英姿飒爽，在大帅生命的最后时刻，以自己的年轻生命做赌注，为保护大帅毅然赴死的侠肝义胆的藏族姑娘卓玛。

爱美之心，人皆有之

第十八章

『那我就更不能走了。』聪明的卓玛悟到了什么，坚定地、字字铮铮地说，『我们藏族人说话算话，一片真心可对天。我生是大帅的人，死是大帅的鬼……』她完全明白了大帅的心思。她流泪了。她站起，绕过来，伏在大帅的身上，头俯下去。大帅猛地伸出手来，一下抱着她，把她紧紧地搂抱在怀中，好像从此再也不能分离，也舍不得分离。

那天一早，大帅带着总文案傅华封，还有已经升为卫士长的草上飞何占标一行亲随去了。出了理塘，眼前风景清幽、阡陌纵横，远处炊烟袅袅，颇有塞外江南意味。平原上，小溪流水淙淙，水清如玉，溪水中鱼翔浅底。岸边，垂柳依依，野鸭成群，游走水滨。平原尽，是一望无边的草原。草原上，星星点点的羊群，就像是飘散在蓝天上的白云。一阵清风送来远方骑在马上放牧的藏族青年男女的对歌，歌声高亢嘹亮又悠扬婉转——

　　我们想把心中的歌儿唱给赵大帅听

　　可是高山峡谷隔断了我们的声音

　　我们想为赵大帅跳起欢乐的弦子

　　可是辽阔的草原盛不下我们的踢踏声

　　……

总文案傅华封不禁勒马侧耳倾听，眼中闪着喜悦，掉头对他说："大帅，这是康区人民对你兴实业、办教育、改土归流给他们带来的好生活由衷感谢唱出的歌声！"

寸步不让
辛亥保路悲歌

赵尔丰很感动，说："这是为官一方应该的，任重道远。"说时不禁心潮澎湃，猛然挥鞭。他身下那匹体形修长、毛色火红的雄骏，立即奋起碗大的四蹄朝前狂奔，如同腾空，马颈上长长的鬃毛，不断朝两边飘拂，就像是一支向远方射去的箭。傅华封和卫士们立刻扬鞭跃马赶上。猛地，一阵略显苍老，但音阶很准，备极悲壮的歌声传来："怒发冲冠凭栏处、潇潇雨歇。抬望眼、仰天长啸，壮怀激烈。三十功名尘与土，八千里路云和月。莫等闲，白了少年头，空悲切……"傅华封们惊了，不相信这是赵尔丰赵大帅唱的！平时只是听大帅高兴时随便哼过几句川戏，今天听他唱岳飞的《满江红》，越发明白了大帅远非常人的心绪、抱负、志向。

再行五里，草原尽，前面出现了连绵的丘陵。沿山道逶迤而上，抬起头来，那比雪山还要清纯的白云静静地停在空中，于洁白中闪透出一种凛然威严的光；人在下面，像是被一道神秘的目光注视着。山道上没有一个人，没有一丝声音，他们一行被笼罩在一种森然的寂静里。

再五里，下了山，见一小河。在河边，尼玛彭措手中摇着转经筒，口里诵着六字真言已等候他们多时。主人和客人行礼问候后，尼玛彭措请大帅一行分次登船过河。只见河宽数丈，摆渡的两只船都是由独木剡成，长二丈，宽三尺，似太古遗物。

见大帅有些犹豫，尼玛彭措解释，此船载一人一马过河甚稳妥，请放心。于是，赵尔丰一行依次过了河，由尼玛彭措陪着到了柳林。柳林果然是个好地方。蓝天白云下，清澈的小溪从远远的雪山流来，绕过柳林，再曲折蜿蜒地向前流去。岸边丛丛垂柳，风过处，在蓝玻璃似的溪水上荡起条条涟漪。起伏的缓坡上，果林中显出寥落的藏房。在一处空旷的缓坡上，有一座藏胞用石头堆砌起来的神台——玛尼堆，有一种神秘温馨的家园意味。

赵尔丰感叹道："内地人往往以为康藏荒凉苦寒，其实这是见识短浅。康区风景胜江南处甚多，矿产尤丰。本官深爱之。惜这些地方人少。若以后边陲大定，我必将关内壅塞之人、人才适量移来开发，康藏必成乐土。"说话间，尼玛彭措的家到了，想象不到的富丽巨宅，其妻女率全家杂役四十余口早等候在门外。

尼玛彭措的女儿卓玛上前为大帅敬献哈达。她年方二八，个子高挑，俊俏的脸上，一副斜插鬓角的黛眉下，有双黑白分明的亮眼睛，顾盼之间流露出藏族姑娘特有的飒爽。就在他接过哈达时，突然觉得有一束奇光异彩照在脸上，照进了心里，让他一颗坚硬似铁的心一下子平添温暖。

尼玛彭措带领家人将大帅一行迎至楼上客厅里坐下，仆人鱼贯而入，献上了酥油奶茶和点心。其间，主人端起手来，对大帅来康期间的改土归流、发展民生、劳苦功高表示谢意和敬意。大帅对这个前藏军本布的眼光、卓识暗暗惊讶赞赏的同时，第一次领略了康藏上层人家的富裕和情调的不俗。他注意到客厅正面墙壁上挂有一把西洋宝剑，想来这个前藏军本布，是与入侵英军作过战的，一问果然是。他大感兴趣，请尼玛彭措讲来听听。

"大帅不知，藏事复杂，戏中有戏。"尼玛彭措的汉语相当流利，遣词造句也准确。说时，手中缓缓地摇起转经筒，不无沉痛地讲述开来——

时强时弱的山风，隆响于峭壁峡谷。极目望去，层层叠叠的

寸步不让
辛亥保路悲歌

群山宛如凝固的大海波涛向着西天苍穹排排涌起。苍茫纯净的蓝天上，有几只雄鹰，平展长长的双翅，像钉在天上的几枚铁钉。它们瞪着溜圆的眼睛，在高空中注视着这场即将在喜马拉雅山南麓打响的战斗——眼下是一片海拔四五千米的高地。在峡谷口，有一条战壕，逶迤而去长达四五里地。就在这简陋的工事里，埋伏着上千名斗志昂扬的藏军。他们一律将右边那只宽大的藏袍袖子拴在腰带上，将装好了火药的枪支在栅栏上，注意着前方正在集结的英军的动静。

小扎西是本布尼玛彭措的护卫，他天真地问本布："听说那些英国兵的腿是直的，不能弯曲是吗？"尼玛彭措笑笑，说也只是听说，是真是假，一会儿打起仗来就清楚了。他也是第一次同这些洋兵作战。说时，用一大块绒布擦拭着握在手中的一把雪亮的宽叶藏刀。

在他们的前方，英军出现了：步兵、骑兵、炮兵，排成一线而上，足有千人。能看清楚了，英国兵个子很高，一律身着整齐的黄呢军服，腰束皮带；皮带上一边斜插着短剑，一边挂着子弹盒；他们一律端着上有刺刀的毛瑟枪。

在军号鼓乐声中，英军行进到了一定距离后停止前进。英军指挥官命令，先炮击。

一团团通红的火球带着可怕的啸叫，划过长空，像是一枚枚成熟的红果子，咚咚地砸落到藏军战壕里爆炸。顿时，藏军的战壕里，血肉横飞，惨叫声声。

藏军惊惶失措。他们哪见过这个！以为是天菩萨来了。在装备现代化的英军面前，藏军吃了大亏。但是，作为本布的他不让撤退，他要同英军打一场近战。

一排排英军趾高气扬地走着正步，排成方队，挺起手中上了刺刀的毛瑟枪走上来了。这些洋兵都有高山反应，一个个气喘吁吁，行动迟缓。

经过最初的慌乱，他发现了英军的短板，命令开枪回击。

砰、砰、砰！支在长长的木栅栏上的大多火药枪响了，现代化的毛瑟枪很少。火药枪中吐出的滚烫的铁砂子向英军铺天盖地泼洒而去。一时，英军简直被打蒙了，走在前面的英军，有的被打瞎了眼睛，有的头上在流血……不过，英军很快弄清了藏军的虚实，在大炮的掩护下，英军开始了集团冲锋。

作为主官的尼玛彭措，将手中大刀一抡，带着藏军跃出工事，雄狮般地冲进英军阵中左冲右杀。刀光过处，一个个中刀的英军惨叫着倒地。主官英勇，他带的藏军也都不差，近战不是英军所长，败下阵去。

但是，匹夫之勇，血肉之身，毕竟难挡钢枪铁炮。英军有了经验，不同他们正面接触，只是施以更猛烈的炮击，一阵接一阵的排炮砸来，很快，把他们长达四五里的简陋工事完全掀翻、摧毁。阵地上陈尸累累，血流成川。天真的小扎西也被炸死了。

这个仗没有办法再打下去了，再打只能全军覆没。尼玛彭措在带领大家撤退前，草草掩埋了战友的尸体，再垒起一个个玛尼堆。伤痕累累的幸存者们，双手合十地站在这些玛尼堆前祈祷。此时，寒山无语，天色阴沉，山风越发萧瑟了……

听完前藏军本布尼玛彭措绘声绘色的述说，赵尔丰深受触动，陷入沉思，更深刻地认识到西藏局势的复杂多变和他要挑起的担子的沉重。

这时，卓玛进来了。她一进来，先前令人窒息的沉默便立刻被打破了，屋里顿时有了生气。性格活泼的卓玛，那张红玛瑙般的脸上挂满了笑意，挂在她胸前的那尊银佛龛，随着她的呼吸在起伏。她走到父亲身前，伏下身子附在父亲耳边，轻轻说些什么。

主人笑着征求大帅意见："老妻已率家小备好午宴，请大帅移步用餐。"

赵尔丰移尊隔壁坐了，卓玛母女率家人鱼贯而入，将果饼酒肴顷刻间摆满桌子。所有山珍海味都购自内地。家中自做的面食，不仅味美可口，而且都做成了精美的工艺品：牛、羊、马等，无不栩栩如生。赵尔丰对此极感兴趣，拈一匹面马在手细细打量，问这是何人手艺。尼玛彭措笑着指妻，说她仅凭尺许方板，将面团置于其上，即刻可成，让赵尔丰惊讶、赞叹不已。

盛宴后，还有节目。尼玛彭措问大帅有无兴趣去看比赛，而且有他的女儿卓玛参加，大帅当然有兴趣。尼玛彭措陪大帅一行步出家门，来到河边草场。起眼一望，蓝天白云下，平原数里，细草如毡。已经做好布置：前面，每隔四五十步立有一尺许木杆。尼玛彭措解释："马上就要出现在场上的骑手们，以从飞奔的马上弯下腰来拔去多少木杆决定输赢……"说话间，参赛选手十余人骑马站在起跑线上，有男有女，最引大帅注意的是卓玛。她骑一匹雪白如银的雄骏，脱去了红装，换上戎装；腰束丝带，袒着右臂，手握马缰，英姿逼人。

起跑令一发，只见卓玛一马当先，至立杆处，俯身拔去立杆。匹匹骏马跑得飞快，骑手们你追我赶，首尾衔接，如同流星。最终，卓玛拔得头筹。

大帅拂髯赞叹不已间，新近擢拔为卫士长的草上飞何占标似不服气，小声嘀咕："跑得快，很可能是她的马好。不是说她善射击吗，要枪打得好，才真是行，让人服气。"刚好何麻子的话被卓玛听见了，她笑着对何麻子说："说得好。你是大帅的卫士长，肯定枪打得好，我们就来比试比试吧！"

大帅正想喝住何占标休得无礼，卓玛已经翻身下马，走上前来问卫士长："怎么比？"

"你说怎么比就怎么比。"何麻子自恃枪打得好，回答得很自信。

"那好！"卓玛将手一挥，身后上来两个勇仆。他们遵照卓玛的吩咐，各人手中拿着一个香钵，站到了百米以外的地方，转过身来站定，再缓缓将香钵举起，顶到头上。

卓玛对卫士长说："你我分别开枪，将他们顶在头上的香钵打掉，不能伤人，行吗？"

"愿奉陪。"

大帅吩咐替他背枪的卫士小刘："把我的枪给卓玛。"大帅这支手枪是一支新近从德国著名的克虏伯兵工厂进口的最新产品柯尔特，小巧玲珑。在五百米的距离内，射头很准，通体烤漆湛蓝闪光，很漂亮。在一般的情况下，大帅这只手枪，都由卫士小刘替他背。这让在旁的总文案傅华封意识到，难道从不风流的大帅对这个不同寻常的藏族少女动心了？大帅不像一般的官员，动辄三妻四妾，他就这房结发妻子李氏，多年来同宿同眠，从未有过厌烦。在很多人看来，大帅性情古板，一点也不风流，但总文案傅华封意识到，人是复杂的。有言"爱美之心，人皆有之"，大帅爱上了卓玛，也不是没有可能。

卫士小刘把大帅的柯尔特手枪给了卓玛。

寸步不让
辛亥保路悲歌

卓玛同卫士长站到瞄准线上，同时出枪；卫士长用的是俗称手提机关枪的可以二十发子弹连发的驳壳枪。

就在傅华封惊骇不已，生怕他们中有谁不慎，把头顶香钵的仆人打死之时，砰、砰，两枪同时响起。响过之后，傅华封定睛细看，神了，两个人都把站在百米外的两人顶在头上的香钵打飞、打碎在地，顶钵人毫发无损。

不分胜负。

这时，正好有一群大雁，排着"人"字形在他们的头顶飞过。

卓玛举枪对卫士长说："我们打领头的那只大雁，哪个把领头的大雁打下来算哪个赢如何？"

"行！"何占标举枪就打，可是没有打中，只打了几根雁毛下来，而且还不知是哪只雁的，把雁群打得朝高处乱飞。说时迟那时快，砰，卓玛马上补上一枪，那只正昂头向上飞的头雁中枪，落了下来。

卫士小刘上去捡起大雁请大帅看，大帅接在手中细看，子弹从这只头雁头上穿过一个很小的洞。大帅夸卓玛是女中豪杰，巾帼不让须眉……

尼玛彭措完全领会了大帅意思，笑道："若大帅属意，即将小女送上，为大帅奉巾栉如何？"

大帅也不推辞，只是这样说："卓玛姑娘是你夫妇的掌上明珠，焉能舍她远行？"

而在尼玛彭措夫妇看来，能将女儿送与鼎鼎大名的赵尔丰赵大帅，是他们全家莫大的荣光。尼玛彭措和妻子交换眼色后，他妻子上前对大帅曲身致礼表示："小女能服侍大帅，是我们家的光彩，是佛祖的恩赐。"她说这番话时，腰弯得很深，看不见她的面部表情。

"既如此，本官就不便违逆本布心意了。"大帅就这样笑纳了卓玛。

沙沙沙……赵尔丰虽然躺在马架子上，闭着眼睛也听出是卓玛来了。

中午，老妻李氏亲自给他送饭来，他有气无力地闭着眼睛说不饿，不想吃。他要卓玛给他兑酥油糌粑。经边七年，他已经习惯而且喜欢这一口。

"大帅！"卓玛站在他面前，他睁开了眼睛，眼睛一亮，坐了起来。入乡随俗，眼前这个美丽、飒爽的藏族姑娘到成都后，变化很大——按老妻的意思换成了汉家姑娘打扮，别有韵致、风采。

看大帅就这样躺在马架子上，而且人明显憔悴，她感到难过。她说："大帅，我马上给你做酥油糌粑！"

他摇了摇头，从马架上翻身而下，拉着她的手说："坐。我有话对你说。"

他们隔几坐下了。卓玛坐得很直，面朝大帅，用她那一双又黑又亮的眼睛注视着这段时间憔悴、消瘦得厉害的大帅。

"卓玛，"大帅好像沉浸在一片虚无中，"你跟我到成都已有半年了吧？"

卓玛轻轻点了点头。

"想姆妈吗？"

"想！"大帅这句问话像帘钩，蓦然钩开了刚刚合拢的思念的帷幕。那多少次在梦中出现的情景恍若眼前：皑皑的雪山，翱翔的雄鹰，奔驰的骏马，盛开的野花，辽阔的草原……

"我最近老做梦。"卓玛情不自禁陷入了沉思，"梦中我多次回到家中。每见姆妈她必让我吃杯糖，呛白酒。按我们当地人的解释，做此梦不祥。"赵尔丰闻言大惊，一下伸过手来，紧紧握着她丰润的手，急切地说："不会的！不会的！按我们汉人的解释，梦，往往同现实相反。"说着，轻轻嘘了口气，看定卓玛："我准备派人送你回去同家人团聚。"

"大帅要回康区去？"卓玛又惊又喜又疑。

赵尔丰摇了摇头。

"是我不好？大帅不喜欢我了？大帅要赶我走？"卓玛小心翼翼地问。

赵尔丰缩回手，闭上眼睛，无限痛苦地摇了摇头。

"那我不走！"

"现在情况不好。"赵尔丰说，"我怕以后你就是想走，也走不了了。"

"那我就更不能走了。"聪明的卓玛悟到了什么，坚定地、字字铮铮地说，"我们藏族人说话算话，一片真心可对天。我生是大帅的人，死是大帅的鬼……"她完全明白了大帅的心思。她流泪了。她站起，绕过来，伏在大帅的身上，头俯下去。大帅猛地伸出手来，一下抱着她，把她紧紧地搂抱在怀中，好像从此再也不能分离，也舍不得分离。

跳出来的尹昌衡

第十九章

尹昌衡得胜而去。尹昌衡那带马刺的皮靴踩在甬道碎石路上——橐、橐、橐，一声声，听得心惊。王琰暗自伤感，好狡猾的尹长子，连赵尔丰也打不到他的手板心。他这下滑脱了，那就是鲤鱼脱了金钓钩——摇头摆尾不再来！大帅呀大帅，令后置你于死地的不是别人，必尹长子无疑！

从清津凯旋的王琰，心中那个得意！在他看来，在这次意义不一般的清津决战大胜中他居功至伟。清津打下来了，大帅的眼中钉肉中刺侯天轩，还有其子侯刚都被诛除，可谓完胜。暗忖即将到来的重奖，景随心变，几日前离开时惨不忍睹的成都，现在却是柳暗花明。秋阳明亮，在回红照壁家的路上，长街两边高下相照的芙蓉花，都对他露出讨好的笑脸。离开成都时，他心情沉重，步履蹒跚，而今脚步轻快，人都变年轻了。大有范仲淹在名篇《岳阳楼记》所说"登斯楼也，则有心旷神怡，宠辱偕忘，把酒临风，其喜洋洋者矣"的意味。

　　不意他前脚回家，大帅的亲信、布政使尹良来看望他时，告诉了他一个消息，如同晴天霹雳。原来，就在他去清津督战这几天，四川省陆军学堂以李家钰、陈离为首的学生带头闹事（多年后的抗日战争中，李家钰、陈离都是积极抗日的高级将领）。他们把"德高望重"的总办（校长）姜登选驱逐了，而大帅派去的新总办，全然不被这些桀骜不驯的学生接受，就像吆狗似的，去一个吆一个，指名道姓要尹长子（尹昌衡个子很高，人们普遍称他为尹长子）去……

听到这里，王琰的头嗡的一声，情知不好，眼都瞪大了，赶紧问尹良："结果呢？"

"大帅答应了。"

"答应什么了？"

"答应派尹昌衡去军校当他们的总办。"

"哎呀，这都要得吗？"王琰谈虎色变地说，"次帅临走之时，留给季帅的信中，不是专门提到这个尹昌衡，说他是个不成龙便成蛇的人吗！"王的意思是说尹良，你怎么不在大帅面前提一提。

尹良有些不以为意地说："次帅提到这个人不成龙便成蛇，那么也就是说，这个人用得好，也可以成龙吧！"

王琰的头架势摇："你们都没有深层次地了解这个尹长子。"说着，展了两句袍哥言子："他水深，堂子野。"王琰并没有在尹良面前展开尹长子是如何"水深，堂子野"，只是不无着急地说："四川陆军学堂是一个多么重要的地方啊！要命！"他迫不及待地问尹良："你说的这个事情发生在什么时候？"

"就昨天下午。"

"大帅给尹长子下札子了？"

"暂时还没有。"

"那好，我得赶快去见大帅！"

当王琰扑爬跟斗进到督署，上五福堂，将尹昌衡如何不能重用，谈虎色变地、尽可能简略地向大帅陈述后，他发现，大帅的表情并不是他所预料的那样，而是一时无语，以手拂髯，以审慎的目光打量着他，研究着他。他这才注意到，有关此次清津大捷，大帅提都不提。几天不见，大帅就像大病一场，憔悴消瘦得厉害。原先满头花白头发，陡然间全部染霜，脸似乎也变小了，显得又瘦又黑又老，皱纹也多。不变的是他的坐姿、轩昂的气度。

王琰理解大帅在这个问题上为何是这个态度。大帅很可能认为作为尹昌衡顶头上司的他，同向来有些小才华、桀骜不驯的尹昌衡之间不睦而已，大帅把问题看简单了。

于是，计谋多端的他开始诱导大帅——

"大帅！"他说，"四川陆军学堂那些学生，无法无天，校长姜登选，他们把他赶了。大帅继后派去的人，派一个去他们赶一个，他们只要尹昌衡。那么，如果大帅亲自当他们的总办呢？他们会不会反对？"

"当真！"这话说到赵尔丰心坎上去了，说到要害处了，他心想，眼下，就是我亲自去当总办，这些学生也未必肯听。

"这样。"赵尔丰说，"你的意思我明白，不过，你放心。现在，用一句四川话来说，就是'暂时诓倒娃娃不哭'，我并没有给尹昌衡下札子。要知道，现在局势够乱的了。这陆军学堂上千学生，又有枪，如果不派一个人去把他们'诓倒'，这些人如果流向社会，那不得了，越发添乱！"

"大帅！"王琰说，"枪在这些人手里可不得了，我们得提防万一！"

王琰这话提醒了赵尔丰，他略为思索，肯定王琰的顾虑是对的，转而一想，焦倒了，他向王琰问计："军校有枪，是向来的规定，该以什么理由去提军校的枪呢？"

"目前川地形势紧张万分，枪支不敷使用，需要向军校借枪。"

"好！看来你是成竹在胸。"大帅高度赞扬了王琰的智慧，青白瘦削的脸上浅浅一笑，看着王琰，"现在看来，我对尹昌衡的了解远远不够？"

王琰点了点头，说时早有准备的他站起，躬身送去一个厚厚的档案袋："这是尹昌衡全部的档案，请大帅抽空看看，这个人相当不简单、不可靠！"

赵尔丰用手在案上点了点，示意王琰把尹昌衡那个厚厚的档案袋放下，说"我一定看看"。就在王琰退下去要坐时，大帅一句话让惹火烧身的王琰三魂吓掉两魂，大帅说："你对尹昌衡最为知根知底，你即刻代表我去军校提枪。"

王琰吓一大跳，哭丧着脸说："我与尹长子向来形同水火。"他想推辞，可是大帅一根筋，坚持要他去，说是只有他去才办得好。没有办法，王琰只好带了大帅的两个戈什哈，硬着头皮去了陆军学堂。

来者不善，善者不来。在成都北较场，四川省陆军学堂总办的办公室里，尹昌衡一见畏畏缩缩的王琰，便冷着脸问："你来找我有啥子事？"

王琰转弯抹角说了提枪之事。

砰的一声，尹昌衡把手枪拍在桌上，满脸怒容，指着王琰的鼻子大骂："你又在说白（撒谎）！大帅是个明白人，不会不明白事理。军校有枪械，是圣上定的！哪个有狗胆违反圣上规定？！违反圣谕还要不要命？！"

人在矮檐下，哪能不低头。王琰脚便有些打闪。好汉不吃眼前亏，三十六计走为上计。他说："反正大帅的话我是带到了，执不执行在你！"说着想溜。

"想溜？没那么容易！"只见尹昌衡手一招，阶沿下走来几个满脸杀气的学生。

咔的一声，几把上着寒光闪闪刺刀的步枪在他胸前一挺，把着门不让他走。

"你们这是要做啥子？"王琰哭丧着脸，暗想，"糟了，今天这条命怕是要丢在尹长子这儿了！"他身上虚汗长淌，双脚打闪。

"走！"尹昌衡走到他身边，忽然张开铁钳似的大手，一把捏着他肥肉哆嗦的胳膊。

"你……你究竟要做啥子？"王琰惊恐至极，使劲去掰那只铁钳似的大手，却怎么也掰不开，反而越卡越紧，卡得筋痛。

"你假传命令！"尹昌衡喝道，"走，我们去找大帅对证！"

于是，尹昌衡骑马，王琰坐轿，两人出了军校，转街过巷，很快到了督署。王琰刚下轿，尹昌衡立刻翻身下马，上前一步，抓着王琰的手说："走！我们两人一起进去找大帅说清楚。不然，你又要说白！"王琰也不示弱，两人这就很滑稽地手挽着手，吵吵嚷嚷进了督署，上了赵大帅办公的五福堂。

"王琰说白。"在赵尔丰面前，尹昌衡抢先将情况说了个明白。

"是我的意思。"赵大帅并不推诿，大包大揽，王琰在一边讪笑不已。

尹昌衡做出一副很吃惊的样子。"督署武器库里不是还有整整两师人马的装备吗，为何非要来提军校的枪？"说着，又掉头看着站在身边的王琰，做出愤怒的表情，"肯定是他装怪！大帅是知道的，这个人向来同我尹昌衡过不去。"

“尹昌衡，你不要在这里打胡乱说。”王琰指着尹昌衡的鼻子喝道，“你要知道尊卑，弄清楚自己的身份。你既为军人，就应该无条件服从大帅的旨意，听从大帅的命令。”

“不行！”不意尹昌衡的反应相当强烈，断然道，“要我在军校提枪，学生们非把我捶成肉泥不可！不要说提枪，只要这个消息传了出去，好容易才团拢起来的学生娃娃们非闹个天红不可。再说，军校有枪，是先圣上定下的规矩，提枪就是违抗圣旨！违抗圣旨要杀头！我尹昌衡胆子再大，也不敢违反圣旨！大帅要提枪，请将我就地免职！”

尹昌衡这一将军，让赵大帅没抓拿了。他呆坐五福堂上，犹犹豫豫，他在考虑，现在怎么办才好。听王琰的话，把尹昌衡革职或者干脆逮捕法办，不仅理由不足，而且，军校肯定马上大乱。

不行，此一时彼一时，最重要的是渡过难关、诓住军校的学生要紧。

权衡利弊之后，他决计卖个面子给至关重要的尹昌衡。他对尹昌衡说：“军校的枪就不提了。再大的难题本部堂来解决，尹代总办你赶紧回去，稳住军校至为要紧！”

尹昌衡得胜而去。尹昌衡那带马刺的皮靴踩在甬道碎石路上——橐、橐、橐，一声声，听得心惊。王琰暗自伤感，好狡猾的尹长子，连赵尔丰也打不到他的手板心。他这下滑脱了，那就是鲤鱼脱了金钓钩——摇头摆尾不再来！大帅呀大帅，今后置你于死地的不是别人，必尹长子无疑！

这才是『不成龙就成蛇』的尹长子

第二十章

赵尔丰的头轰的一声，如同遭到沉重一击。他在心中责骂自己：

『我这是在干什么呢？我简直昏了头！我一心在为朝廷竭力维持、煞费苦心，而人家对我根本不信任。端方到成都之时，就是我赵尔丰被缇骑带回北京受审落难，甚至掉头之日！民间有言，被人家卖了还帮倒数钱，我就有这么蠢！』

这个晚上，赵尔丰几乎通宵未睡，看完了王琰送上来的有关尹昌衡的材料，大为感叹："这个人我小看了，是不得了！想不到这尹长子年纪轻轻，还真是水深呢！"

一张英俊的长条脸，一个威风凛凛、在川军中威望很高、时年二十七岁的青年军官尹昌衡如在眼前。

尹昌衡，字硕权，清光绪十年（1884）出生于彭县乡下一个破落的耕读世家，从小聪颖，博闻强记，十三岁始露峥嵘。光绪二十九年（1903）秋，时年十九岁的他以优异的成绩考入清廷在川开办的武备学堂。一年后，被选拔保送去了日本陆军士官学校留学——众所周知，这是一所近代军事人才的摇篮。

尹昌衡的同班同学中有阎锡山、唐继尧、李烈钧、李根源等，这些人不仅是近代中国少见的军事人才，也是政界方面的俊杰。心高气傲的尹昌衡当时根本没有把班上的阎锡山看在眼里，而偏偏阎锡山与他像有缘似的。

尹昌衡个子高，人长得风流倜傥，各科成绩好，在班上威望也高。他结交的朋友是当时就表现很突出的唐继尧、李烈钧、李根源等；而来自山西五台山的阎锡山苔眉苔眼，三脚踹不出个

寸步不让
辛亥保路悲歌

屁来，根本就不入他法眼。毕业后，他们被分到北海道一个日本联队实习，恰巧阎锡山睡尹昌衡的上铺。阎锡山长一身疳疮子，随时都坐在铺上抠，抠得皮屑满天飞。尹昌衡毛了，骂阎锡山是"癞皮狗"，大家就笑，跟着喊癞皮狗。阎锡山脾气特别好，笑着反驳："人吃五谷生百病，咦，咋个'癞皮狗'都喊出来了？"尹昌衡说："我看你比'癞皮狗'都不如。"

尹昌衡讨厌阎锡山的另一个原因是，只要一有空，他就在铺上偷偷地往一个日记本上记什么，记完了，将日记本悄悄锁在一个小箱子里。有天，阎锡山站岗去了，尹昌衡好生疑惑，对同寝室的唐继尧、李烈钧说："这个'癞皮狗'会不会是朝廷安在我们身边的'雷子'（特务）？整天偷偷地记呀记的，会不会是在搞我们的黑材料？"当时，尹昌衡同唐继尧、李烈钧等人已经秘密加入了孙中山在日本东京秘密组织的革命团体"铁血丈夫团"。

唐继尧、李烈钧想想觉得真有可能。三人这就把阎锡山那个上了锁的小木箱拿下来，用刺刀撬开，里面有一本日记本。打开一看，日记本上并没有什么"黑材料"，而是对班上所有同学的评语。第一个评的就是尹昌衡："牛顿（尹昌衡爱坐在树上看书，当年大科学家牛顿就是因为坐在树下看书，被从树上掉下来的苹果打中受到启发发现了万有引力定律，同学们便给了尹昌衡一个"牛顿"的绰号）确实英雄，然锋芒太露，终虞挫折，危哉惜哉。"对其他同学的评论也都极为中肯，可谓个个入木三分，箴言似的字字珠玑。尹昌衡这才发现阎锡山不简单，深信"水深必静"，从此改变了对阎锡山的看法，二人成了好朋友，结拜为兄弟。不想以后阎锡山帮了他的大忙。

他们学成归来，需接受朝廷考试方能任用。1909 年，在金碧辉煌的北京武英殿，只有三岁的小皇帝爱新觉罗·溥仪，被他的生父、摄政王载沣抱在怀中，煞有介事地坐在镶金嵌玉的御椅上接受他们的朝拜，并对他们进行面试；兵部尚书应昌主考；"北洋三杰"之一的段祺瑞担任考官。

他们都考得好，但朝廷听说他们都加入了孙中山秘密组织的革命团体"铁血丈夫团"，却又查无实据，便借口他们考试不及格，全部不予录用。同学李书城介绍尹昌衡去了广西，李书城的表亲张鸣岐是广西巡抚。

时间不长，张鸣岐认为尹昌衡有"元龙之气、伏波之才"，任命他为刚创建的广西陆军学堂的教务长，与早尹昌衡三期，同自日本陆军士官学校毕业，时任广西陆军学堂总办（校长）的蔡锷共同主事。

1905 年，广西陆军学堂开学在即。蔡锷因与尹昌衡意气相投，对尹昌衡极为重视，又因为自己有病，便委托尹昌衡全权负责首届招生。首届招生两百名，前三名要带去见巡抚张鸣岐。尹昌衡招生很特别，不出试题，也不让考生到课堂上应试，他坐在那里，不厌其烦地传考生一个个进来面试，他说谁考上谁就考上。

考生收取过半，尚无特别满意的。心中正暗叹广西无人时，进来一个考生，相貌堂堂，体态魁梧匀称，有大将风度。尹昌衡心中一喜，问来人姓名。

"白崇禧。"

"好。"尹昌衡吩咐身边记录员记下来人姓名，开始提问，白崇禧的回答都让他很满意。他吩咐将白崇禧录取为第三名，以为接下来还有更好的，可惜接下来的考生，都无过白者，只好降低标准。韦旦明是个美男子，水平也不错，但总觉得骨子里缺少军人气质，无奈，取他为第二名；第一名叶琪，当然也勉强了些。

当晚，尹昌衡带上叶琪、韦旦明、白崇禧去见张鸣岐，张鸣岐很高兴，认为他为广西发现了军事人才，设宴款待他们。

宴罢，尹昌衡独自骑上他那匹火焰驹归营。月上中天，远山近水组成了好一幅恬静幽美的八桂山水画。正暗自赞叹间，旁边突然蹿出一个青年，伸手拉住他的马嚼子。马受惊。他正待喝问，那青年忙说："请大人留步，学生是为考陆军学堂来的。"

"混账东西！"尹昌衡大怒，"考试早就完了。军人以时间为生命，如此大事，你却如此粗疏，当什么军人？！"尹昌衡声如洪钟，身材高大，又骑在高头大马上，很是威严，以为这样一番呵斥，那青年必然被袭退。不意这青年人沉着应对，态度诚恳，说："请大人息怒。学生家贫，不得不在外打工谋生，得知消息，紧赶慢赶还是来迟，请大人见谅！"尹昌衡感到来人身上有股不凡的气质，注意看去，月光下的这个年轻人，衣着简朴，高高的颧骨，阔嘴，虽不漂亮，但身上自有一股英豪之气。他立刻改变了态度，问青年："你叫什么名字？"

"李宗仁。"

"好，你考中了。"

回到营地，副官闻讯赶紧去找梯子，准备在榜尾添上李宗仁的名字。

"不用。"骑在高头大马上的尹昌衡从副官手中接过墨笔，一阵龙飞凤舞，在榜尾添上了"李宗仁"三个字。

那时的广西桂林，一时成了四川人才荟萃之地。曾做过清廷翰林，有名的道学家颜缉祜、颜楷父子在那里，清朝四川唯一的状元骆成骧在那里，颜楷和骆成骧分别任广西法政学堂的监督和总办；还有新军协统胡景伊也是四川人……颜缉祜看上了尹昌衡，托骆成骧提亲，愿把自己的女儿颜机许给尹昌衡。颜小姐有才有貌，大家出身，自然一说就成，并订了婚约。

尹昌衡终是不改脾性。他在广西桂林锋芒毕露，同当地同盟会关系密切；同覃鎏鑫、吕公望、赵正辛等人主办的《指南月刊》，因言辞激烈，随时抨击朝政，被张鸣岐勒令停刊。继而，张鸣岐发现尹昌衡"傲慢不羁""好饮酒赋诗谈革命"，以"有志须填海，无权欲陷天"自诩，大为不满。

"此处不养爷，自有养爷处。"尹昌衡是个红脸汉子，主动辞职了。顾及颜家父子脸面，张鸣岐为尹昌衡设宴饯行。酒席宴上，张鸣岐告诫尹昌衡："不傲不狂不嗜饮，则为长城。"尹昌衡针锋相对："亦文亦武亦仁明，终必大用。"

宴会后，颜楷代表父亲找尹昌衡恳谈。着长袍马褂，衣着整洁，面白貌端的颜楷略为踌躇，神情甚至有些忸怩。他看着未来的妹夫尹昌衡，缓声问："你今年二十有五了吧？"尹昌衡说是。

"你回成都，家父与川督赵尔巽有交情，与你修书一封带去，想来川督会善待于你。"颜楷又说，"吾妹年龄几近小你一半。依说，你是该完婚了，但一是吾妹现在还小，二是现在完婚也不合适。家父的意思是，你回成都后，如果感到衣食起居需人照顾，可以先娶一房侧室。"经学大师说完这番话，白皙的脸上涌起一阵红潮，心中也不平静。显然，他并不希望尹昌衡回成都后先娶一房侧室，不由注意打量尹昌衡的神情。

"要得！"不意尹昌衡却回答得很干脆，尹昌衡回到成都，果然先娶了一房侧室。

回川前夕，尹昌衡走马独秀峰，赋诗抒发胸中块垒：

局脊摧心目，崎岖慨始终。

骥心愁狭地，雁羽恋长空。

世乱谁忧国，城孤不御戎。

临崖抚忠孝，双泪落秋风。

川督赵尔巽因好友颜缉祜推荐，尹昌衡本人也确实有才，不知出于何种考虑，委尹昌衡为川省督练公所编译局总办——一个翻译日文的翻译科长，是军职，军衔还高，这在他们回国的同班同学中，是军职最高的，可谓凤毛麟角。可是，尹昌衡并不满意，认为川军中的官都拿给外省人当完了。之后，他与赵尔巽产生了几次颇富戏剧性的冲突。而这样的冲突，彰显了他的个性和抱负，使他在川军中的威信、威望如日方升。

有次，次帅请一干人去督署座谈，特意叫了尹昌衡。总督大人高坐堂上，清了清喉咙，姿态矜持地嗟叹："近闻外间对本督颇有微词，说是本督瞧不起川人，新军中的军官都被外省人当完了。并非本督瞧不起川人，而是四川军事人才奇缺，本督借重外省人是逼不得已。"话未落音，坐在后面的尹昌衡突然站起，胸一挺，头一昂，喊操似的说："报告次帅，四川有的是军事人才。"好家伙，声震瓦屋。

次帅笑问："四川的军事人才在哪里？"

尹昌衡大言不惭地说："本人就是。"

次帅问："还有吗？"

尹昌衡说："有。现在川军中做中层军官的双流人周道刚就是。"

次帅不愿再同他纠缠下去，大度地说："好，你们都是军事人才，我以后会量才录用。"

次帅已经给够了他面子，然而这个尹长子却不给次帅面子，得寸进尺。

年前，次帅好不容易将新的一协川军练成，在凤凰山举行秋操大演习，请了诸多来宾出席。赵尔丰受二哥邀请，从康区专程来参加了这个盛会。这次，他对尹昌衡的桀骜不驯有切身体会。

秋操大演练很成功。

演练结束后，一协万人的新军收队，在台下站成整齐的方队，聆听总督大人训示。

台上，次帅得意地理了理从上唇弯垂过口的相当长的胡须，清了清喉咙，宣标统秦德林、史承民出列。

队列中应声走出标统秦德林、史承民。他们突胸腆肚，迈着鹅步来到台下，端端正正向着端坐台上的赵尔巽，抽出洋刀，唰的一声，行了一个漂亮的劈刀礼，大声道："请次帅训示！"

次帅又是轻咳一声，不由提高了声音："尹会办！"

"有！"尹昌衡出现在次帅面前，次帅要他对今天的演练做一个点评。次帅这是有意的。

不意尹昌衡当众将这种演练批得一塌糊涂，说："花架子，形同儿戏。幸好是演习，若是这样上战场，是必败之道！"

全场皆惊。对于新毛猴尹昌衡的再次发难，次帅再次显示了相当的肚量，只是笑笑。接下来，吩咐大摆宴席，犒赏三军。

按尹昌衡的品级，他应该坐在离总督大人近一些的席位上，可他故意坐得离山吊水的。

众人仰慕中，次帅举杯站了起来，大家赶紧举杯站起。次帅举杯环顾左右致辞："尔巽来川有年，迄无建树。而当今天下很不太平，可谓内忧外患。西方洋人依仗其船坚炮利，对我大清压迫日甚一日；英人垂涎我西藏，频频犯我西部边陲，烽烟再起；国内乱党势增，省内不少地区土匪横行。古圣人有言：'天下未乱蜀先乱，天下已治蜀后治。'今固我四川，就是固我大清西部边陲，就是固我大清江山。"说到这里，话锋一转："所幸的是，尔巽年来殚精竭虑、八方操持，得诸君帮衬，今日终于练成这协新军、川军。尔巽特为四川喜，为四川贺，来，大家干了这杯！"

在众声盈耳、贺声一片中，总督大人和大家一起饮了满杯，并照了杯底。

"好。随意，随意！"总督大人向大家挥挥手，要大家坐下。

"尹会办！"不意总督大人唤尹昌衡。

"有。"坐得离山吊水的尹昌衡应声而起。

"尹会办的酒量向来很好，以善饮出名。"赵尔巽用一双倒眯不眯的猫眼看着尹昌衡，"刚才大家都高高兴兴站起来，同本督共饮满杯，独你坐在那里不饮，不知你有何心事？"

"心事倒没有。"尹昌衡说，"不过部下生性愚钝，对大帅刚才讲的一些话不懂，正在思量，所以没有站起举杯，失礼之处，请大帅见谅。"看得出来，尹昌衡想敷衍过去，可赵尔巽不依："本督刚才讲的话，句句通俗易懂，有哪句你不懂，你说出来。"

尹昌衡干脆来个竹筒倒豆子："刚才大帅说因为练成了这协新军，为四川喜，为四川贺。部下不懂，有何事值得喜，值得贺？"

"还不明白吗？"赵尔巽一声冷笑，"这一协川军对内可治匪，对外可御敌。"

"对内可治匪，对外可御敌？"尹昌衡将总督大人说的话重复了一遍，颇有些桀骜不驯的意味，"恕昌衡直言，说到治匪，四川哪有那么多匪要治？至于说到对外御敌，此军根本就不堪用。"

"此军不堪用？"向来遇事沉着的赵尔巽勃然变色，喝问尹昌衡，"此话怎讲？"

场上顿时鸦雀无声，千人万众洗耳静听。

尹昌衡略略思索，似乎又想敷衍了事。他说："因为这一协新军的枪械装备落后了些。"

"枪械落后，这好办。待省财政状况好转，继续更新。"说到这里，赵尔巽揭尹昌衡的底，"不过，这不是尹会办的真心话吧？"

看来是躲不过去了，尹昌衡也就将心中的话摊明："窃以为千金易得，一将难求。汉朝晁错说过：'将不知兵，以其兵与敌也；主不择将，以其国与敌也。'大帅只知练兵不知选将，所以我说这支新军不堪用。"

"好，这才是你的真心话。"赵尔巽以手拂髯，微微一笑，"那依你说，谁才是将才呢？"

"既然大帅问到这里，部下不敢不据实回答，部下尹昌衡就是将才。"

"好，你是将才。"赵尔巽又是一声冷笑，"还有谁是将才？"

"还有周道刚是将才。"周道刚是四川双流人，也是留学日本陆军士官学校的毕业生，当时在新军中不过是个中层军官。

"你们都是将才，都要重用。除了你二人，还有谁是将才？"

"报告次帅，没有了。"尹昌衡此话一出，场上又是一阵大哗。新军中川人占绝大多数，听了这话，面呈喜色，而外省军官则面露怒容。

"你是何等学历？"总督大人明知故问。

"最终学历是日本陆军士官学校步科第六期毕业。"

"周道刚呢？"

"与蔡松坡同学，早我三期从日本陆军士官学校毕业。"

"那他们呢？"赵尔巽指指在座的秦德林、史承民。

"他们也是留学日本的军校毕业生。"

"既然都是留学日本军校的毕业生，为何就你和周道刚才是将才，他们就不是将才？"

"请问次帅，宋朝的李纲是何出身？"

"状元出身。"博学多识的总督张口就来。说时，瞪大一双猫眼看着尹昌衡，不明白他为什么一下子将话题扯得那么远。

"秦桧呢？"尹昌衡又问。连连反击，让赵尔巽恍然大悟，中了尹长子的计了，顿时语塞。

"文天祥和留梦炎呢？"尹昌衡得理不让人，开始点明主题，"他们都是状元出身。可留梦炎最后投降元朝；秦桧更是有名的奸臣。文天祥却至死不降，留下了'人生自古谁无死，留取丹心照汗青'的千古绝唱。次帅仅以资格取人，岂是求才之道？"

赵尔巽进士出身，任过翰林，是朝廷封疆大吏，号称干员，当众栽在这个新毛猴手里，简直气昏了。场上大员们赶紧上去敷衍，说尹长子酒吃多了，打胡乱说，大人不记小人过云云。周道刚也赶紧上前，将尹昌衡拉去了一边。一场风波总算平息了。但都看得出来，次帅内心很受伤。

次帅离去时，写给赵尔丰的信中，专门点到尹昌衡，说他是个"不成龙就成蛇的人"。这话，赵尔丰一时没有想明白。现在看来，这个尹长子是成龙还是成蛇？很大的可能是成蛇。但是，事到如今，也只能暂忍一时，也就是说让这个人暂时替他"诓倒娃娃不哭"。因为，现在川局之乱，根本无法控制、收拾。

"大帅！"这时，他的近侍戈什哈给他送上一份十万火急的电报，原来不管不顾要抢他位子的端方，带着一团鄂军已到离成都很近的资州了。

赵尔丰的头轰的一声，如同遭到沉重一击。他在心中责骂自己："我这是在干什么呢？我简直昏了头！我一心在为朝廷竭力维持、煞费苦心，而人家对我根本不信任。端方到成都之时，就是我赵尔丰被缇骑带回北京受审落难，甚至掉头之日！民间有言，被人家卖了还帮倒数钱，我就有这么蠢！"

有言"飞鸟尽，良弓藏；狡兔死，走狗烹"，道尽了历史上若干功勋卓著的名臣良将的身世悲凉，而现在更是"飞鸟未尽，良弓藏；狡兔未死，走狗烹"，这是一个什么世道？！关汉卿在《窦娥冤》中借蒙冤受屈、押上刑场的窦娥指责苍天："天也，你错勘贤愚枉做天！"罢罢罢，你这个"天"容不下我赵尔丰，那就不要怪我赵尔丰"倒拐"了！他立刻传他的亲信布政使尹良来对尹口授机宜，要尹良天一亮赶快去如此活动，首先找到邵从恩……

其实，他向立宪派蒲殿俊等人交权的念头，已经不是一天两天了。但他一直在坚持、观望、犹豫、等待；现在，端方一来，他的心一下凉透了，下定了交权的决心。

赵大帅也不得不『倒拐』了

第二十一章

明亮的秋阳，从镶嵌着西洋进口的、红红绿绿玻璃的雕龙刻凤的窗棂上洒进来，在光洁的红漆地板上游移，编织出一个个如梦似幻的图案，如同当前很有些混沌、让人看不太清楚的时局。

因为学校罢课，尹良跨进法政学堂的大门时，偌大的校园里清风雅静。古色古香的照壁旁，一间小小的传达室里顿时探出一顶毡帽——一个看门的小老头。他有一张黄焦焦的瘦削的脸，说话也有些结巴，目光透过往鼻子下滑的一副厚如瓶底的老花镜，盯着这个身着便服绅士样的中年人，神情警惕地问："先生，你要……要找……找哪位？人都……都走光了，学堂都……空了……"

"邵总监不会不在吧？我找邵总监。"尹良说时，从身上掏出一张洒金名片递给看门小老头。

看门小老头接过名片一看，就像被蜇了一下似的一惊："哎呀，布政使尹大人，我是有眼不识泰山。"说着，霍地站起，变得非常恭敬巴结，双手托着名片，做出一副不敢当的样子，将名片交还布政使时，连连鞠躬，说"邵……邵总监在……"，而且带着布政使屁颠屁颠地一路穿廊过檐，来到幽静的后院，一直将他送到邵从恩家。

赵尔丰果然有眼力，邵从恩是从中转圜最合适的人选。时年四十岁的邵从恩，字明叔，眉山青神人，清末进士，留学日本，

1908 年回国，任法部主事；后回川任省法政学堂监督。邵明叔不仅是个名人，而且与各方面联系广泛；不仅与他赵尔丰关系不错，与张澜、蒲殿俊、罗纶等关系也都好。

看形势日紧，赵尔丰下令将日前逮捕下狱的蒲、罗等九位老爷放出来，软禁在督署来喜轩，将他们奉若上宾，让他们天天看戏、饮酒、赋诗，过着神仙般的日子——他特意为自己留了一手。

"来者不善，善者不来。"见到布政使，身材瘦长、面容清癯的邵从恩幽了他一默。迎客到书房，宾主面对面坐下，仆人进来给客人泡上一碗盖碗茶，轻步而退。

斑斑点点的阳光透过窗外肥大的绿色蕉叶，洒进屋来，在红漆地板上变幻着一个个神奇的图案。

"请茶！"邵从恩端起黄澄澄的铜质茶船，用尖瘦的五指拈起茶盖，轻推茶汤，于是，成都人爱喝的茉莉花茶浓郁的香味随着一股氤氲的热气飘散开来。茶碗中，雪白的茉莉花浮上来，碧绿的茶叶一根根竖着沉下去，好看极了。

布政使知道邵总监喜欢美食美器，也讲究茶道。他也是。如果在平时，他肯定会围绕着这茶很有兴致地谈下去。但今天，他没有这样的心思，只是象征性地将手中的盖碗茶举了举，表示有礼了。放下茶碗，他发现邵从恩正看着他。

"从恩兄！"布政使下意识地用手举起茶盖，又推了推茶汤，考虑着措辞。事情太重大了，他不知该从何说起。

"大帅这几天饮食可好？"邵从恩笑眯眯的，顺手将拿在手中的一把大折纸扇唰地拉开，拉开合上，合上拉开。一副名士风流不羁和诸葛亮转世的神态举止都出来了。

"不好。"尹良老老实实地说时，轻轻叹了一口气。

"大帅睡得可还踏实？"

尹良又摇了摇头。

"这是意料之中！"

"怎么个意料之中？"尹良似有不服，问了一句。

"你看，"邵从恩右手将大开折扇唰地合上，在左手掌上一点，随手拿出一张《蜀中同志会纪事诗》，指给他看，说，"这上面不都写清楚了吗？"随即有声有色地念起来——

鱼凫疆域阵如云，弹雨枪林处处闻。

一百四十余州县，羽檄交驰势若棼。

吾不闻，革命党，大江南北皆抢攘。

又不见，同志军，全川西南戎马纷。

民军整，防军败，散而遇整不敢战。

防军少，民军多，少不胜多若奈何！

城外防兵多失利，城中陆军无斗志。

锦城险作九里山，四面楚歌魂惊悸。

……

"川地局势是这样吧？"邵从恩念完了，问布政使。

看隐瞒不住，布政使也就不藏着掖着了，他先给邵从恩戴高帽子："从恩兄是个有学问、有阅历的人，大局看得分明。"

邵从恩也就直言道："大帅派你来找我，有什么事，就明说了吧。"

"大帅请从恩兄出来转圜——大帅欲让权给蒲殿俊等人。"

邵从恩不知是没有听清，还是有些不解，还是事情太重大了，问："大帅是让我为释放张表方他们转圜？尽释前嫌？"

"这只是其中应有之义，主要是，大帅要让权给蒲殿俊他们。"

邵总监这下听清了，确定无疑了，放心地将身子往后一倒，往椅背上一躺，唰的一声，又将手中的大花折扇拉开，扇了扇，舒了一口气道："赵大帅这才叫明智。早该如此了。"看布政使全神贯注看他，便条分缕析，娓娓道来："……皮之不存，毛将焉附？两百多年的清朝马上就要垮了，赵制台再能，还能独撑天下？何况，腐朽没落的清廷，如同一个头昏眼花、行将就木的病人、老人，昏招迭出！听说，对独撑川局的赵大帅，清廷恩将仇报，要将赵制台查办，川督一职已交给已到资州的端方？"看布政使既不反驳，也不承认，邵从恩继续说："赵制台的性格我清楚！赵制台何苦要为清廷殉葬？值此非常时刻，他若再不采取主动，难道要束手待缚吗？他这时候下台，是明智之举！"

事情完全摊开了。布政使尹良代表大帅，请邵总监出面，先是去做蒲、罗等人的工作，尽释前嫌；在此基础上，再向他们表明，赵制台愿意向他们和平交权。

"好！"邵从恩将身子一挺，坐起来，把大花折扇唰的一声收拢，在手上啪地一拍，很直接干脆地说，"请转告赵制台，为了尽快结束目前这个烂摊子，为了四川的和平安宁，我邵从恩愿意给上台的下台的都搭个体面的梯子！"

尹良心中大喜，代表大帅再三向邵从恩致谢，然后告辞。

赵尔丰确实没有看错人！邵从恩是居间调和、转圜最好的润滑剂，经邵从恩居间调和、转圜，辛亥年（1911）十一月二十七日，赵尔丰向立宪派蒲殿俊、张澜等人和平交权了。

这天天气也来助兴。秋阳朗照，素来不够高阔的天空一碧如洗。有一缕白云，恋着红墙黄瓦、古色古香、巍峨壮观的成都皇城明远楼上的飞檐，久久不愿离去。蓝天上，有一群庙鸽掠过皇城，带出一串动听的鸽哨。它们的翅膀上泛着金光，像一群神雀。

这样的天气，这样的氛围，使成都皇城显出一种特别的庄严，特别的氛围。

这天上午十时，在皇城明远楼上那张铺了洁白桌布的硕大的长方形桌两边，分别对坐着即将下野的"官"们和即将执掌川省七千万人命运的"绅"们。

"官"方依次是总督赵尔丰、布政使尹良、陆军统制朱庆山、兵备处总办吴钟容等。"绅"方依次是蒲殿俊、罗纶、张澜、颜楷等立宪派首领。

"成都独立条件"经过民主协商，互谅互让，已经确定。官、绅们各有所得，都满意。这是一个"伟大"时刻。在正式签字前的短暂沉默中，负责四川未来走向的官、绅们，有的眯着眼睛在品茶遐思，有的摸着胡子再看一遍协定，故作深沉……

明亮的秋阳，从镶嵌着西洋进口的、红红绿绿玻璃的雕龙刻凤的窗棂上洒进来，在光洁的红漆地板上游移，编织出一个个如梦似幻的图案，如同当前很有些混沌、让人看不太清楚的时局。

"条件"总体上是按赵尔丰旨意炮制出来的，其规定：新政府名"大汉四川军政府"；蒲殿俊为新任都督；赵尔丰的原部属、新军统制朱庆山任副都督。赵尔丰待诸事交接完以后，回川边赴原任，用赵尔丰的话说，"替四川守西大门"。

终于，即将上任的三十六岁的蒲殿俊打破了沉闷。"诸君！"

西装革履，很新派的他把胸脯一挺，讲起话来。真是人逢喜事精神爽，他容光焕发，一双大而亮的眼睛闪烁着光芒。他用白皙的五指轻轻敲打着面前摊开的一纸《成都独立条件》，环视左右，特别看了看坐在对面的赵尔丰，只见他用手撑着头，一副焦眉烂眼吃了大亏的样子。蒲殿俊不禁暗暗一笑，朗声总结道："武昌、湖南等地纷纷宣布独立，我巴蜀不落人后，经尹良、吴钟容、邵从恩、周善培诸君努力奔走，再经各方反复商议，终于制定了我省独立的'官、绅'条件。现由我念一念，看在座诸君，哪位还有意见。若无异议，请挨次签名算是通过！"他开始念：

"一、官定独立条件：不排满人；安置旗民生计；不论本省人与外省人视同一样；不准仇官及有他项侮辱言论；保护外国人；保护商界；不准报复；不准仇杀；不准劫狱；不准抢掳；不准烧杀。以上十一条违者严行惩办。

"另：万众一心，同维大局。谨守秩序，实行文明。川省所有军队，悉交朱庆山统管。边务常年经费及兵饷银一百二十万两，由川省担任供给。边务如需扩充军备，饷银子弹由川协助。除原有边军外，应再选八营。边款仍照常协济。

"二、绅定独立条件：现因时事迫切，请季帅出示晓谕人民，川中一切行政事宜，交由川人自办。西藏为四川屏障，望帅惟保全四川之心，仍遵朝命赴边，办理边务事宜，所有兵饷及行政经费，概由川省担任。宣告之后，仍请帅暂缓赴边，以便遇事商求援助指导。军提都统各宪由绅面达，事后如愿驻川，仍待以相当敬礼，如欲回籍，需用川费，由川人从厚致送……"

从这份独立条约中可以看出，立宪派领导人对赵尔丰的要求可以说是有求必应。而且，"请帅暂缓赴边，以便遇事商求援助指导"，简直就是拜倒在赵尔丰脚下。然而，纵然如此，立宪派领导者们已很满足了。蒲殿俊宣读完毕，无人提出异议，官、绅们挨次签下了自己的名字。

"季帅！"蒲殿俊将签了字的"条约"恭恭敬敬放在赵尔丰面前，带有相当的请教意味，"值此艰危时期，我等挑起四川独立重担，实在是勉为其难。新政府上任，百事待举，不知季帅以为当前最紧要的是哪件事？"

"窃以为，"赵尔丰用手拂着颔下那把到成都时间不长，已然由花白变成雪白的胡子，一双眼睛二眯二眯的，颐指气使地说，"最紧要者，莫过于解散乌合之众——同志会、同志军！"看来，这最是他心头之痛！他很可能想到了最初给他当头一击，搅坏了他满盘好棋的川西、川南袍哥大爷侯天轩及川东川北袍哥大爷秦载赓，还有同盟会中坚人物龙鸣剑们。想到了几十万同志军、袍哥，将全川鼓动得风起云涌、星火燎原，让全省许多州县，其中还有重中之重的重庆、荣县等先后宣布独立。是这些同志军、袍哥将成都围成了一座孤城、死城！也是这股可怕的洪流，裹挟着他到了这个地步！

"这个不用季帅担心！"毫无从政经验、即将上任的都督蒲殿俊知道，袍哥是赵尔丰的心病。他这样宽慰赵尔丰："负责替季帅镇住军校的尹昌衡，他是全川袍哥的总舵爷，我们给他谈了，事已至此，袍哥已经没有必要进驻成都。那么多袍哥驻在城里，乱哄哄的，要这些袍哥从哪里来，回哪里去，他也同意。"

赵尔丰欣慰地点了点头。

"不过，"看来，蒲殿俊也对遍布全川的袍哥有所担心，"全川这么多袍哥自认为有功，恐怕一时也解散不了。我听说，昨天解散驻在西门城隍庙里的王和尚和他带的那伙袍哥时，就没有弄成，这还得想些办法，不然恐怕会闹事？"他对赵尔丰说这话，一方面带着请教，另一方面显是无可奈何。

即将上任的蒲都督的这种情状，让刚刚下野的赵尔丰很受用，他把头一昂："具体咋个弄，那就是你们自己的事了。哈哈，我这个下台总督就不好参言了！"说时老脸上浮起一丝不屑的笑意。嗨，那个傲慢劲儿！

"伯英！"年轻气盛的大学士颜楷实在看不下去了，不满地看了赵尔丰一眼，"啥子事那么深沉？我们即刻以军政府的名义发份《告全川人民请解散同志会停止战斗书》下去，保险解决问题。同志军、袍哥都是我们自己人嘛！只要给他们讲清道理，肯信哪个就油盐不进？未必硬要开红山（杀人）才弄得平？我就不信！"毕竟是大学士，颜楷的话不显山不露水，却绵里藏针。张澜连连点头，捋着颌下一部美髯，拿眼去看赵尔丰时，赵尔丰像是被锥了一下似的一怔，豹眼一下张开，看着颜楷，面露凶相，简直要吃人。可是他"屠户"的凶相一闪而逝，毕竟是此一时彼一时。赵尔丰很快恢复了镇定，又眯起了眼睛，用手捋起胡子，一副置若罔闻的样子。实际上，赵尔丰尖起耳朵在听。赵大帅现在需要的是静下心来，韬光养晦，从长计议。

在座的老爷们听颜大学士如此一说，豁然开朗，来了精神，都说对。都是些文章高手，满肚子锦绣，个个出口成章，纷纷附议："今全川政治上之变动如此之大……保路同志会之目的，实已贯彻无阻……若犹冒进不止，必致使祸毒日延日广，大局日坏日甚……

"……保路同志会之事已完，则斯会可以终止……"

七嘴八舌间，一篇锦绣文章已见雏形。新任都督蒲殿俊见赵尔丰坐在一边受冷落，特别是受到颜楷奚落后气呼呼的样子，有些尴尬，便说："季帅，我们在这儿再凑一凑句子。你老是不是先回督署去休息？"赵尔丰缓缓站起身来，什么也不说，在尹良、吴钟容、朱庆山等人的陪同下，缓步朝外走去，蒲殿俊亦趋步去送。他俩走在一起，对照分明：卸任的大帅穿的是闪光缎面长袍，脚蹬一双朝元黑布鞋，年过花甲的他，身姿笔挺，一副虎死不倒威的样子；即将上任的蒲殿俊西装革履，走在赵尔丰身边，步态却远不如人家沉稳。他们一老一少，样样不同；唯一相同的是，他们背上都拖有一根又粗又长的辫子。

　　宣统三年（1911）十一月二十七日午后，大汉四川军政府在皇城明远楼宣布成立。都督蒲殿俊，副都督竟是赵尔丰安插的旧部——陆军统制朱庆山，这可是执刀把子的！可以想见，这是一个多么软弱的军政府，就像草上的露珠似的会随着太阳的升起而消散。

飞蛾扑火的端方

第二十二章

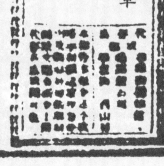

「咕——咕咕！」随着门内发出的三声暗号，钦差大臣行营两扇沉重的黑漆大门轻轻开了。军官任永生、卢保汉率领着突袭队一拥而上。卫队长杨毓麟闪身而出，向突袭队官兵们指示了端方兄弟俩的卧室。

突袭队队员们立刻准确地向端方、端锦的卧室扑去。

这个晚上，资州的天象显得有些凶险怪异：天上有一轮苍白的月，四周有缥缈的黑云，紧紧围绕着它，就像要把那轮苍白的月吞噬了似的。凄凉惨白的月光，不时洒向在战乱中战栗不已的资州县城，显得格外凄清。天刚擦黑，这座离成都不到三百里，处于沱江中游的中等城市就全都关门闭户，一派阒寂。到子夜时分，浮云罩月。笼罩在黑暗中的资州，更是寂如坟茔。

这个时候，通往东大街钦差大臣端方临时行辕的那条鸭肠似的小巷内，黑影憧憧，约有百余人鱼贯而来，神情警惕，个个窄衣窄袖。有的手握大刀，有的手握张着机头的连枪，一看就知道，这是支训练有素的部队。他们是端方兄弟从武汉带来的鄂军，足有一团，是新军。这支新军在武昌时就倾向革命，及至到了重庆，得知武昌起义已经成功，深受鼓舞，暗中串联，摩拳擦掌，跃跃欲试。今下午，到了资州，得知赵尔丰让权给四川保路同志会蒲殿俊等，更为振奋，他们决计暴动，趁夜前去取清廷重臣端方的命。

这个时分，衔命前去成都取代赵尔丰的钦差大臣端方，尚未安睡，他已经得知了成都的变故，心中惴惴不安，呆呆地端坐桌前，对着一支似在流泪的红烛黯然神伤。如今看来，川省总督这个头衔如同一领招魂幡！自己鬼迷心窍，百般钻营，在京如愿以偿后，兴致勃勃，带上兄弟端锦，离京先到武汉，领鄂军陈镇藩团由鄂入川，晓行夜宿，一路向成都紧赶慢赶，恨不得早一天赶到成都，戴上他昼思夜想的川督红顶子。可是一入川，就发现前景远非他想象的那样美妙。到处都是川人在保路、护路；到处都在游行；到处都是民军和官军激战；到处都是民军进、民军胜，官军退、官军败。这一路，他根本不是去成都上任，而是奔丧，是东躲西藏。而且，更为可怕的是，他发现这一支鄂军越来越不好带，越来越不听话，尽管他手段使尽，哄、骗、吓、诈，好不容易到了资州，他发现这支部队简直带不动了。当时还不知成都发生了变故，晚饭前，他倾其银两，叫伙夫上街，买回猪羊、宰杀后办了一场宴席犒赏官兵。捉襟见肘、进退维谷的他，在宴席上端起酒杯，向一千二百名鄂军官兵致辞："诸君追随我们至此，甚为辛苦。现在，我们不去成都了，打算改道去陕西。为略表微忱，愿酬劳大家白银四万两。同至陕者，另有重赏……"官兵们知道端方是说大话哄人，讪笑道："那你把四万两银子拿出来兑现再说呀！"端大臣支吾："现在钱不够，到陕西后保证兑现！"底下起哄："拿不出钱，我们不去。"宴席后，情知不妙的端方赶紧召集身边卫队训话，极尽威逼利诱之能事。但是，卫队就靠得住吗？端方内心有一种莫名的空虚和恐惧，特别是得知成都变故后，他预感到大难马上就要发生而又无可奈何！

他坐在窗前发怔，我活到这把年纪，什么事没有见过、经历过？他在脑海里细数他一生的辉煌——他是满洲正白旗人，咸丰十一年（1861）生，光绪八年（1882）中举人，入赀为员外郎，历督湖广、两江、闽浙，后调任直隶总督、北洋大臣。戊戌变法期间，他积极投身其中，受到光绪皇帝的接见和重视。戊戌变法失败，他跟着倒霉，所有职务一律撤销。宣统元年（1909），他被重新起用。

宣统三年（1911），他被委任为渝汉铁路督办，与邮传部大臣盛宣怀沆瀣一气，强行将四川民办铁路收归国有，激起四川的保路运动。至九月，四川局势濒于失控。不知是因为他骨子里是有耽于幻想的一面，还是把自己估计过高，他上蹿下跳，百般活动，让清廷同意他带这团鄂军到达成都，将赵尔丰免职，由他署理四川总督。

然而，人算不如天算！

未必这次就过不去了吗？他才五十岁。像他这样五十岁的男人，正是大展宏图的年纪呀！可是，如果自己就这样死在四川，真是死也不会瞑目！其实，自己是完全可以不来四川的。不来四川，哪会有这样的灾祸！可是自己被诱人的四川总督头衔迷了心窍，一头钻进了盆子底，可能就再也出不去了。后悔已来不及了！悲哀！沉思默想间，啪的一声，红烛爆了一下，摇曳不已，好像要熄，屋里的光线更趋暗淡。他陡然一惊，深信命运的他，看着这支似要熄灭的"流泪"的红烛，无限伤感。渐渐地，他的眼睛湿润了，一颗颗泪珠，顺着他白净的脸颊慢慢往下滴。"谋事在人，成事在天，生死有命！"他喃喃自语，神志有些昏乱。他的手慢慢伸出去，在桌子上的暗影里摸着了酒壶，"何以解忧？唯有杜康"。他的嘴对着壶嘴，慢慢仰起头，一口一口地呷着绵州大曲酒……他醉倒在桌上了。

"咕咕——咕！"这时，钦差大臣行营门外，轻轻响起了三声清脆的鸟鸣——这是起义鄂军突袭队向作为内应的门内卫队发出的暗号。

"咕——咕咕！"随着门内发出的三声暗号，钦差大臣行营两扇沉重的黑漆大门轻轻开了。军官任永生、卢保汉率领着突袭队一拥而上。卫队长杨毓麟闪身而出，向突袭队官兵们指示了端方兄弟俩的卧室。突袭队队员们立刻准确地向端方、端锦的卧室扑去。

"哥、哥，快来救我！"当端方被军官刘怡风等人五花大绑，从卧室里推到花园里时，只见住在对面屋子的弟弟端锦也被五花大绑押了出来。他们兄弟俩被起义官兵押到后院天上宫殿前丹墀下。夜幕沉沉，不远处传来霍霍的磨刀声。平时作威作福、不可一世的钦差大臣端方，自知死在今日，吓得魂飞魄散。他向挺枪举刀，环绕在自己身边，怒目相向的官兵们哀告道："我平时待诸君不薄，今夜何故如此？"

官兵们纷纷愤然作答："你待我们固然不错，但哪里是真心？不过是把我们作为你手中的工具而已！"群情激愤中，身材高大、一脸络腮胡的标统陈镇藩大步走了过来。

"端方，我要让你死个明白！"陈镇藩指着五花大绑的钦差大臣说，"今天你们弟兄遭此劫难，实因你们先人种下的祸根。当初，清军攻下扬州、嘉定后的大屠杀，我们怎能忘记？汉人不愿剃头者，你们格杀勿论。读书人写错一个字，轻者坐牢，重者杀头，甚至株连九族。二百年的血债，是该偿还的时候了！"

"陈标统！"端方昂起头犟嘴，"先人的罪恶，不该我来偿还！"

"那就说你吧，你端方也是死有余辜！武昌起义，天下响应，你不仅不回师响应，反而百般封锁消息，想将我们带去河南，与那里的清军会合，镇压革命……到了今天，你死到临头还想将我们玩弄于股掌之中。"说到这里，陈标统提高了声音，"今日之事，公仇为重。"说完，一挥手："执行！"

　　下级军官任永生提着一把寒光闪闪的军刀走上前去，对端锦连砍数刀，端锦方断气死去。陈仪亭提着一把寒光闪闪的指挥刀走到端方背后，先伸手在端方肩上猛地一拍，喊一声"看刀！"，就在端方下意识地将颈子一挺之时，陈仪亭将刀高高一举，狠劲往下一劈。倏忽间，只见寒光一闪，端方的头被劈了下来。起义官兵将端方、端锦兄弟的脑袋装进盛着石灰的子弹箱内，一千二百余名官兵连夜剪掉辫子，宣布起义。当夜，整座资州城都闹翻了。天明，陈镇藩带着起义的一团鄂军，离开资州，朝着家乡湖北方向大步而去。

寸步不让
辛亥保路悲歌

成都在暴乱中呻吟

第二十三章

这时，乱军中有一双鹰隼似的眼睛一刻也没有离开过尹昌衡。

这个混入乱兵中的大汉，名叫张德魁，他身材魁梧，满脸络腮胡子，是个山东大汉，是赵尔丰的贴心卫士。在今天这场赵尔丰精心策划的兵变中，他负责现场指挥暴动。他注视着场内情况变化，不时举起手枪砰、砰向天射击，指挥兵变。

偷鸡不成蚀把米的端方、端锦兄弟在资州被杀的消息，赵尔丰第二天一早就知道了。仍然稳坐在督署中的他做出一副悲天悯人的样子，对他身边的心腹王琰、田征葵等人叹道："端四爷这是自找的，又何必呢！"这话意味就深了。

　　成都皇城很气派的大门外，破天荒地挂出一个书写着"大汉四川军政府"白底黑字的大牌子。很快，九里三分的城内的多条大街小巷内，鳞次栉比的商店、民居，都斜挑起一根竹竿，竿上挂起的白旗上，中间署有一个鲜红的大大的"汉"字，十八个黑色圆圈环绕在"汉"字周围。也不知是谁设计的，红色的"汉"字代表独立的四川，围绕着的十八个黑色圆圈，象征与川省相邻的中华大地上的十八个省份。秋风中，这些"汉"字十八圈旗，哗啦啦地飘舞得很欢实。

　　然而，古城成都的数十万居民，无论是对着皇城挂出的赫然在目的"大汉四川军政府"招牌，还是秋风中舞得很欢实的汉字十八圈旗，都感到茫然、突兀。他们一群群、一簇簇地围在一起，相互探听缘由，议论纷纷——

　　"这旗子咋怪眉怪眼的，大圈连小圈，啥子意思？"

“蒲殿俊他们搞的啥子名堂呢？赵尔丰还在督署嘛，咋就成立了军政府？安逸！现今成都有两个政府，叫我们听哪个的？”

“天无二日，国无二君。以后还够得扯，哭的日子怕还在后头！”

“明明是旧瓶装新酒嘛！赵尔丰虽说下了台，他的大将朱庆澜还不是掌着架在我们头上的刀把子？”

“这样的军政府拿来捞屁？走啊！”

于是，很快，议论、打听的人们都散了，各走各的路，各做各的事，并无多少热情。他们大都是小民，小民最需要解决的是自身生计问题。军政府虽然成立了，却像谁往死寂的湖水里扔了颗小石头而已，连水花都没有溅起一朵。

时事如棋局局新。小老百姓只顾自己的生活，看到的是面子；实际上，一点也不稳固的大汉四川军政府暗潮汹涌，已经上台的蒲殿俊们一味弹冠相庆，昏招迭出，完全没有意识到马上到来的杀招和凶险。

夜深了，在勉强结束了第二天的阅兵事宜讨论后，新任军政部长尹昌衡闷闷不乐下了明远楼，副官马忠已经牵着马等在那里了。他从马忠手里接过缰绳翻身上马，二人相跟，出了在夜幕中显得特别高大巍峨的皇城。

新任军政部长家住东珠市街，回家要走一段时间。万籁俱寂中，夜幕中的成都就像一个风姿绰约的睡美人。尹昌衡一路穿街过巷，马蹄嘚嘚，在幽巷中的石板路上踏出愉悦的音符。

夜静多思。这些天急速的变化，就像万花筒，一切历历在目，却又是那么玄妙，让他捉摸不定，总体感觉不好；特别是明天的阅兵，更是让他忧心忡忡。

军政府成立的第二天，军政府都督蒲殿俊就宣布了各部部长名单，唯缺最重要的军政部部长。在新军中很有声望的高级军官彭光烈、宋学皋等人不服，怒气冲冲上了明远楼，当面质问蒲都督："明明尹昌衡是军中公认的最合适的军政部部长人选，为啥不让他出任？未必以往赵尔巽、赵尔丰兄弟压制他，今天你蒲都督还是容不下他？这事不说清楚，川军弟兄们不答应！"

看着满当当一屋子身穿二尺五长黄哔叽军服的中上层军官，个个武装带上挎战刀、别手枪，样子很横，赵尔丰的旧人、副都督、执掌军权的朱庆山心虚，早就躲了。蒲殿俊见状，暗暗心惊，很有点虚，却做出一副虚心听取大家意见的亲切样子。

"请坐，都请坐！"剪了辫子，留一头短发的蒲都督故作轻松地招呼大家坐，说是"站客不好打整"。然后又唤仆役上来给每个兵爷上茶、送点心，希望借此缓和气氛。看大家陆续坐下，他便道："各位有这个要求，很好。我们会慎重考虑。请大家先回兵营去，容我们细细商量后再定。"

"不行！"彭光烈发作了，他霍地站起，把茶船端起往茶几上砰地一舵，两道浓眉一耸，满带杀气，沙声沙气地说："既然军中弟兄们都公推尹昌衡为军政部长，还有啥子事要细细商议的？四川人办自己的事，肯信还要哪个点头才行？"打算去找刚才都还在这里的赵尔丰旧人副都督朱庆山，才发现朱胖子早溜了。"怪了！"彭光烈咬着牙道，"未必硬是俗话说的'四川猴子服河南人牵'？哼，怕没那回事！"军官们都给彭光烈扎起，屋内顿时弥漫起一股火药味。

蒲殿俊本心不愿把军政部部长这样重要的职位给尹昌衡。这些军政府的要员们不喜欢尹昌衡锋芒毕露、桀骜不驯。但看军令

寸步不让
辛亥保路悲歌

们这样不依不饶，蒲伯英下了炮蛋："好吧！既然诸君如此信得过尹昌衡，军政府一定慎重考虑。不过事关重大，总得走个程序，请诸位宽限两日，再宣布，啊？"见好就收，彭光烈这才带着军官们离去，他们走时，故意将马靴、腰刀等磕碰出吓人的铿锵声。

最终，军政部部长定下来是尹昌衡。这是大势所趋、所迫，非蒲殿俊等一干人愿意。这会儿，军政部部长百思不得其解的是，蒲殿俊刚上任，百事不管不理不问，却立即宣布军队放假十天，以庆祝军政府成立。好容易才把这些兵收拢，明天蒲殿俊却又要阅兵，这太不合时宜。蒲殿俊做事太孟浪，纯粹是把阅兵当作提高自己威信，当作他招之即来、挥之即去的玩具了！有枪有炮的军队岂是那么好玩的？特别是在这样的非常时期！部队好几个月没有发饷了！赵尔丰退而不走，占着督署，要军政府另找地方办公，军政府只好暂时在皇城安营扎寨，这算哪门子事？

在刚才的会议上，他只是尽可能婉转地提出明天阅兵是否合适，并不坚决反对。纵然如此，蒲殿俊也是当即就垮下脸来。朱庆山支持阅兵，其他的人也大都认为军政府成立，有个阅兵式也好壮壮威，造个声势。

他之所以没有再坚决反对，一是找不到坚决反对的理由，二是不愿意给人留下一个桀骜不驯、不好共事的印象。他知道，军政府内，对他有这样印象的人远不止蒲殿俊。

"部长，到家了！"经跟在身边的副官马忠提醒，他才从沉思中醒来。马忠牵马去马房时，他想了想说："这匹川马虽说个小能负重，打得粗，好养，但上不得大台面。明天我首次亮相，务必要威风些，得骑匹高头大马。你明天一早去彭光烈处给我借匹雄赳赳的大马回来！"

227

"没得问题！"马忠点头，"彭爷劝过部长多少次，让你从他那里挑匹高头大马骑，你总说，川马打得粗，就这也行。你借马，彭爷还有啥子说的，高兴还来不及。"

第二天，东方刚现出鱼肚白，尹昌衡就起床了。跟往常一样在院里练了会儿剑，洗漱完毕，吃过早饭，整装完毕，室内的自鸣钟当、当、当敲响九下。他骑上马忠从师长彭光烈那里借来的一匹枣红色的骏马，越发显得人高马大、英姿勃勃、威风凛凛。

军政部部长一进东较场就觉出情况不对。

演武厅下，准备接受检阅的部队已经等候在那里，足有一万多人。除一师新军外，还有约两千人的赵尔丰管的边军，黑压压的一片。无论新军边军，全都军容不整，就像没有睡醒似的。特别是那些用黑纱包头、着青布战裙，原先前胸后背上缀个大大的"兵"或"卒"字，现在不过是将前胸后背上的"兵"或"卒"扯了的边军，显得有些怪异。这些训练有素、军容严整的边军，一反以往，他们站没有站相，立没有立相，大都将步枪当拐杖拄，三三两两，交头接耳，东瞅西望，很有些诡秘。

这些兵们，一看到进场的军政部部长，唰的一下将目光转向尹昌衡。他一惊，预感要出事，翻身下马，正想问个究竟，有好些兵就围上来，对他纷纷质问：

"三个月没领饷了，请问尹部长，啥时候给我们发饷？"

"当兵吃粮、领饷，天经地义。三个月没领饷了，这兵有屁当头！"

"老母猪过门槛，我们的肚子要得紧！"

"当官的倒弄肥了，我们这些当兵的肚儿都箍不圆！"

"……"

军政部部长随机应变，信誓旦旦："我保证、我保证，检阅下来，弟兄们的军饷立刻发！"

检阅时间到了。

天光大亮。只见偌大的较场中，那座背靠城墙的演武厅好气派！离地五尺，由青砖红石砌成，飞翠流丹的重檐大屋顶；台后木屏风上，彩绘有一虎四彪，象征着即将实行的四川军制的一军四镇。

各队的官兵们开始集合、喊口令，持枪列队。

嘀嘀嗒！嘀嘀嗒！军乐队出来了——他们头戴大盖帽，脚蹬黑亮的马靴，穿黄哔叽束腰新式军装，精神抖擞，步伐整齐。他们吹奏的是西洋军乐，他们手中的洋号在阳光的映照下闪闪发光。

与此同时，西装革履的蒲都督率一帮大都着中式蓝袍黑马褂的军政大员们陆续上台。先是面向大家集体亮相，胸前都别有一朵大红花。

亮相之后，军政府大员们退后，以"排排坐、吃果果"的姿势坐下来。蒲都督走上前来，双手在铺着洁白桌布的长条桌上一按，清了清喉咙，对着桌上的喇叭准备演说了。都知道，饱学的蒲都督擅长演说。

"在场各位革命军人！"他用浓郁的广安口音，刚刚开了一个头，场内什么地方砰的一声枪响。蒲都督惊了，东张西望，不知所以。那最先开的一枪，无疑是信号。紧接着，砰、砰、砰、砰！场上枪声四起，偌大的较场上顿时秩序大乱……有人开始煽动："军饷根本没搞！尹长子刚才是哄我们的，他只图哄娃娃不哭了事。不要上他的当！”

这边煽动未息，那边煽动又起："走啊，大家都上街去打起发，弄到手才是真的！”

"大家都散了，瓜娃子才在这里！”

"还不快走，在这里捞屁？”

"……”

顷刻间，形势完全失去了控制，乱军们一团团裹起、啸聚、呼吼、乱放枪……像晴朗的天空中忽然涌起的团团乌云。

兵变发生了！

在台下竭力维持秩序的军政部部长尹昌衡，见状不对，赶紧朝演武台上奔。他想跳上台去设法喊话，镇住堂子。他的声音特别洪亮，不用广播喇叭，全场都听得清。

这时，乱军中有一双鹰隼似的眼睛一刻也没有离开过尹昌衡。这个混入乱兵中的大汉，名叫张德魁，他身材魁梧，满脸络腮胡子，是个山东大汉，是赵尔丰的贴心卫士。在今天这场赵尔丰精心策划的兵变中，他负责现场指挥暴动。他注视着场内情况变化，不时举起手枪砰、砰向天射击，指挥兵变。

"台下各部听从我的指挥！”军政部部长一个纵步跳上台来，面朝台下，放开洪钟似的嗓门大喊，希图维持秩序。而台上，原先春风得意的都督蒲殿俊噤若寒蝉，他同大胖子副都督朱庆山正往台后躲。

"万万躲不得！”尹昌衡急切地将欲翻墙而逃的蒲都督一把拉回，"现在最要紧的是镇定、镇定！越躲乱子越不可收拾！”而这时，陆军学堂原总办、被军校学生赶走的新任军政府参谋长姜登选不知从哪里钻了出来，上前把尹昌衡一掀，横眉怒目道：

"你要去弹压，你自己去好了！晓得你们这些四川人今天在搞些啥子鬼名堂！"尹昌衡来不及同他理论，转过身来，对浪涛般最先涌到台前的边军大声吼道："回去！回去！遵守秩序，不要上坏人的当！"

台下的新军教官赵康时与尹昌衡遥相呼应，竭力维持秩序。台上的军政部部长，再次亮起他洪钟般的嗓子，对一拥而上的乱兵们说："检阅一完，我负责把欠弟兄们的军饷补齐！不仅补齐，还有阅兵补助。"

这样一说，潮水般涌上前去的乱兵就停顿了下来。

躲在乱兵中指挥的张德魁见状好不着急，这个赵尔丰的贴心卫士，气得把一口大牙咬得咯咯响，顺势把盘在脑后的那根油浸浸的大辫子一甩，盘在颈上，暗暗冷笑，举起紧握在手中的那把德造二十响手枪，连连开枪，发出号令。

散布在各角落的心腹们再次得到明确的信号，再次鼓动着乱军们惊呼呐喊往前拥。台上的教官赵康时，勇敢地迎上前去，举枪刚喊"不准冲！"，话音未落，"叭！叭！叭！"一阵乱枪打来，赵教官顿时倒在血泊中。

台上的蒲都督见状吓得脸色煞白，全身筛糠，再也稳不起了，逃命要紧。他让护兵扶他上了城墙，缒城而逃……瞬间，变戏法似的，台上的大员们跑得一个不剩。

尹昌衡见红了眼的乱兵们已经冲上台来，赶紧掉转方向，一个箭步从台上纵下，带着马忠和几个弁兵跑出了后门，迈开大步朝玉隍观方向飞奔。

后面有乱兵跟着他追，枪子砰砰打来，护在身后的弁兵相继受伤倒地。尹昌衡人长脚快，可惜穿着马靴，始终同追兵拉不开距离。

神了！就在他跑到离北较场不远的东珠市街时，一匹白色的川马如离弦之箭向他迎面而来。这不是家中那匹川马是什么！这马之所以适时而来，是枪声爆响时，家中养的这匹川马久经战阵，闻之兴奋不已，挣脱缰绳跑出门来，往枪响之处飞奔，正好救了主人的急。

身逢绝境的尹昌衡见状大喜，用手指在嘴上打出一个响亮的呼哨，川马蹿到他跟前，他翻身上马，打马朝凤凰山方向飞奔。他要去成都的近郊凤凰山，调新军镇压叛乱。

成都近郊的凤凰山是一片浅浅的丘陵。连绵起伏的山峦，通体葱翠，状似凤凰，风景很美。此地既是新军的驻扎、练兵处，又是成都人外出游玩的好去处。

卓有威信的军政部部长，在凤凰山只调到新军区区三百余人。不过这批新军极有血性，对他举枪宣誓：

"服从尹部长驱驰！"

"为平息叛乱，誓死效命！"

尹昌衡当即带着这三百名新军下山进到市区。

天完全黑了。这就是闻名于世的锦城吗？有"温柔富贵之乡"之称的成都，这会儿完全变样了。成都，到处都关门闭户。

进到城中心皇城一带，从容应对的尹昌衡，将这三百名新军分成三队：一队守造币厂；一队守武器库；自己亲率一队进入军政府所在地皇城。为虚张声势，震慑乱军，他命令誓死效忠军政府的三百新军尽可能夸张地吹号打鼓，虚虚实实，极尽张扬。

尹昌衡率部来到皇城。夜幕中偌大的皇城一片漆黑，清风雅静。一时，他很怀疑皇城里面会不会有什么陷阱。

他先派几个尖兵进去搜索摸底，确信是一座空城，这就精心布置：门外的岗亭站上卫兵；将皇城的两扇红漆大门虚掩；剩下的兵，一半守前门，一半守后门，做好战斗准备。然后，他带着副官马忠和两名卫兵上去了。

昏昏月光下，殿宇重重，庭院深深，大柱根根。偌大的一座深宅大院内没有一盏灯，没有一点声音。他上了明远楼，几双军皮靴在楼板上，踏出空洞吓人的声音。

"吱呀！"致公堂的门被推开，尹昌衡率先一步跨进时，"看剑！"他忽觉眼前寒光一闪，侧面一张桌子后闪出一个矮胖人影，人到剑到。

尹昌衡的卫兵们正在惊讶时，在国内外高等军校受过严格格斗训练的他，说声"我来！"，倏地拔剑还击，当的一声格开来剑，还给了对方一剑。

致公堂内光线暗淡。马忠深知军政部部长武艺了得，又怕看不清帮倒忙，便带着身边的两个兵，站在一边观战，随时注意保卫。影影绰绰中，只见一高一矮两人斗剑——矮的劈来一剑如一道闪电，高的利剑迎去寒光一闪；双方并不作声，剑来剑往，剑法纯熟，打斗得非常激烈。几个回合后，看得出，军政部部长毕竟技高一筹，占了上风。只听当的一声，军政部部长将刺客手中的剑击落在地。失去了武器的刺客视死如归，不胆怯，也不惊惶，从从容容蹲下地去，万分珍惜地抱着件什么东西，头都不抬，大声叫骂："反叛逆贼，你们就杀了我吧！"

"你是谁？"声音如此熟悉，尹昌衡吃了一惊，喝问之时，副官马忠将打火机打燃，出现在眼前的竟然是军政府安抚局局长罗纶！这个白皙的矮胖子，蹲在地上，怀中抱着一面"汉"字十八圈旗，痛哭流涕。

"梓卿兄，你死到临头了！"军政部部长开了一句玩笑，"你也不抬起头看看我是谁！"军政府安抚局局长应声抬头，看清站在他面前的竟是军政部部长尹昌衡，当即破涕为笑，一下站起身来，趋步上前，两人拥抱。

罗纶问尹昌衡："硕权，你是带兵进城平叛来了吗？"

"是。"军政部部长告诉了他详情。

听了尹昌衡的话，罗纶转喜为忧："你带这几个兵来，顶得了什么事？平叛？杯水车薪嘛！"

"放心，我自有平叛妙计。"尹昌衡要马忠带两个兵退出，他同罗纶细细商量平叛办法。

毕竟是大势所趋，毕竟叛军是一盘散沙，毕竟叛乱不得人心！尹昌衡讲究方式方法，虚虚实实，注意对乱军进行分化瓦解，攻心为上。比如，他深入蜂拥蚁聚般的多个乱军现场，登高一呼！他本身在军中就有很高的威信，又是军政部部长，说话算话。同时他在乱军中发现了有相当威信，又拥护军政府的下级军官张鹏舞、乔得寿等，当即大胆地将他们任命为营长、团长，又让他们去团结、分化乱军。如此一来，层层瓦解，就像抛出的多个磁铁，把他们吸引过来。如此一来，天亮以前，暴乱平息了。

躲在暗中的始作俑者

第二十四章

他久久地站在五福堂外，不无得意地背着手，望着高墙外股股升腾而起的火焰，想象着、欣赏着。条条火龙在漆黑的夜幕中，疯狂地张牙舞爪，扭动着身姿。火龙吞噬财产时发出的噼噼啪啪的声响和失去家园的平民百姓的凄惨哭泣，阵阵传来，声声入耳。忽闪忽闪的火光映在赵尔丰的脸上，他那一双阴沉多日的豹眼中此时注满了一种残忍的兴奋。他的一双手不由得握起有力的拳头。兵变成功，这在他的意料之中，又在意料之外。因为激动，全身都在微微颤抖。

兵变以及引发的大规模、大面积的抢劫，很快将锦绣成都糟蹋得不像个样子。往日，越近黄昏，成都越发显出繁华之态，电灯、煤油灯、电石灯……无数交织的灯光，照耀着成都历来红火的夜市。全市两百多条大街小巷里，鳞次栉比的茶楼酒肆戏院饭馆全都登场亮相，而且无不红红火火、热热闹闹、异彩纷呈，就像要把这座城市架起来、抛起来似的。随着夜的深沉，成都会演绎出她温柔富贵的极致。

然而，这天，整个成都都受到蹂躏。突如其来的暴乱抢劫，就像一团黑压压的乌云，最先从东较场那边升起，然后卷过来，迅速弥漫全市，所有铺面、住户赶紧关门闭户。当然，叫明了是要"打起发"的乱兵们，是很会选择的。

市内的大清银行、浚川源银行、通商惠工银行、铁道银行——当时成都几家略有规模的新式金融机构，首先遭到抢劫。接着，天顺祥、宝丰隆、百川通、金盛元、日升昌、新泰厚、天成亨、协同庆等三十七家银行、捐号、票号也都遭到抢劫，连同军人趁乱监守自盗的藩库、盐库等，共计损失现金二百万元大洋，尚未计十余家金号的损失。只有四川造币厂例外。它僻处城墙东南隅，是个死角，没有引起乱兵们的注意，为军政府侥幸地保存了白银十余万两、铸造好的大清龙纹银圆数万枚。

成都东大街、劝业街、大什字、小什字、署袜街、总府街、湖广街、棉花街等十多条素称繁华的街上的所有商号也被乱兵们洗劫一空。

情况往往是，乱兵们填满欲壑走后，再被那些等在门外，看得眼红、垂涎三尺的差役们抢。最后拥入的是那些游手好闲、掌红吃黑，整天茶坊进、酒馆出，打条骗人，专捡便宜的地痞流氓。他们一边高声大喊"上山打猎，见者有份"，一边不由分说，开始细细搜刮残余。

有些商号、豪宅被洗劫一空。后到的乱兵什么也没捞着，恼羞成怒。他们砸穿衣镜，用马刀砍门窗、家具……往往连挂在壁上的时贤字画，也被抓下来撕得粉碎。到了晚上，到处都是烛天的火光和叫声，鬼魅横行，如同到了世界末日。

然而，就在这个到处火光满天的晚上，霸在督署中不走的始作俑者赵尔丰的心情却是欢愉的，他处于预想中的等待和憧憬中。

他久久地站在五福堂外，不无得意地背着手，望着高墙外股股升腾而起的火焰，想象着、欣赏着。条条火龙在漆黑的夜幕中，疯狂地张牙舞爪，扭动着身姿。火龙吞噬财产时发出的噼噼啪啪的声响和失去家园的平民百姓的凄惨哭泣，阵阵传来，声声入耳。忽闪忽闪的火光映在赵尔丰的脸上，他那一双阴沉多日的豹眼中此时注满了一种残忍的兴奋。他的一双手不由得握起有力的拳头。兵变成功，这在他的意料之中，又在意料之外。因为激动，全身都在微微颤抖。

月来，在极度的惊吓、失望中，他先向立宪派蒲殿俊等人交了权，但随着成都解围，讯息畅通，形势明朗，他很快后悔了。是的，革命党人在武昌搞的起义成功了，全国好些省也宣布了独立，但是，宣统皇帝还在北京紫禁城里稳坐龙椅，没有退位；朝廷重臣袁世凯手握重兵，正挥兵以千钧霹雳之势向革命党人压来。大局尚有可为。

嗜权如命的他下野后，大权旁落，那滋味真是比死还难受啊！他根本就没有把立宪派蒲殿俊等人看在眼里，几个不堪一击的书生！他瞅准毫不知兵、利令智昏的蒲殿俊较场阅兵的机会搞兵变，成功了！就在他沉思默想间，新晋的卫队长刘大泊快步而来，附在他耳边，轻轻禀报："大帅，成都的五老七贤要见大帅。"

"五老七贤？"他一听，一惊一喜。

成都的五老七贤，泛指那个时期光耀四川的一个传统文化群体，他们继承巴蜀文化的优秀传统，很有影响力。他们中有前清状元、进士、举人、知府、翰林、御史等，有清末第一词人赵熙，有清末四川唯一一个状元骆成骧，还有伍肇龄、颜楷、方旭、宋育仁、庞石帚、徐子休等。

赵尔丰闻之喜出望外，当即让跟在他身边的田征葵代表他去请他们进五福堂说事。

"大帅！"胡须银白，头戴黑缎瓜皮帽，一条干焦焦的发辫在背上扫来扫去，穿青缎长袍，外罩黑布马褂，八十高龄的谘议局议员伍肇龄拄一根龙头拐杖，在几个老人的搀扶下，颤颤巍巍进到五福堂。态度向来傲慢的赵尔丰竟趋步上前，一边故作吃惊地说："如此深夜，何劳伍老先生赍夜而来？"一边亲自扶伍肇龄坐到一把软椅上。

"大帅！你可要救救我们成都啊！"不意伍老先生不肯落座，往下一梭就要向他叩头。赵尔丰赶紧扶住伍老先生，心中暗喜，嘴里却说："不敢当！不敢当！老先生有话尽管说。只要尔丰办得到的，一定照办。"他扶老先生坐好了，自己才坐下。

"蒲伯英多大岁数？"伍老先生气愤地把龙头拐杖往地上一拄，数落道，"不过才三十六岁嘛！还是个青勾子娃娃，一个堂堂四川省的都督是那么好当的？看看，这不出事了？出大事了嘛！"伍老先生数落了一阵蒲伯英后，道出主题："大帅，我们是代表成都人民来请大帅出山收拾乱局的！"说着，看了看簇拥在他身边满脸惊惶的老人们，以目示意，五老七贤们赶紧纷纷给赵尔丰捧起：

"当今这个乱局，非得大帅出面才捡得顺！"

"以大帅你的威信，只需出面打一声招呼，保险刀枪入库、马放南山。"

"……"

在座的五老七贤都是秀才、举人出身，话一个比一个说得好听。赵尔丰好不高兴，却故意欧起（四川方言，指傲慢、拿架子）。他做出既为难又悲天悯人的样子，把手一摊："诸位老先生，不是尔丰不愿救民于水火，只是尔丰已将总督之职交给了蒲伯英，即将赴康区，替他们守西大门。这时候我插手恐怕多有不便吧，为避免引起误会，恕尔丰不能遵命！"

"大帅，求你了！"伍老先生又从软椅上梭了下来，要给赵尔丰下跪。

"哎呀呀！"赵尔丰又赶紧弯下腰去，伸手扶起伍肇龄老先生，做出一副豁出去了的样子说，"各位耆年硕德的先生既如此说，尔丰敢不遵命？纵然前面是刀山火海，尔丰也上，也跳！"

"大帅准备何以应对？"伍老先生似乎对赵尔丰的保证不放心，要打破砂锅问到底。

"我立马以个人名义下文，出告示，要新军、边军立即返回军营，不准扰民。我想我赵尔丰只要给他们打声招呼，这些兵会听话的！"

"大帅只要肯出马，我们就放心了。"伍老先生等五老七贤们看赵尔丰信誓旦旦，这才放下心来，对他千恩万谢，颤颤巍巍鱼贯而去。赵尔丰一直把他们送出大门。

第二天的黎明姗姗来迟。成都的两百多条大街小巷内都已贴上了告示，白纸黑字，引人注目："不论是巡防兵（边军）或者是陆军（新军），迅速到制台衙门受抚，不咎既往，一概从宽。宣统三年十月十九日。"告示的署名很特别——"卸任四川总督、现任川滇边务大臣赵尔丰"。因为总督大印已交军政府，赵尔丰不厌其烦地在每一张告示后面签上自己的名字——仍然是发挥了的篆体字，像一只只飞翔的白鹤，别有深意。

"咦！赵尔丰又出山了？快来看！快来看！"不出赵尔丰所料，天刚亮，在那些被一夜大火焚烧得不成样子的大街小巷里，在每一张有赵尔丰署名的布告前都围了一层又一层的人。人们对关系到自己切身利益的时局的关注，压倒了对现实的恐惧。他们纷纷指点着、议论着：

"这么说，军政府是垮杆了？赵尔丰又抽正了？清朝还没有倒？若不是，咋告示用的都是宣统年号呢？"

"不对，不对！"有人质疑，"若说是赵尔丰又抽正了，咋个章都没有盖一个哩？歪的嘛！我倒是听说，军政府的军政部部长尹长子从凤凰山带兵昨黑就进城平叛来了，已经平下来了。"

"管那么多捞屁！"有人更实际，"你我小老百姓，赶紧回去把着门要紧，不要让乱兵打了起发——各人抱倒自己的娃娃不哭才是。"

"……"

大汉四川军 第二十五章

政府浴火重生

蹄声嘚嘚。在一队骑兵的簇拥下，戎装笔挺的尹昌衡骑着一匹如火的雄骏过来了。秋阳照在他的身上，让他更是神采奕奕，引人注目。骑在马上的他，不时向长街两边夹道欢迎的群众挥手致意。顾盼间，军政部部长那副自信、潇洒和无与伦比的阳刚之气展露得淋漓尽致。

从十二月九日早晨起，成都的大街小巷，又到处飘扬起"汉"字十八圈旗。原先不时响起的枪声和乱兵们打起发时令市民们心惊肉跳的"不照、不照"暗号声渐次销声匿迹。全城二百多条大街小巷，再不见往日那些斜挎起沉甸甸包袱、趾高气扬一路而来的乱兵了。

刚开始，街上的人见到对面有乱兵来，吓得大气都不敢出，畏缩地躲在屋檐下让路。然而似乎一夜之间就变了，这些兵大爷们突然之间就乖了起来，像被谁吓掉了魂，见了人，他们就像耗子见了猫，你若正颜厉色看他两眼，他便赶紧怯怯地躲开。

当！当！当！怎么青天白日，打更匠打起更过来了？人们不由驻足看去——是军政府派出的招抚队过来了，大都是长官骑马在前，两三名全副武装的兵在后，手上拿面"汉"字十八圈旗。见到有流窜状的兵过来，当的一声，先是打更匠把更一打，马上就有兵对他们厉声喝道："这位弟兄慢走，军政府有令！"耗子似的惊惶不安的乱兵被喝住时，骑在马上的长官把胸一挺，厉言问道："街上张贴那么多军政府告示，都没有看到吗？"不管这些张口结舌的乱兵回答与否，骑在马上的长官都要接着重申："军政府命令你们不要再生事，赶快回到各自的营盘里去。"这些形同见不得人的小偷的乱兵，每当这时，都要嗫嗫嚅嚅地问一句最关键的话："回去，军政府会不会理抹我们的财喜（抢劫的财物）？"这是乱兵们最关心的。

这些招抚队早就接到军政部部长的命令，知道遇到乱兵这样问时该怎么回应。于是，骑在马上的长官回答得大都很"艺术"："只要你们听话，赶快回兵营归队，不论以往咋个，做过啥子见不得人的事，保证没事！"看到有些乱兵似有顾虑，不太听得懂这话，理解不了其中的含义，骑在马上的长官赶紧给他们加了一句他们听得懂的、流行的袍哥语言："只要你哥子言语拿得顺，啥子事都搁得平！"

如此一来，给成都造成空前浩劫的兵变，完全没有达到赵尔丰的预想，在两三天的时间内，就被军政部部长收拾、捡顺了。

成都所有大街小巷的铺面、茶楼、酒肆、饭馆等都重新开门营业，锦绣成都又恢复了繁荣。

军政部部长真是令出法随，对乱兵逾期不归者、违法者，下令杀无赦，显示出他铁腕治军的一面。

在盐市口、东大街、走马街等成都最热闹、人口最集中的地方，到处围满人在看以军政府名义下达、签军政部部长尹昌衡名字的告示。这些告示公布了第一批逾期不归者、抢劫犯、强奸犯的名单，这些名字上都被画了一个大大的红勾，就像是流的一摊血。

"凶啊！"不少市民边看边议论，"晓得不，尹昌衡昨夜亲自带兵巡逻。昨天到今天，已杀了二十多人。看哪个还敢打起发！"

"看不出来啊，尹长子青勾子娃娃一个，硬是凶嗬！"

"有志不在年高。倒是正、副都督不得行！那天较场坝枪一响，都督蒲殿俊就吓得拉了稀，跑了，现在都找不到人。那个副都督朱胖子更不是个东西！"

"蒲殿俊书生一个，这时候有屁用！倒是朱庆山可恶，他本来就是赵尔丰的人。"

"军政府该换人了，我看尹长子当都督最合适。"

"我看该把赵屠户拉出来整，这场兵变就是他在里头装怪……"

人们的议论越来越精彩，越来越深入，围观的人越来越多。

这时，在极具成都风情的少城祠堂街，有人朝那边一指，喊道："看，军政部部长尹昌衡来了！"原本围着看告示的人们转身一哄而上，争着去看具有传奇色彩的军政部部长尹昌衡。

蹄声嘚嘚。在一队骑兵的簇拥下，戎装笔挺的尹昌衡骑着一匹如火的雄骏过来了。秋阳照在他的身上，让他更是神采奕奕，引人注目。骑在马上的他，不时向长街两边夹道欢迎的群众挥手致意。顾盼间，军政部部长那副自信、潇洒和无与伦比的阳刚之气展露得淋漓尽致。

忽然，尹昌衡的眼睛盯着一个地方不动了。年轻有为、风流倜傥的尹昌衡，敏锐地发现一束美丽明亮的光，突然射向了他。他循着这束美丽明亮的光看去，只见祠堂街那家关着门的"鑫记成衣店"前，一个高高的独凳上站着一个绝色少妇。她二十三四岁年纪，脸儿白白的，一副若剪若裁的漆黑细眉，伏在一双美目之上，微微挑起，斜斜地插入鬓角。她个子高挑而丰满，穿一件淡绿色的旗袍，一条油松大黑辫子从颈后弯过来，搭在高高的胸脯上。她微微侧着头，用那双与众不同的美目，含情脉脉地、充满无限向往和憧憬地凝望着他。尹昌衡报以会心的微笑。在灿烂的秋阳下，他发现，她那张美丽的脸上露出了酒窝，她的一切都显得格外动人。尹昌衡不禁怦然心动。

这时，她的身后，鑫记成衣店虚掩的门开了，出来一个烟灰样的瘦男人，附在那少妇耳边在说什么，似乎在喊她进去。但她理都不理……尹昌衡心中有数了。

瞬间，年轻有为、风流倜傥的尹昌衡脑中涌起一个近乎荒诞的决定。

他得走了——明远楼上，军政府的同人们正在等他与会，那是一个关系到四川未来的重要会议。他向成衣店方向挥了挥手。他看见，站在高凳上的她，用深潭似的明眸深情地看着自己，里面蕴含着许多情意，许多话语。他知道，这只可意会不可言传的情状表明，自己和那成衣店里少妇的心思是完全一样的，而且是迫不及待的。

尹昌衡在万人仰慕中，由他的骑队护卫着，向皇城方向渐行渐远。

当军政部部长尹昌衡上了皇城，跨进明远楼议事大厅致公堂时，掌声潮水似的朝他涌来。

"不敢当！不敢当！"在满屋德高望重的名绅们面前，向来敢说敢当的尹昌衡，一时神情竟有些赧然。他向满屋的名绅们拱手作揖致谢，然后，向主持会议的罗纶点了点头，谦辞两句，坐在给他留的位置上。抬眼一看，张澜、邵从恩、颜楷等该来的都来了，可是，最该来的两位，当了十二天正副都督的蒲殿俊、朱庆山没有来。

"开会！"主持会议的罗纶宣布时，看了看军政部部长尹昌衡。看得出来，围坐在椭圆形桌子四周的同人们，个个神情肃然，大都有话说。

"梓卿，"尹昌衡比了一下手说，"请开始吧。"意思要他先说。善于言辞的军政府谘议局局长罗纶这就开始致辞："……众所周知，在赵尔丰精心策动的这场兵变中，军政部部长尹硕权力挽狂澜！"顿时，热烈的掌声响起，尹昌衡又站起身向大家表示谢意。

罗纶用手往下压了压，示意大家安静。

待场上安静下来，罗纶接着说："现在，形势仍然危急。虽然兵变压下来了，但是，赵尔丰率三千百战精兵至今稳坐督院。赵尔丰发动叛乱，妄图卷土重来……

"值此艰危之际、人心惶惶之日，新生的军政府急需强有力的领袖带着我等征腐恶开新篇之时，都督蒲殿俊、副都督朱庆山不知方略，不听劝告，先是容忍赵尔丰以售其奸，酿成兵变，继而临阵脱逃，洋相出尽。今天，我们派了人去请他们来开会，可是，作为都督、副都督的他们至今不见踪影。因此，特请诸君前来，看目前该怎么办，请大家拿主意。"

罗纶的话音刚落，徐炯噌地站起。徐炯字子休，是个很有威信，性格极刚直的教育家。他人黑瘦，穿件青布长袍，瘦脸上戴副鸽蛋般大小的铜边近视眼镜，那一头剪得短短的又粗又硬的头发，根根直立，就像他刚直不阿、疾恶如仇，乃至偏激的个性。因为激动、愤怒，他唇上蓄的两撇黑胡须在微微颤动。

"罗梓卿刚才的话说得很清楚了。"徐子休单刀直入，"蒲殿俊懦弱无能，朱庆山本来就是赵尔丰安在我们里面的人。不用说，正副都督都要换人。而都督这副重担当交由尹硕权来挑！"

堂上众人鼓掌表示同意。

"不可，不可！"尹昌衡正在摆手推辞，蒲殿俊进来了。全场顿时清风雅静，没有人请他坐，没有人招呼他。往日的朋友们，这会儿个个都冷眼看着他，表情有对他的藐视、冷漠，甚至敌视。时年三十六岁的蒲殿俊几日不见，明显地消瘦憔悴，满带病容。他最初挂在嘴角上的一丝笑意很快凝结了，他那露着一点光彩的眼睛，马上就黯淡了。他动了动嘴唇，似乎想说什么话，又什么都没有说。

当了十二天大汉四川军政府都督的他，就像受审似的呆呆地站在那里。他望着似乎已经不认识他了的同人们，在最初的一瞬间，由于难堪，他的脸色唰地变得苍白；随即，赧然地低下了头，脸、耳朵，甚至连颈项都变得潮红。

"你身为都督，搞了些啥子名堂啊？还好意思来！"徐子休发作了，站起来，走上前去，"呸！"地吐了蒲殿俊一泡口水。羞愧至极的蒲殿俊什么话都没说，只是从口袋里掏出手帕，揩了脸上的口水，转身走了。

接着开会。

"徐先生刚才说得很对！"说话的是新军标统彭光烈，他是军政部部长尹昌衡一贯忠实的支持者，在川军中很有威信。

"朱庆山是个什么东西？也配掌我军权？"彭光烈说时，身高力大的他，把一只熊掌般的大手捏成拳，咚的一声砸在身边的茶几上，霍地站起，故意把一副浓眉皱起，两只虎彪彪的眼睛瞪圆四下一扫，噘起嘴唇，沙声沙气地吼道，"莫再讲啥子啦！当务之急是选出都督。我们一致推选尹昌衡当都督！"

"对！"

"是这个意思！"宋学皋、孙兆鸾等军官也都站了起来，一致附议，"我们代表全体川军将士，公推尹昌衡担任都督！"场上顿时气氛热烈，有的说："古人言，'天命无常，有德者居之'，尹硕权当都督顺乎民心！"有的说："都督是我们选的，我们就有罢免和重选的权力！"可尹昌衡却竭力推辞："蒲伯英这个都督是大家正儿八经选出来的，咋能这样要人家下台就下台？"正争执不下时，只见一个身穿短褂的仆役快步进来，走到罗纶身边，送了一张条子给罗纶。罗纶接过来看完，面露喜色，随手递给坐在旁边的徐炯。徐炯边看边站起来说："硕权不要推了，蒲伯英宣布自动退位。"说着照念那张条子。

蒲殿俊在写来的条子中，除了明确宣布辞去都督职外，还用这样悲怆、沉痛的诗句结尾："我生失算小雕虫，迂愚妄插乾坤手！"蒲殿俊写来的这张纸条子念完，场上顿时鸦雀无声。大家很有些感动，又才细细地对当了十二天都督的蒲殿俊进行审视。是的，蒲殿俊是犯了大错，那是因为他缺乏政治斗争经验，可贵的是，他不推诿不塞责！在这场严酷的斗争之后，他认清了自己。承认自己只会些吟诗弄文写字的雕虫小技，没有干政治的才华，后悔自己插手政治。

"蒲伯英不愧为君子！"徐炯改变了看法，说，"我刚才对他的行为过火了。等会儿我去向他道歉！硕权！"说着掉头看着尹昌衡："这下，你该没有话说了吧！"

二十七岁的尹昌衡这会儿又兴奋又犹豫。他坐在那里，脸通红。他向来是自命不凡、敢说敢干的一个人，可是，这会儿一副极重的四川都督重担突然落在肩上，他似乎缺乏思想准备，有几分紧张，有几分惶惑。

"如果诸君一致推选我，"尹昌衡想了想说，"那我就当副都督，罗纶兄当都督合适。因为当了都督就得整天在城里坐镇，而我现在急于出城扩充部队，四处联络。"

"硕权的理由不成立！"罗纶将头摇得拨浪鼓似的，"非常时期，我一个文人咋压得住堂子？"

在各界中都有威信的邵从恩这时霍地站了起来，他的话一锤定音："一文一武，任正副都督正合适。谁正、谁副，你们别争。请硕权、梓卿尊重民意好吗？"

"好！"众人齐声响应。尹、罗二人也点头应承。致公堂外城墙下、皇城坝上站满了等待消息的民众，他们对选谁做都督非常关心。张澜大步走出致公堂，站在城墙上，手扶玉石雕栏，看着皇城坝上等候消息的黑压压一大片民众，捋捋唇上那把飘逸的大胡子，高声发问："各位父老兄弟听清了，你们说，都督是选尹昌衡，还是选罗纶？"他那洪亮的声音，如同滚过的春雷。

"我们要选尹——昌——衡！"城墙下万众齐声回应，似阵阵雷声。

没有听到尹昌衡答应，皇城坝上成千上万的民众急了，他们齐刷刷跪下，齐呼："请尹大人就任！"

皇城上，张澜、徐炯等人，簇拥着成都人民的希望之星尹昌衡走上前来。徐炯在尹昌衡背后猛击一掌，喊道："尹硕权，你看，人民大众这样拥护你，你还扭扭捏捏的做啥子？！"

尹昌衡只觉血往上涌，眼睛有些湿润。

"各位父老兄弟！"他面对皇城坝上的民众，扯开洪钟似的嗓门，"承蒙大家信任，昌衡愿就任都督，一腔热血，愿为四川洒！"

城下城上，万人齐呼：

"拥护尹都督！"

"拥护大汉四川军政府！"

又有人呼：

"千刀万剐赵尔丰！"

呼声此起彼伏，像滚过串串惊雷。

一九一一年阴历十二月八日，新一届四川军政府成立。

组成人员是——

都督尹昌衡；

副都督罗纶；

总政处总理兼财政部部长董修武（同盟会四川支部长）；

民政部部长邵从恩；

警察总监杨维；

交通部部长郭开文；

川军第一师师长宋学皋；

川军第二师师长彭光烈；

川军第三师师长孙兆鸾。

张澜、颜楷及徐炯等谢绝被推选，答应随时替军政府策划，有事出山。这届军政府中，同盟会会员占到百分之六十。可惜的是，同盟会的干将龙鸣剑因积劳成疾，壮志未酬身先死，年仅三十四岁。

恢复了秩序的成都又到处飘扬起"汉"字十八圈旗。

"挂起来，把我们的旗帜挂起来！"不用任何人命令、吩咐，向来大而化之，好像什么都见过，对什么事都漫不经心的成都人如今对"汉"字十八圈旗情有独钟。长街上鳞次栉比的店铺开张之前，老板都不会忘记督促伙计用竹竿穿起旗，再从屋檐下斜挑出来。这些遍街飘扬的旗帜，旗幅都不大，中间那个红色的"汉"字写得往往也不够周正，周围团转的十八个黑色圆圈排列得也不够均匀。但在成都，无论什么人，不管是绅士，还是下苦力的，着短褂的或穿西装的，剪了辫子或还没有剪辫子的，看到它们，无不抬起头来，深情地仰望着这一面面在秋风中骄傲地哗啦啦飘扬的"汉"字十八圈旗。这旗帜，浸透了川人的血和泪，凝聚着巴蜀大地的希望和憧憬，代表着一个强有力的军政府即将翻开历史新的一页！

动人春色何须多

第二十六章

夜幕降临。尹昌衡带马忠和两个贴身卫士，换了便服，从皇城后门出，向着成都最热闹的街市走去。成都夜市历来有名，早在元代《岁华纪丽谱》载：「七月七日，晚宴大慈寺设厅，暮登寺门楼，观锦江夜市，乞巧之物皆备焉。」纵然在这个时期，成都夜市仍然红火。

新任都督尹昌衡从堆积如山的公文中抬起头来，仰靠在高背椅上，闭上眼睛，轻轻吁了口气。一会儿，抬起头来，从推开的窗户里望出去，不知不觉间，朦胧的暮色正在急速地走近，宽敞的办公室内如同蒙起一层蝉翼似的黑纱，颇有些梦幻意味。

鑫记成衣店那丰腴可人少妇姣好的面容恍若就在眼前……在万人争相瞻仰他的祠堂街，"醉翁之意不在酒"的心心相印，特别是她那双充满渴求、波光粼粼，漾起仰慕和深情的眼睛，过后一直如烈焰般地在他心中燃烧，让他一刻也不能真正安宁！如果今晚上不能同她相聚，真不知怎样才能熬过这漫漫长夜。

傅师爷这会儿该到了吧？他情不自禁从衣兜里掏出进口的瑞士金壳怀表看了看，怔怔地回想着他给傅师爷交代任务时，自己都不好意思，吞吞吐吐的样子："……嗯……傅师爷，这回……这回务必请你先生帮个忙……"幸好傅师爷是过来人，官场斗争门门精通，儿女私情样样在行……尹都督风流倜傥，尽人皆知；况且，只有二十七岁，尚未完婚——尹都督的未婚妻，是大学士颜楷的妹妹颜机，目前尚在广西。自古英雄爱美女，美女爱英雄！尹都督巡行时在街上突遇天仙，而且他们立即有了感应，

寸步不让
辛亥保路悲歌

你有情我有意。现在，尹都督请自己出山，帮忙玉成，这是情理中事。

瘦脸上长有一双细长眼睛的傅师爷坐在年轻都督面前，以恭谨的态度耐心听完都督一番转弯抹角的话后，成竹在胸，用一只瘦手捋了捋下巴上稀疏的几根胡子，相当老到地说："心有灵犀一点通。都督雄才大略、才貌双全，都督若看上成都哪个女娃子，哪个会不肯？她们怕是做梦都要笑醒哩！"这碗米汤灌得尹都督好舒服。看尹都督笑了，傅师爷便说："都督，这桩美事还是只有我去办。我嘴严，换个人，说出去不好听！"看都督点头，他又说："这事，办得成，都督不要谢我！"

"要谢！要谢！"尹都督忙说。

"不！"傅师爷越发作古正经，看都督脸上露出不解的神情，师爷说，"如其弄不成，请都督也不要怪我！"

"师爷，这话咋个说起在？"都督急了。

"你想，"傅师爷真像个能掐会算的诸葛亮，"那女子十成是裁缝铺的老板娘。这事情还不能大白天去说，只有等他们关了铺子才能去！"看都督佩服得连连点头，傅师爷继续抖包袱、卖关子，"我这去一说……""一说怎么啦？"年轻的都督紧张了。"我这一说，若遇到那个成衣店老板明理懂事，好办；若遇软硬不吃的横蛮筋，就麻烦了……"傅师爷分析得头头是道，"最后一句话归总：谋事在人，成事在天。总不能抢人，也不能闹起来。这些桃色新闻闹起来，若报馆再拿去一渲染……啊呀，那都督就惨了！"最后的结果是：顺其自然。

"那是，那是。"年轻气盛的都督话虽这么说，但当傅师爷向他告辞时，他还是再三再四向傅师爷下话，希望傅师爷尽心尽力。

估计还有两三个时辰傅师爷才会回来回话。这会儿他心焦气躁，不如微服出去散散心，看看兵变平息后成都的夜市。想到这里，他忙叫副官马忠随同前往。

夜幕降临。尹昌衡带马忠和两个贴身卫士，换了便服，从皇城后门出，向着成都最热闹的街市走去。成都夜市历来有名，早在元代《岁华纪丽谱》载："七月七日，晚宴大慈寺设厅，暮登寺门楼，观锦江夜市，乞巧之物皆备焉。"纵然在这个时期，成都夜市仍然红火。

华灯初上之时，成都好些街道上就摆开了夜市。商贩们纷纷点亮马灯、油灯……漆黑的夜幕中，极目望去，交织的灯光像是远海密集闪烁的渔火。

闹市区的盐市口至城守东大街一段，街道较宽。当各大商店关门收市之时，若干做小生意的就见缝插针地在商店门前或阶上檐下摆开摊市。这一段卖的大多是旧货，好生挑选，可以买到价廉物美的东西。这些地段的夜市，游人络绎不绝。城守署至走马街一段多为卖小吃的。只是这些地段讨口子多得要命。

成都的讨口子，过着怎样的生活？他们怎样乞讨？有出川戏《归正楼》中有段唱词，专门说此："那高楼住它做啥？跕桥洞免得漏渣渣。那牙床睡它做啥？坝地铺免得绊娃娃。高头大马骑它做啥？打狗棍挂遍千家。那绫罗绸缎穿它做啥？穿襟襟挂绺绺风流潇洒。那嘎嘎吃它做啥？喝稀饭免得塞牙巴……"正话反说，可谓含泪的微笑，尽显川人的幽默风趣。

微服出行的尹都督一行，走到盐市口时，只见一个牛肉馆前，一个衣衫破烂的老年乞丐手中端着一个有缺口的大土碗，向一个进馆子的人哀求道："善人大爷，你行行好，给点锅巴剩饭！"还有些乞丐追着人要钱，他们往往追在阔人后面不断哀求："大爷，可怜可怜，给点钱。"当然，这些乞丐也大都有所得。

最有趣的是艺讨。这些乞丐大都是些口齿伶俐的中青年人，他们好像大都受过初步的训练，手里拿一副金钱板，以打、说、唱、演四种形式进行表演。当然，他们不像专业艺人那样专业，更谈不上精湛，手中的金钱板也不是打得那么脆响，他们见着不同的对象说不同的有韵唱词。尹昌衡注意到，一个年轻乞丐走到一个锅盔摊前，手中的金钱板呱嗒呱嗒一阵敲打，口中唱道："走一步，又一步，不觉来到锅盔铺，掌柜的锅盔大又圆，吃上一个管一年……"掌柜知道，遇上这样的乞丐，不给他会死缠，赶紧给一个锅盔打发了事。

他们走到一片夜市边沿时，发现阴暗角落里，有卖儿卖女的——这些家长在自己的小儿女的发髻上插一个草圈，非常可怜；还有一些跛脚少年，跪在街沿上，摊起手向过往的人讨钱……

"马忠！"看到这些情状，尹都督心中很不是滋味，他问走在身边的副官，"民政部不是对我说，他们在各街都设有施粥棚，给这些讨口子救济吗？"

"是。"马忠指了指远远一处光线很暗淡的施粥棚，尹都督这才注意到，僧多粥少，要饭的人在施粥棚前排起长队，供不应求，嘈杂声一片。

尹昌衡的心中沉重起来，这时他们走到西御街口，再走就进入少城了。少城，是成都的城中城。城中，专门住满人，住有数万满人。少城的街道宽阔整齐，一条条极幽静的小巷里，幢幢青砖黑瓦的公馆排列有序，高墙深院里，亭台楼阁掩映于茂林修竹中。可以想见那种生活的惬意。

尹都督驻足于西御街口，没有进少城。抬头看，只见古色古香，富有清朝特色的雕龙刻凤的楼檐下，悬一块蓝底金字大匾。匾上"既丽且崇"四个大字，映着城内那条幽静的喇嘛胡同里闪出的光，有一种悠远而神秘的气息。

"绿窗灯火……凄风苦雨扫楼台……只落得望穿秋水不见一书来……悲哀！"这时，袅袅的弦歌声，混合着高亢的川戏锣鼓声，从离他们不远处的少城万春园传来——这座成都数一数二的戏院正在上演词人赵熙所作川戏《情探》。

万春园传出来的哀怨、抒情、优美的川戏唱词，混合着高亢的川戏锣鼓声，传得很远很远。尹都督不由得想，有钱人享福，而穷人太苦，亟须改善民生。

他叹了口气道："这么富饶的川西坝子，历史上的温柔富贵之乡成都，现在还有这么多讨口子！乱世把天府之国整成了一副啥子鬼样子！我们得加紧。"说完，转过身往回走去。

经过皇城坝，也就是人们说的"扯谎坝"时，他被吸引住了。

年轻都督注意到，人们围了个里三层外三层的当中有个卖打药的汉子，很有趣，这就同马忠他们上去看。这个卖打药的脱了上衣，赤裸着胳膊，下身穿一条彩裤。走到圈子中，闪闪腿，试试拳脚，兜个圈子，扯圆场子，双手作揖道："嗨，各位！兄弟今天初到贵处大码头，来得慌，去得忙，未带单张草字、草字单张，一一问候仁义几堂。左中几社，各台老拜兄、好哥弟，须念兄弟多在山岗，少在书房，只知江湖贵重，不知江湖礼仪。哪里言语不周，脚步不到，就拿不得过，拈不得错，篾丝儿做灯笼——圆（原）亮（谅）、圆（原）亮（谅）……"

这一席川味浓郁的行话，把人们吸引住了。汉子耍了几趟拳脚后，又扯起把子：

"嗨，兄弟！兄弟今天卖这个膏药，好不好呢？好！跌打损伤，一贴就灵。要不要钱呢？"他在胸口上啪地拍一巴掌，"不要钱，兄弟决不要钱！"说着，脚在地上一顿："只是饭馆的老板要钱，栈房的幺师要钱，穿衣吃饭要钱，盘家养口要钱，出门——盘缠钱，走路——草鞋钱，过河——渡船钱，口渴——凉水钱……站要站钱，坐要坐钱；前给茶钱，后给酒钱。前前后后哪一样不要钱？穷居闹市无人问，富在深山有远亲。有钱能使鬼推磨。莫得钱，亲亲热热的两口子都不亲……"他把这一席深受大家欢迎的话说完，一套拳也打完了，他托起一个亮晶晶的银盘，里面装满膏药，绕场子过来卖、收钱，说是"各位父老兄弟，帮帮忙"，但看的人多，买的人少。汉子转了一圈，只卖脱了两张。正沮丧间，只见一个满脸横肉的黑胖子带两个保镖样的壮汉拨开人群挤了过来，把腰一叉，指着卖打药汉子的鼻子喝问："虾子哪儿来的，这么不懂规矩？"只听旁边有人小声道："熊三爷来收摊子钱了……"卖打药的汉子忙赔着笑，从行头上取出一包"强盗"牌香烟，双手递过去，笑道："熊三爷，请烟！我还未开张，等会儿再来孝敬你老人家。"

"你跟老子少在这儿麻达果子的！（四川话，意为装傻）"熊三爷大手一摆，一双牯牛眼瞪得溜圆，"在老子的地盘上不交钱就摆摊子？哼！没那么撇脱！拿一个大板（银圆）来！"

"嗨嗨！嗨嗨！"卖打药的汉子满脸赔笑，与其说是在笑，不如说是在哭，"等会儿嘛，等会儿嘛！"

"闲话少说！"叫"熊三爷"的黑胖子毫不通融，大手一挥，他手下的两个泼皮走上前去，将人家的行头甩了……尹昌衡看到这里，怒不可遏，就要往里冲。马忠一把拉住他，给都督做眼色，意思是说，局势刚刚恢复平静，扯谎坝的堂子野，良莠混杂……你都督答应过我们，出来绝不暴露身份得嘛！尹都督这才强压着怒火，由马忠等卫士"押"着离开了人头攒动的广场。在往回走的时候，尹都督不忘嘱咐马忠，要他等一会儿务必来好好收拾这个作恶的地头蛇熊胖子……见副官马忠连连点头答应，他心中才好受了些。

与此同时，尹都督一直挂在心上的事情也在很顺利地进行。这个晚上，当夜幕降临，祠堂街上那家鑫记成衣店像大多数店铺一样已经关门。一缕晕黄的菜油灯光从临街的板壁缝里透了出来，在街沿上拽得长长的。

"噼噼、啪啪！"静夜里，鑫记成衣店传出的算盘声，打得如此富有韵味，如行云流水，一听就是一个老手。这是这家成衣店的主人温得利打的。借着高高的柜台上那盏不甚明亮的油壶灯，还是看得分明，这温得利算盘打得好，账也做得妙，可一副长相实在是对不起人，更对不起他如花似玉的娇妻张凤莲。他说他才四十岁，可那又瘦又黑的脸上，皱纹多得像切散了的萝卜丝，一抓一大把；塌鼻子，龅牙齿；二指宽的寡骨脸上戴副铜边鸽蛋般的眼镜，高度近视，镜片厚如瓶底，眼镜还缺了一条镜腿，用细麻绳代替，套在耳朵上，不用说，一看这人就是个啬家子（四川话，意为吝啬鬼）；下巴上有几根胡子，看来脏兮兮的。他很瘦小，又怕冷，一件厚实的黑色长袍过早地穿在身上，像耗子拖笋壳。任何人只要看到他和年轻貌美且丰腴，而且个头还高他一截的妻子张凤莲在一起，必然会想起古已有之的这句话："一朵鲜花插在牛粪上。"他们夫妻对照鲜明，一个丰腴水灵，艳若桃李；一个枯槁瘦弱，猥琐不堪。

算盘噼啪声中，温老板咧开嘴笑了，露出焦黄的牙齿。从他的一举一动中可以看出，温老板是个很会做生意的人，镜片后的眼神很有些狡黠。今天他又赚了一笔。温老板喜欢算盘、柜台、账本。对祖上给他留下的这份家业，他倾注的热情远远胜过对娇妻。他宁愿常常一个人待在铺子里，盘桓到深夜，个中的隐秘只有他和张凤莲知道。他实际上是在躲，他实在怕和太太一起睡！他不仅毫无阳刚之气，而且有严重的阳痿。因此，张凤莲嫁过门虽有四载，膝下尚无子女。

该睡的时候了。已经打完算盘的温得利对着一盏油灯，愁肠百结。

"嘭！嘭！嘭！"猛然间，有人敲门，而且越敲越急，越敲越蛮横。温老板被敲得鬼火起，扯起公鸭嗓子喝道："不长眼睛吗？不看啥时候了？铺子早关门了。要谈生意，明天来！"

"温老板请开门——！"铺门外的声音听起来也还温柔，但语气很横，说"我们是军政府的"。温得利一下惊呆了，怔了一下，便吆喝徒弟王二快去开门。

门开处，进来位绅士模样的中年人，后面跟着两个背枪的卫兵。绅士五十来岁，很舒气；着青缎面长袍，外罩黑马褂，戴红顶黑瓜皮帽，瘦高个，戴副眼镜。看着茫然不知所措的温老板，军政府来人微笑着自我介绍："我是军政府的傅师爷，尹都督专门要我来同你商量一件事情。"温得利先是一惊，看堂堂的傅师爷说话如此和气，一颗悬在嗓子眼的心才咚的一声落进胸腔子里，僵硬的身子这才活了过来，舌头也活络了："啊，久仰傅师爷！"说时对傅师爷恭恭敬敬地作了一揖，请傅师爷坐下，说："天这么黑了师爷大人还出来办事，实在辛苦之至！"

温得利转身隔着门帘，向内院喝道："王二，咋个这么不懂规矩？这么贵重的客来了，还不晓得上茶吗？"

"师傅！"内院传出徒弟怯怯的回声，"我立马烧水，马上就来上茶。"

"千万不要泡茶！"傅师爷坐在一把靠背椅上，用手制止，看了看关上门显得狭窄的铺面，又东看西看的，小声说，"我单独同你谈个事就走，都督在等回话。不要打惊打张的。"模样有些鬼祟，说着，看了看站在屋里的两个卫士。两个卫士会意，赶紧退出去，随手轻轻关上了门。温老板见状，不无诧异，也关上了通往内院的小门。

隔着一个小小的天井，张凤莲还未睡着。她这时孤寂地躺在一张大花床上，瞪大一双美丽的大眼睛，望着漆黑的夜幕。白天同尹都督的眉目传情历历在目。她是清津县人，父亲是个裁缝，因而同鑫记成衣店老板温得利认识。前年，温老板的原配病死。当温得利托媒人来提亲，指名要娶张凤莲时，父亲图人家温得利那份家产，嫌自家吃口多、做手少，顿都不打一个，收了一笔厚礼，将如花似玉的女儿送给温老板当填房。四年来，对于自己有名无实的婚姻，她苦不堪言。梦中也出现过可心的男人，如胶似漆的相随，摇撼心灵的云雨……醒来却是空的。想不到今天，看上自己的竟是仪表堂堂、声威赫赫的都督尹昌衡！想到尹都督临走时给自己的暗示，她不禁脸发烧，周身燥热，一阵不期而至的激情，电流一般走遍了全身……

寸步不让
辛亥保路悲歌

近在咫尺的铺面上发生的一切她当然听得清清楚楚。当她听不速之客说是尹都督派来的，像是被打了一针兴奋剂，立即意识到傅师爷此行完全是为了自己。及至后来他们关了前后门时，她赶紧起床，蹑手蹑脚到壁后偷听。

"……尹都督宣布就任的吉日在即。"是傅师爷的声音，"听说温老板你太太剪缝手艺高明，尹都督要我今晚就来接她去。价钱嘛，好商量！"说着傅师爷肯定暗中给温得利比了个出价的手势，出价肯定很高。

"温张氏有啥子手艺啊！"丈夫不知是没有听懂，还是在熬价钱，公鸭嗓子里有种奇货可居的意味，"要她给都督做就任的衣服？她不得行！"

"温老板，这你就不要管了！"傅师爷的语气明显有了教训意味和某种强硬，"俗话说，萝卜青菜，各有所爱。温老板瞧不起你内人的手艺，那是你，只要尹都督瞧得起，那还有啥子说的？！"说完，威严地咳嗽一声，其意自明。

"那对嘛！"温得利开始下梯子，嘴也变得很甜，"既然都督大人有心，小民愿尽义务。"

"好，懂事！"师爷说时，铺门开了，传来两个兵走进铺子的脚步声。

"拿来！"张凤莲在隔壁听见师爷吩咐。一阵银洋的叮当声和开首饰盒的轻微声响过后，傅师爷对丈夫说："温老板，你数数，这是大洋两千元做定金。这个翡翠戒指，是都督特意叫送你内人的礼物……"

"咋个担当得起！咋个担当得起！"见钱眼开的温得利，这会儿语气满是惊喜，"傅师爷，你老人家请稍候，我去开导开导内人，不然，她肯定不得去！妇人家有啥子见识……"张凤莲听到这里，心中一阵狂喜，赶紧先丈夫一步回到屋里稳起。

当美貌少妇张凤莲跟着丈夫出来时，低着头，噘起嘴，一副夫命不敢违，很不情愿，很可怜的样子。傅师爷暗暗佩服尹都督有眼力。灯光下看得分明，张凤莲有一张鹅蛋形的脸，皮肤白皙光润。丰茂的黑发在脑后绾成一个髻，眉毛又黑又细，斜斜地插向鬓角时，突然向上挑起。又长又密的睫毛下，一双又大又黑的眼睛波光盈盈。棱棱的鼻子，小小的嘴，身材稍高。尽管穿的是宽大的深蓝色圆角夹袍，但还是看得出她的细腰、丰臀、隆乳，全身洋溢着一种摄人心魄的魅力。

稍做安排，成衣店老板娘便跟着傅师爷出了门。漆黑的夜里，得了一笔横财的温老板喜滋滋地，亲自把娇妻送上了早候在门外的一乘绿呢小轿。

一声"起——"，两个卫士提着有军政府字样的灯笼在前引路。

两个轿夫抬起轿子跟了上去。那光景，犹如当时一首成都竹枝词描绘的样子：

> 二人小轿走如飞，跟得短憧着美衣。
> 一对灯笼红蝙蝠，官亲拜客晚才归。

请君入瓮

第二十七章

默思良久，他叹了口气，望着尹昌衡，态度显出亲切：「硕权，你说得有道理，我也理解你的难处。为了让你把事情搁平，把军政府都督当下去，那就暂时依你说的办吧！」

这天早晨，交了权后一直无公可办，却习惯使然总是待在五福堂，向往着过去颐指气使时光的赵尔丰，听身边的戈什哈向他禀报，说巡防军统领田征葵有事参见大帅，掩饰不住高兴的他，立刻传田征葵。

　　田征葵遵从往常的礼节，弯腰抱拳，对大帅深深一揖，公事化地禀报："大帅！新任都督尹昌衡前来拜会大帅！"

　　"我就知道他要来，他是来摸虚实的。"枯瘦憔悴的赵尔丰，略为沉思后这样说，也不知他是真知尹都督要来，还是故作高深。纵然到了这一步，他仍摆出一副虎死不倒威的样子，昂起头，用青筋暴起的手，拂着一把越渐稀疏的花白山羊胡，一双凹陷的深涧似的眼睛闪出两点锐利的光。他要田征葵摆出一个威武的阵势，"欢迎"新任都督尹昌衡。

　　"嗻！"田征葵得令去了。

　　庭院深深的督署花园石板甬道上响起了皮靴叩地的橐橐声，戎装笔挺、英姿勃勃的尹都督，带着副官马忠迈着军人的步伐而来。拐过当中那座在秋阳下鸣珠尚溅玉的假山时，嗬，在通向五福堂两边的甬道上，等距离站满杀气腾腾的边军。这些黑纱包头，着青皮战裙，现在看来越发显得不合时宜的边军虎视眈眈，端着上了刺刀的九子钢枪，雪亮的刺刀在早晨的阳光映照中，闪着凛冽的寒光。那副气势汹汹的样子，就像要把他们吃了似的。

尹昌衡心中一声冷笑，他昂首挺胸，视而不见，来到五福堂前时，引路的田征葵停步下来，手一挥，对尹昌衡说："大帅有令，请尹都督进。""这位副官，"他对马忠说，"请跟我去客厅休息。"

"好嘛，客随主便！"尹都督轻蔑地一笑，独自上了五福堂。

一进门，尹昌衡便感到赵尔丰居高临下地盯着自己！尹昌衡毫不躲闪地迎着高踞堂上的阴冷凌厉的目光。他注意到，早就无公可办的赵尔丰，着一件黑绸夹袍，外罩一领描龙绣凤的缎子马褂，一条银白的大辫子拖在脑后；深陷的豹眼毫不隐讳地流露出对他的敌意和警惕。赵尔丰表面上威风犹存，却分明是色厉内荏。尹昌衡脸上不禁浮起一丝笑，这是胜利在握的笑。他笔挺地站在堂下，站在赵尔丰面前，双手扶指挥刀，英气逼人。赵尔丰也没有请尹都督坐。一时，他们都没有说话，双目交射，在进行心理较量。

略为沉吟，赵尔丰指了指对面那把两边有扶手的、垫着红绸垫的黑漆太师椅，示意坐。尹昌衡大步走上去，同赵尔丰对坐，拿出一副同高踞堂上的赵尔丰谈判的架势。

"老夫业已告退。"赵尔丰看着尹昌衡，缓声发问，"贵都督日理万机，今竟放下军务政务，屈来寒舍，不知有何见教？"

"季帅！"气宇轩昂的新任都督话说得很是温情诚恳，"你和次帅是昌衡的先后上司，特别是次帅，对昌衡有知遇之恩。我今天来，一是拜望季帅，二是代表军政府对季帅表明一个态度。"

"什么态度？"赵尔丰显得有点警惕。

"日前大汉四川军政府成立，而大帅目前还住在督署，很是不妥，形成了两个政府的架势。"

"这个，"赵尔丰当即打回去，"我同蒲都督们签官绅协议时都是有的，没有你的这一条、这一说。"

"哪一条？"

"没有让我搬出督署。况且，我现在就是想搬也搬不了了。"

"怎么就搬不了？"一丝不以为然的笑，浮上尹昌衡的面容。

"尹娃娃！"赵尔丰突然发怒，他指着尹昌衡，倚老卖老地喝问，"你这不是故意要我吗？我为什么搬不了，你还不清楚？姑且不说现在康地冰天雪地，我一出督署，就会没命。"

尹昌衡点了点头，说："好，你既然把话挑明了，那我们今天就来个月亮坝头耍关刀——明砍！"尹昌衡质问赵尔丰："我问你，月前的兵变是谁发动的？之后，是谁下令傅华封不管不顾，率剩下的边军五营杀来成都救你？而今傅华封兵败雅安，被我生擒……桩桩件件，摆在那里。是军政府逼你，还是你自找的？"

"是，是我。"赵尔丰承认，"但是，这些都是你们逼的。你们不逼我，何至于此？"赵尔丰霍地站起，气得周身颤抖，手指着尹昌衡："尹娃娃，我们赵家兄弟对得起你！"说着翻起老账，说尹昌衡在桂林如何被广西巡抚"有礼貌地"驱逐回川，次帅如何重用他，虽说是督署编译科会办，军衔却很高，在新军中属于少将了，这在他们留学日本陆军士官学校人才济济的同学中，可谓凤毛麟角；又说月前，他如何不管不顾好些人对尹昌衡的攻讦，重用他，让他去主管至关重要的四川陆军学堂云云。

"事到如今，难道你尹硕权就不能放过一个向军政府交了权的老人？何必逼我太急！"赵尔丰说到这里显出可怜。

"季帅！"尹都督好像被他说动了，口气缓和下来，"你弟兄都做过我的上司，都有恩于我。特别是季帅，对国家贡献很大，经边七年，功勋赫赫。我今天来，不是逼你，我来是专为季帅解决一个大难题的，这个大难题不解决，季帅就像坐在火药桶上，随时都可能爆炸！"

"嗬！我坐在火药桶上？我怎么没有看出来呢？说来听听！"

"日前东较场之所以能兵变，最根本的原因是，无论新军还是边军都是三个月没有发饷了。有言：当兵吃粮。人为财死，鸟为食亡。人是铁，饭是钢——这是通理。也正因为这个原因，连大帅调教多年的参加阅兵的边兵也卷了进去。如果大帅长期不给你现在的三千边兵发饷，能保证他们不反不闹事吗？大帅已经没有收入来源，长此下去，不是个事呀！"

尹都督此说，完全击中了赵尔丰的软肋。他不置可否地萎了，抚着那把花白山羊胡的手剧烈地抖了一下。他以攻为守，语气突然显得有些亲热："尹硕权你既说是来帮我的忙的，那说说咋帮吧！"

"如今最好的办法是，"胸有成竹的尹昌衡说，"大帅将手中的这三千边军变一下旗号。"

"怎么变？"赵尔丰满腹狐疑，神情警惕。

"就是走个形式。大帅让这三千百战边兵暂时改穿军政府的军服，打军政府的旗，目的是让军政府发饷。实质上，他们仍然是大帅的部队，完全听从大帅的命令。"

赵尔丰想了想，觉得这不失为一个办法！他现在确实没有财政来源，无法发饷，边兵们在私下早有怨言。尹娃娃看得清，说着了。兵是什么？兵就是利器。真的是利器还好，利器没有生命，可以由使用利器的人随便使、随便耍。而兵是有生命、有需求、有欲望的，长久不发饷给他们，甚至弄得连饭都没得吃，后果不难想象，很可怕。他已经没有退路了，也只能如此了！

默思良久，他叹了口气，望着尹昌衡，态度显出亲切："硕权，你说得有道理，我也理解你的难处。为了让你把事情搁平，把军政府都督当下去，那就暂时依你说的办吧！"

事不宜迟，趁热打铁。尹都督要赵尔丰让田征葵召来所有边军训话。五福堂外，看着站了满满当当一院子，里三层外三层的边军官兵，赵尔丰对他们说了他与军政府都督尹昌衡达成的归时协定的缘由，之后由尹都督具体说。

"边军弟兄们！"尹昌衡在台上一站，扬起洪钟般的嗓门，"经赵大帅恩准，从今以后，你们名义上就是军政府的官兵了。给养、饷银，完全由军政府负责供给。赵大帅过去欠你们的饷银，也由军政府马上补发！"有奶便是娘，场上边军群情踊跃，欢呼起来。瞟一眼冷着脸站在一边的赵尔丰，尹昌衡心中暗暗一笑。"不过！"他强调，"你们仍然完全由赵大帅指挥。"他话中有话："你们不愧为大帅一手栽培起来的仁义之师！尽管大帅现已坐守孤城，无权无势，你们对大帅仍忠心耿耿，殊为难得……"

尹昌衡告别时，向来为人傲慢的赵尔丰执意要把他送出中庭。

寸步不让
辛亥保路悲歌

"大帅，好了，这一来你的难题解决了，我也安心了，我也该办我的终身大事了。"路上，年轻的都督说到这里，脸一红，"我的婚期因俗务缠身，一推再推，老母再三催促，准备即日完婚。若大帅不嫌弃，请届时光临！"

"颜机小姐不是还在广西桂林吗？"赵尔丰问得很细。

"老母已派人接去了，就在这几日内可到成都。"

"郎才女貌，门当户对！"赵尔丰笑着轻轻拊掌，一副很赞赏的样子，然后仰起头来，哈哈大笑，"都督看得起老夫，老夫焉有不来朝贺之理？一定来，一定来，哈哈，好事！好事！届时，我派犬子来朝贺。"这时，赵尔丰的态度与刚才迥然不同，殷勤备至。走起路来龙骧虎步的大帅，以手抚髯，说的话竟有几分诙谐风趣："借你们四川人的话说'大登科金榜题名时，小登科洞房花烛夜'，你与颜小姐真可谓珠联璧合、天生一对。"说完又打起了洪钟般的假哈哈。

送到中庭，年轻的都督向大帅告辞了。转过身，带着副官马忠离去。赵尔丰站在那里，目视着尹昌衡消失的背影，若有所思。大块头田征葵，在他身后，影子似的闪身而出。

他问田征葵对今天这事怎么看。田征葵说，这是大帅不得已而暂时为之。想想又说："我觉得尹娃娃这个人城府很深，我很怀疑他的诚意。"

"不管他。"赵尔丰说，"咱们就跟他来个逢场作戏，苦撑待变。征葵，这三千边兵可是你我的命根子，你可要给我看紧！如果他尹昌衡实在要打，我们就同他来个鱼死网破。现在，尹娃娃名义上是都督，但手头是空的，他那几个兵不顶事。如果真打起来，鹿死谁手还说不定。一句话，我们现在只能苦撑待变。

一切都在变化中。嗯？"

　　"是。大帅高明！"田征葵把头一低、腰一弓，表示遵命。
同时将板牙咬紧，横肉饱绽的脸上一棱一棱的，显出某种决心。

寸步不让
辛亥保路悲歌

隐藏杀机的婚礼

第二十八章

夜晚十一时，尹都督送走了客人，匆匆跨进后花园。军官们赶紧起身相迎。身穿长袍马褂的新郎神色陡变，神情异常严峻。他招招手，要大家安静。顿时，场上鸦雀无声。尹都督用一双炯炯有神的眼睛扫视全场后，说话了，声音低沉有力，字字千钧：『今晚有紧急任务需诸君完成——捉拿赵尔丰！只许成功，不许失败！』

成都和平街尹府这天张灯结彩。二十七岁的四川省军政府都督尹昌衡与大名士颜楷之妹颜机举行婚礼。

　　一早，尹府雕梁画栋的大门外各种车辆来来往往，热闹非常。军政大员、达官贵人络绎不绝，大花厅内，彩礼堆成了山。

　　尹都督是新派，民间迎新的好些烦冗礼节都免了，但拗不过两家老人，新娘坐花轿这一项没有免。天刚亮，尹太夫人便派出声势浩大的迎亲队伍去颜家接新娘，有抬花轿的，有敲锣打鼓的，有拿花凤旗、放鞭炮的……浩浩荡荡，锣鼓喧天，彩旗招展，极尽张扬，一路上，引万众争相观看。

　　迎亲队伍到了颜府。在鞭炮齐鸣、锣鼓喧天声中，八个头戴喜帽，身穿绿绸短褂，前后白洋布背心上各有一幅冰盘大小、飞马图案的轿夫，八抬八扶，请新娘上轿。新娘颜机也是新派，免了凤冠霞帔、红绸顶盖，身着一件华贵的花绸夹旗袍，大大方方。她先在堂屋参拜了祖宗神位，再拜辞父母，这才上了花轿，八抬八扶中，吹吹打打，出了颜府，一路吆吆喝喝到了尹府。

　　在吹鼓手们吹打出的轻快、活泼的民间乐曲声中，身着长袍马褂，头戴插有金花的博士帽，身背大红缎带，胸前别有一朵红

寸步不让
辛亥保路悲歌

绒做的大红花，一副传统中式打扮的新郎尹都督满面喜色，迎到门外，卷起轿帘，扶出新人。在众人的簇拥下，一对新人手挽手进了红漆大门。

一对新人刚进花厅，几十张笺花桌后的客人们便鼓起掌来。一对新人站在席前向客人致意。啧啧，真是郎才女貌，真资格的英雄配美女！客人们热烈议论起来。新娘颜机比新郎小十多岁，站在轩昂伟岸的新郎身边，显得娇小玲珑，清秀端庄，冰清玉洁。一条质地很好的滚花艳红暗花旗袍恰到好处地勾勒出她身姿的苗条丰满。乌黑丰茂的头发在脑后绾成一个髻，越发衬出她皮肤的白皙、五官的秀丽。她侧着头，微微靠着丈夫的肩，一双又大又黑的眸子里，有几分憧憬，有几分惊喜……整个看去，显得端庄大气、雍容华贵，还有书香人家自然流露出来的气质。

新郎虽身着日常的长袍马褂，披红戴花，喜气洋洋，但那笔挺的身姿、沉稳的举止却处处透露出他非比一般的身份。

结婚仪式想象不到的简洁。新郎发表了简短的欢迎词和来宾致辞后，司仪便宣布上席。正当新婚夫妇按照传统的规矩，挨桌向客人们敬酒时，司仪宣布了一个惊人的消息：赵尔丰派他的儿子老九、老四双双送来贺礼！客人们注意到，新郎闻讯含笑点头，这就引得客人们纷纷交头接耳、议论纷纷：赵尔丰送礼，尹都督收礼！这件事说明大局已定，干戈化为了玉帛，锦城已离战乱远去。接下来，成都又该是歌舞升平，再现温柔富贵之乡的繁荣与宁静……

正当客人们纷纷起立，高举酒杯，为这对珠联璧合的新人祝福时，徐炯来了。他一来就大煞风景。

这位执教于四川高等学堂，出任过日本留学生监督，性情执拗的名士姗姗来迟。他穿一件灰不灰蓝不蓝的旧布袍大步闯进花厅，一副怒气冲冲的样子，谁也不理。尹都督夫妇赶紧迎上去，请老师上席。他却僵在那里，把瘦脸上的那副鸽蛋般的铜边眼镜托了托，大庭广众之下，对新郎猛然发作起来——

"尹昌衡！"他大声吼道，"你这个时候结婚？我看你是脑壳发昏！赵尔丰在那里虎视眈眈，要你的命……"

客人们大惊。偌大的花厅里，顿时安静下来。

"言重了，徐先生！"新郎笑道，"我已经同赵尔丰说好了，没事，请放心。若有啥子不放心，我们三天后再谈。今天是我的大喜日子，请先生入座吧！"

"三天？"不料徐炯不依不饶，冷笑一声，"恐怕三天后赵尔丰早已砍了你的头！"说着嘲讽道："不过，你砍头也还值得，毕竟当过几天都督。我们这些替你打旗旗的人嘛，是白白陪你死……"徐炯在那里说得唾沫四溅，尹都督的脾气却好得很，手莽起摇，只说："不会，请放心！"在后面坐着的赵老九、赵老四怕火烧到自己头上，赶紧溜了。张澜等人见徐炯闹得太过分，赶紧上前，将暴怒的徐炯劝了出去。真个是"宰相肚里能撑船"，尹都督竟跟没事一样，酒宴照样热热闹闹地举行。

夜幕，潮水似的涌起。

尹府后院别有天地。朦胧的灯光中，围坐在好几张八仙桌后的军官们，大碗喝酒，大块吃肉，嘻哈连天，热闹非常。尹都督特别关照过他们："都不必送礼。但营以上的军官务必到，给个面子——吃请！"

夜渐深，军官们没有一个离去。刚才尹都督派人来传话：都不要走，他要同大家见面，有要事说……军官中有细心的发现，花园前后都是站了岗的。

夜晚十一时，尹都督送走了客人，匆匆跨进后花园。军官们赶紧起身相迎。身穿长袍马褂的新郎神色陡变，神情异常严峻。他招招手，要大家安静。顿时，场上鸦雀无声。尹都督用一双炯炯有神的眼睛扫视全场后，说话了，声音低沉有力，字字千钧："今晚有紧急任务需诸君完成——捉拿赵尔丰！只许成功，不许失败！"

"是！"早该如此了。军官们一个个跃跃欲试，神情满是兴奋和急切。

"听我的命令！"尹都督显然成竹在胸，调度有方，细致周密。至此，军官们方才醒悟，都督这个时候结婚，其实是要的一个拖刀计。军官们着实佩服足智多谋的尹都督。

很快，战斗任务落实，周详具体。尹都督要大家立即回到各自兵营，将部队拉到指定位置。特别叮嘱心腹、主力师师长彭光烈，率部立刻进入指定战斗位置，并将两门杀威炮——格林炮——拉到城墙上去。

作为尹都督有力臂膀、主力师师长的彭光烈欣然领命。他刚从雅安回来。日前他率主力师赶去雅安，成功阻击了不顾一切率五营边军回川救援赵尔丰的川滇边务代理大臣傅华封，并将其俘虏。

"现在是晚上十一时半。"尹都督要大家同他对了表后，发布命令，"一个小时后，战斗打响。总的原则是，围而不打。届时，赵尔丰的三千巡防军若是朝下莲池方向跑，随他们去，不要打。彭师长的大炮只能朝督署上空打，不要伤人，目的是打乱赵尔丰的军心，以督署的巡防军跑光为目的。"说到这里，他用一双炯炯有神的眼睛环顾左右："还有没有问题？"

"没有问题！"军官们异口同声。

"陶泽昆来没有？"尹都督点名。

"就他一个人没有来。"有军官应，"他是个急性子，数次给都督建议捉拿赵尔丰，都督都不准，他怄气。今听说都督结婚，他更气，没有来。"

"好得很！"尹都督说，"我们现在就需要这样有血性的军人。我马上派人去请。"说着，挥着拳头，语调激昂："各位听清了——活捉赵尔丰，给即将诞生的中华民国送我川人厚礼，就在今夜！"

"听从都督驱驰！誓死效忠军政府！"军官们全体起立，同仇敌忾，举手宣誓。

寸步不让
辛亥保路悲歌

扬眉剑出鞘

第二十九章

侧耳静听，炮声早已止息，偌大的督署里，静得吓人。富有作战经验的他当然知道，一张死亡的网正在向他收拢！他留恋地再次环视自己创造过辉煌的督署。此时，黑夜深沉，寒风呼啸，落叶敲窗，有一种说不出的悲凉凄惨萧索。

夜，漆黑深冷。

赵尔丰病了，病得深沉。中医有"七情六淫"病理说，很有道理。意思是，人之所以生病，小孩无非是"六淫"（自然界）之侵袭，而大人就要复杂得多，更多的病因在于"七情"，即情绪。显然，赵尔丰之病在于后者，在于他多日的心思劳损、忧心如焚。

虽然夫人李氏为他请了大夫，他服了药，高烧退了些，但这会儿头还是针扎一般疼，周身一会冷一会儿热，神志有时有些恍惚。夜色朦胧时，烦躁的他赶走了身边所有人，说要独自清静。

这会儿，窗外寒风瑟瑟，万籁俱寂，竹梢风动，倍感凄清。他的思绪进入梦境，潜得很深很深。

云烟袅袅中，亮出金碧辉煌、经幡招展的冷谷寺。寺后，陡峭的山壁上挂下飞瀑泻银的长流水。寺前，茵茵绿草铺向天际。刚从寒冷的雪原走来，初升的太阳温存地抚摸着他的脸，他情不自禁抬起头来。哦！一串打着响亮鸽哨的庙鸽，在冷谷寺金光灿灿的庙顶上盘旋，好像是一群生着金翅的神雀……

"大帅不宜东行！"披着红袈裟的冷谷寺活佛趺坐于红地毯

寸步不让
辛亥保路悲歌

上，打卦后喃喃有词。

"这就是说，我从成都来，不宜再回成都去？"他的语气是不以为然的，并带有讪笑意味。

"是！"活佛说得很肯定。

"笑话！成都是我的发迹之地，怎么就不能回去！"赵尔丰只当藏僧打卦痴说妄语，实实没有放进心里去。

独自骑追风雄骏，来到一处开满了格桑花的绝美之地。正流连忘返间，忽有一令人闻之丧胆的泣血沙哑声传进耳鼓："赵尔丰还命来！"惊恐间抬起头，是已毙命的乡城桑披寺恶僧披头散发，形如恶鬼，手拿一对铜锤，骑一匹怪兽，风驰电掣而来……于是，便落荒而逃。骏马飞驰，耳边风声呼呼。雄骏忽然立起，扬鬃嘶鸣！恶僧已经追近，而面前是万丈悬崖。眼一闭，牙一咬，勒紧马缰，狠扬一鞭——雄骏扬起四蹄，向崖对面飞去。可是，崖太宽，马只叩上了前蹄。一声绝命的惊呼中，雄骏驮着自己向万丈悬崖下坠去……

没想到下坠的马匹竟落到父亲做过官的山东蓬莱的海滩上。蓬莱仙阁下，绵长的海岸线起伏着丰满的曲线，黄沙如金屑铺展开去，一望无边。平静的大海，像一匹横无际涯的绿绸，在天边微微起伏。海上有点点白帆滑行，湛蓝的天上有海鸥翔集。

赵尔丰翻身下马，跪在海滩上，双手掬起一捧黄沙，像回到了母亲温暖的怀抱，不禁潸然泪下。忽然，歌声起，甜蜜、宽厚、缠绵，富有磁性，却不见人，分明是海妖的歌声。调子是熟悉的沂蒙山小调，文辞实实在在却又诡谲陌生，听来句句让人醍醐灌顶：

你从蓬莱阁上走出去

你从雪山草地走回来

紫蟒袍陡变枷锁

居玉宇忽堕地狱

哎嗨儿哟——

只因是，不撞南墙不回头……

百感交集，欲分辩，却说不出话来。正着急间，忽有人问："三弟，你为何在这里？"抬头一看，竟是二哥尔巽，打扮殊异，羽扇纶巾，俨然一鸿儒。便惊问："二哥，你不是在东北为官吗？为何至此？"二哥长叹："名利是枷锁……我已急流勇退，专心做学问，去当清史馆的馆长了……三弟别来可好？"

"不好，头都快掉了！"正哀叹间，缥缥缈缈中有人催："次珊，快走！慢了吾师发怒！"

二哥慌了抽身要走。情急之中，赵尔丰一把拉着尔巽衣襟，哭道："二哥救我！"

"赵"字少"X"——"走！"二哥说完，扬长而去。

"二哥！二哥，你不能丢下我！"

"季和！季和！"是发妻李氏不无焦急的声音。

"大帅！大帅！"是卓玛急切的声音。

"爹爹！爹爹！"是两个儿子——老四、老九的哭声。

赵尔丰猛然惊醒过来，身上冷汗涔涔。他猛然坐起，将要爆了似的头靠在床挡头上。摇曳的烛光下，只见发妻李氏、小妾卓玛带着他的两个儿子齐齐跪在床前踏板上，哭得泪人一般。

"出了什么事？"赵尔丰问。他情知不好，气喘吁吁，强打精神。

"落黑以后，"发妻李氏抽抽搭搭地说，"军政府调兵将督署围得水泄不通，并撒进大批传单，闹得人心惶惶、军心涣散。"

"传单何在？"

老四上前，将一张传单递给他，卓玛赶紧将烛台上流泪的红蜡烛移过来照明。赵尔丰努力撑起身来，伸出瘦手，抖抖擞擞地接过传单，就着微弱的烛光看去："军政府今夜集合数万精兵捉拿赵尔丰。所取只赵逆一人，与督署中诸君无关。你们如深明大义，将赵尔丰捉出来献者，官升三级，兵有重赏；如因是旧长官，不愿叛他，大炮响时，可由下莲池撤退，听候军政府整编。"

赵尔丰看完传单，把传单两把撕得粉碎。头往床挡头一靠，因发烧而绯红的瘦脸上豹眼环张，他喝道："叫田总管来！"声音嘶哑。

"田征葵等人已经溜了！"儿子老九小声说。

"都溜了吗？"赵尔丰问。

"都溜了。"

赵尔丰一听，顿时气得说不出话来，仰在床挡头不断喘气。这时，城头上的大炮响了。

轰！轰！轰！一道道连续的金蛇似的炮弹，带着可怕的啸声，犁开漆黑的夜幕，再呼呼地平行掠过院子，很是惊人。在那个时候，大炮还很少。不仅是一般居民，纵然是身经百战的边军，也很少听到这种西洋大炮发出的惊天动地的炮声。

顿时，院中人声嘈杂，脚步声杂沓，众人如决堤洪水向下莲池方向跑去。显然，署中，赵尔丰赖为干城的三千百战精兵在争相逃命。

"尹娃娃如此背信弃义！田征葵等如此忘恩负义……"他哽咽着说到这里，气得发喘，头在床挡头一撞，"我命休矣！"

"爹爹，我们扶着你撤吧！"儿子老四趋步上前，欲扶起他来，赵尔丰却连连摇手制止。他喘过气，平静了些，头靠床头，在忽闪忽闪的微弱烛光下，紧盯着他的两个儿子，神情从来没有过的专注、深情、留恋。但是，很快，这种种伤时感怀的柔情，为一种决绝之情所代替。

"来！"他向老四招了招手，声音悲戚，"我给你说！"

"爹爹，你说！"作为老大的老四，扑通一声跪在他面前。

"赶快带上他、她们！"赵尔丰吃力地用手指着小儿子老九和老妻小妾，吩咐老四，"你带上他们快去东北奉天，投靠二伯……"

"我们不能丢下你！"屋内至亲顿时痛哭失声。

"再不走，就都完了！"赵尔丰说着猛然掀被，一骨碌而起，气得在地上跺脚。老妻和卓玛坚决不走。赵尔丰定定地深情地看了看她们——陕北名门李氏年轻时的音容笑貌，青春的美好，曾经有过的如胶似漆；他与侠肝义胆的藏族姑娘卓玛的因缘际会，这会儿都在眼前烟云般地流逝，他心中有无限感慨。

赵尔丰不再勉强发妻李氏和卓玛，但逼着老四、老九快走。

最后的时刻来到了。

赵尔丰由卓玛扶着，发妻陪着，坚持把老四、老九送到后门。情知这是诀别，两个儿子双双向他们跪下作别，他们兄弟一声"保重！"出口，老妻失声痛哭。还是卓玛沉着，她手脚利索，已为他们弟兄打好了包袱，装了足够的盘缠。漆黑的夜幕中，赵尔丰哆嗦着，伸出一双烫人的手，上前一一扶起两个儿子，紧紧拉着他们的手，贴近看了看他们的面容，然后，猛然丢手，手一挥，大喝："快走！"两个儿子相跟着快步出了后门，随即，双双融入了黑夜。

赵尔丰心上这才一块石头咚地落地；又像浑身被抽了筋。卓玛一时未扶稳，他踉跄一下，退后一步，靠在院子中的一棵桂花树上，这才发现督署内，从正副统领田征葵、田振邦到普通士兵，他带出来的三千百战精兵，早就跑得一个不剩。

侧耳静听，炮声早已止息，偌大的督署里，静得吓人。富有作战经验的他当然知道，一张死亡的网正在向他收拢！他留恋地再次环视自己创造过辉煌的督署。此时，黑夜深沉，寒风呼啸，落叶敲窗，有一种说不出的悲凉凄惨萧索。

他让老妻和卓玛扶着，回到卧室，躺到床上。他坚持要老妻和卓玛躲到一边去，说军政府是冲着他来的，不关她们的事。她们在这儿守着他，就会祸及她们。再说，一会儿，那些军人动起手来，很吓人！他不愿意，也不忍心看着她们受他的连累。结果，他只劝走了老妻。

熄了灯，赵尔丰静静地躺在床上，大睁着眼睛，望着深浅莫测的黑夜。卓玛跪在脚踏板上，依偎在他身边，用一双年轻女性的饱满的手，将他的滚烫的青筋饱绽的老人的手紧紧地握着，贴到脸上。她尽可能地用自己的爱心、温情去安慰、熨帖一个行将走完人生历程，走上绞刑架的年过花甲的老人。

"大帅。"决心以自己年轻生命做赌注的藏族姑娘卓玛，一边悄悄从身上拔出那只当年大帅奖励给她的蓝色烤漆锃亮的柯尔特手枪，张开机头，将子弹顶上红膛，一边对他喃喃细语。她说的话很朴实很动人很温情："大帅，我来保护你。有我卓玛就有大帅……"

"卓玛！"赵尔丰这个时候还在坚持，"你走！你还年轻，犯不着同我一起死！"

卓玛不依："临别时阿爸姆妈再三嘱咐，要我好生服侍大帅。我们藏族人说话算话，一片真心可对天！我卓玛生是大帅的人，死是大帅的鬼……"卓玛这一番出自真心的话语掷地有声。少顷，黑暗中响起了轻微的啜泣声，是谁在哭？啊，是号称"雪域将星""赵屠户"的赵尔丰赵大人！这是卓玛第一次听见大帅的哭声。而且，他哭得是如此伤心！侠肝义胆、温柔多情的藏族姑娘大大惊异了。

有杂沓的脚步声由远而近，似一张捕鱼的大网在渔夫手里开始收拢缓缓拉起时，带着的水声。卓玛放开大帅的手，转过身来，警惕地执枪在手，睁着一双明亮的大眼睛，竭力看穿夜幕，寻找着就要出现的敌人。

咚的一声，赵尔丰的卧室门被踢开了。熹微的天幕背景上，只见一个黑影一闪，一个手握鬼头大刀的敢死队队员一下闯了进来。

砰！卓玛手中的枪响了，那个冲进来的黑影应声栽倒在地。

砰！砰！红光一闪一闪，外面的敢死队队员也开枪了，吸引了卓玛的注意力。而这时，卧室后面的一扇窗户无声地开了，一个高大的身影像片树叶，轻盈地飘了进来。卓玛闻声刚要转身，一道白光闪过，敢死队队长陶泽昆手起刀落，卓玛顿时香消玉殒。

一切抵抗都停止了。

敢死队一拥而入。

敢死队队长陶泽昆命队员掌灯。烛光摇曳中，只见赵尔丰躺在宽大的象牙床上，气喘吁吁，脸色蜡黄，眼窝深陷。他只穿了件青湖绉棉滚身，额头热得烫人——谁能想象，这个躺在床上病病恹恹，一副可怜相的老人，竟是半年前声威赫赫，马上一呼，山鸣谷应的赵尔丰赵大帅！

"把他弄起走！"陶泽昆眼都不眨一下，大声下达命令，"抬回军政府受审！"四名彪形大汉应声而上，两人抓手，两人抓脚，一下把赵尔丰从床上提了起来，软抬着去了皇城军政府。

辛亥年（1911）十二月二十二日的黎明姗姗来迟。

难得的冬阳冉冉升起。背衬着蓝蓝的天空，飞檐斗拱的皇城像镀了一层金。那红墙黄瓦，那风铃，那城门洞前的"为国求贤"坊……全都凝神屏息倾听，似在等待什么重大的事件发生。

军政府已擒拿了"赵屠户"并要公审的消息像长上了翅膀，顷刻间传遍了成都的两百多条大街小巷。

"走啊，去看公审'赵屠户'那龟儿子！"

"天网恢恢，疏而不漏。报应啊！"

大街小巷响起了杂沓的脚步声，人们议论纷纷。雅的，俗的，各种议论归结为一点——强烈要求军政府处决"赵屠户"，为死难者报仇雪恨！

人们潮水似的向皇城坝涌去。

当戎装笔挺的尹都督率领军政府大员们从明远楼里鱼贯而出，站在玉砌栏杆前朝下望时，偌大的皇城坝上早已是人山人海。

开始审判。尹都督在明远楼前的一把高靠背椅上正襟危坐，神态严峻。他的身后簇拥着军政府大员们。

身着青湖绉棉滚身的赵尔丰被带出来了，也没有绑他，让他面朝尹都督，盘腿坐在一块红地毡上，回答问题。聚集了几万人的皇城坝上清风雅静。

"赵尔丰！"尹都督那特有的洪钟似的声音响起，不用任何扩音设备，坝子上任何地方都听得清，"你抬起头来！"

一颗低垂着的须发如银的头，缓缓抬了起来，深陷的眼眶内，突然迸发出光芒，那是一双多么仇恨的眼睛！

"尹娃娃！"气息奄奄的赵尔丰突然伸手指着尹昌衡大骂，"你言而无信，竟然设计，装了老子的桶子！"一副虎死不倒威的样子。

"赵尔丰住嘴！"尹都督勃然大怒，没让他把话继续说下去。尹都督居高临下，历数赵尔丰的罪恶：为升官发财，杀人如麻，用堆积如山的白骨铺成了高升的路；以无辜者的鲜血，染红了他头上"封疆大臣"顶子，落得"赵屠户"骂名；在四川人民如火如荼的保路运动中，为讨好清廷，保住自己头上的顶子，竟一手制造了震惊全国的"成都血案"；为复辟，继又策划了兵变，让锦绣成都遭受空前浩劫；接着，密令川滇代理大臣傅华封弃大局而不顾，带兵回援，图谋颠覆军政府……种种罪行，真是"罄南山之竹，书罪无穷；决东海之波，流恶难尽"。尹都督最后强调："赵尔丰，你硬是用自己的手给自己掘了坟墓！"尹都督越说越激动越气愤，场上万人拍手称赞："说得好！"

数完罪状，尹都督问："赵尔丰，以上数罪，历历在案，你是服，还是不服？"

"我既服也不服！"赵尔丰端坐不动，竟是一副桀骜不驯的样子。

"如何服？如何不服？"

"你刚才所言句句是实。然，论人是非，功过都要计及！焉能以偏概全，一叶障目，不见泰山？"赵尔丰雄词抗辩，"纵然你上述件件属实，但我在康藏七年建下的殊勋，你为何今日只字不提？"说着，凄然一笑："非我言过其实。扪心而问，若不是我赵尔丰在康藏艰苦卓绝奋战七年，今天中国版图已缺一角矣！我今为鱼肉，你为刀俎，要杀要剐，任随你，我只是不服。"

尹都督长叹一声："赵尔丰，你的功绩，川人岂有不知？可谓寒冬腊月吃冰水，点点滴滴在心头。正因如此，我日前是如何劝你？然而，你却阳奉阴违，罪上加罪。时至今日，我纵为川督也救不了你！

"现在，大汉四川军政府名不副实——有成都的'大汉四川军政府'，有重庆的'重庆军政府'。而重庆军政府明确要求，只有清算了你、诛杀了你，才能同'大汉四川军政府'合并，成为一个真正意义上的大汉四川军政府！"

说到这里，尹都督看赵尔丰抬起头，若有所思、所悟，这又长叹一声道："并非我尹昌衡与你有何过不去，是大势如此。时至如今，对你如何处置，当以民意为是！如此，你觉得是与不是？"

赵尔丰性格刚烈，是个明白人，听了这番话，不禁低下头，哑声道："好。"声渐低微："尔丰以民意为准、为是。"

尹都督霍地站起身来，面向台下皇城坝上黑压压的人群，高声问道："我同赵尔丰的对话，大家可都听清了？"

"听——清——了。"

"怎样处置赵尔丰？大家说！"

"杀——！杀——！"台下万众异口同声，回声此起彼伏，像滚过阵阵春雷。

赵尔丰眼中仇恨的火焰熄灭了，那须发如银的头慢慢、慢慢地垂了下去。

尹都督转过身来问赵尔丰："你都听见了？"

"听见了。"

"可还有何话说？"

"没有了。"停了一下，他复抬起头来，看着尹昌衡，声音沙哑地说，"老妻无罪！"那双深陷的眼睛里，竟是热泪涟涟。

"绝不累及！"

"多谢了！动手吧！"赵尔丰闭上眼睛，坐直身子。他须发如银，串串热泪在那张憔悴、苍老的脸上滚过，顺着瘦削的脸颊往下淌。

尹都督朝站在一边的陶泽昆点了点头。

阳光照在陶泽昆身上。敢死队队长好大的块头，几乎有尹都督高，却比都督宽半个膀子。两撇眉毛又粗又黑，两只眼睛又圆又大又有神，棱角分明的四方脸上长着络腮胡。身着草黄色的新式军服，脚蹬皮靴，一根锃亮宽大的皮带深深扎进腰里，两只袖子挽起多高，越发显得孔武有力。

唰的一声，陶泽昆粗壮的右手扬起了一把镶金嵌玉的窄叶宝剑——赵尔丰须臾不离的宝剑，据说是一个朋友送他的。剑叶很窄犹如柳叶，却异常柔韧，可在手中弯成三匝。虽削铁如泥，可一般人不会用。陶泽昆会用，这宝剑是他昨晚逮赵尔丰时缴获的。

陶泽昆上前两步，不声不响地站在赵尔丰身后，突然伸出

寸步不让
辛亥保路悲歌

左手，在赵尔丰颈上猛地一拍。就在赵尔丰受惊，颈项一硬，头不禁往上一挺时，陶泽昆将手中的柳叶宝剑猛地往上一举，抡圆，再往下狠劲一劈。瞬时，柳叶钢刃化作了一道寒光，阳光下一闪，像道白色闪电，直端端射向赵尔丰枯瘦的颈子。刹那间，那颗须发如银的头，唰地飞了出去，骨碌碌滚到明远楼阶下。随即，一道火焰般的热血，迸溅如雨柱……顿时，场上掌声如雷，欢呼声四起。

尹昌衡走上前去，一把抓起那根雪白如银的发辫，提起赵尔丰那颗死不瞑目的头，要副官马忠牵过他的火红雄骏来，翻身上马，带着武装队伍游街示众。他要极尽张扬，因为他知道，这颗人头对赵尔丰死党有何等的威慑力！

日上三竿。

尹都督一行所过之处人山人海。他骑一匹火红雄骏，威风凛凛，由卫队簇拥着前进。一个彪壮的兵，骑着一匹马走在最前头，双手举着一根竹竿，上面挑着赵尔丰的首级。沿袭战场上惯例，尹都督身边有匹备马，由一个卫士牵着跟进。

马蹄嘚嘚，口号声声。那是何等壮观的场面哪！万人拥戴中，年轻有为的尹都督举起手来，频频向站在街两边欢呼口号、对他感恩戴德的乡亲们挥手致意。阳光在卫兵们闪闪的枪刺上镀了一层金。

这时，谁也没有注意到，在他们走过的东大街一座高屋顶上，有个黑大汉借着屋顶掩护，举枪对沉浸在喜悦中的尹都督瞄准。他就是日前接受赵尔丰指令，在北较场现场指挥兵变的张德魁。

张德魁身材高大，他将脑后盘过来的那根油浸浸的大辫子衔在嘴里，缓缓抬起手中的九子钢枪，眯起一只眼睛，再瞄准，用一根指拇轻轻扣动扳机——"砰！"枪声响时，身手敏捷的尹昌衡应声藏到了马肚子底下，头上戴的那顶大盖帽却被打飞。

"砰！砰！"紧接着又是两枪，走在尹都督身边的备马和牵马的卫士被当场打死。训练有素的卫士们被打惊了，循声望去，只见谋杀未遂的黑大汉在房上飞奔，跨墙越屋如履平地。队官朱璧彩赶紧命一队人护着都督，他指挥卫士们从四面围追刺客。然后搭成人梯子，上房的上房，瞄准的瞄准……很快形成了一张严密的网。刺客身手不凡，可惜他身踞的高屋与其他的房子是断开的，让他插翅难飞，很快被拿住了。他被五花大绑，但环眼圆睁，脸上的络腮胡根根直立，犹如钢针。他暴跳如雷，对尹都督骂声不绝，一副视死如归的样子。

尹都督命令，停止巡行，押着刺客原路返回。

成千上万的人闻讯又回到皇城坝上，都来看今天的第二颗人头落地。

在刚才审判过赵尔丰的地方，尹都督让人将五花大绑的张德魁押上来。张德魁骂声不绝，像头暴怒的雄狮。

尹昌衡显得很冷静，默默地打量了一番刺客，吩咐"把绳子给他解了"。

哎呀，这是怎么回事？场上场下，无论军民都惊愕不已。这个身手不凡的大块头不是要置你于死地吗？好容易才将他逮着得嘛……

"听见没有？"尹昌衡有些愠怒，喝令卫士，"将他手上的绳子解了！"

"都督！"候在他身边的副官马忠急了，闪身而出劝阻，

寸步不让
辛亥保路悲歌

294

"这个张德魁罪该万死。先是在成都兵变中打主力，今日竟又谋杀都督，放了他怎么行？"

"这样明知必死，却不怕死的人倒真是条汉子。"尹都督语气里竟有几分赞赏的意味，他断然挥了一下手，喝道，"解开他手上的绳子！"卫士们无奈，只得上前解开刺客手上的绳子。顿时，场上鸦雀无声。被解了绑的赵尔丰贴心卫士张德魁在尹都督面前昂起头，毫不领情，桀骜不驯。

"张德魁！"尹都督并不恼怒，问道，"你先在东较场指挥兵变，继则在街上狙击我，顶风而上，这是何为？"

"你该死，竟敢造反，继而谋杀主官！"张德魁言之凿凿，理直气壮，"我是大帅卫士，自然服从大帅命令，先是替大帅效命，继则替大帅报仇。我只是后悔，月前在东较场和刚才都没有一枪结果你！"

尹都督眼见马忠等人在旁恨得咬牙切齿，摩拳擦掌就要上前动手，笑着制止。

"你说得有些道理。"尹昌衡看着张德魁讲开了道理，很幽默地说，"但是，你没有杀到我，我却捉住了你，是你该死。"

"要杀要剐任随你！"大块头张德魁脑壳硬起，"我做这些事就没有想过要活。少啰唆，快动手，我张德魁十八年后又是一条好汉。"

尹都督看了看场上场下，他知道，人群里还有好些赵尔丰余孽。自己能否处理好这个人，对瓦解赵尔丰死党至关重要。

"这样吧，我不拿都督的权势压人。"尹昌衡说，"我们当众讲道理。你说赢我，你杀我，反之我杀你，如何？"

"对嘛！"张德魁还是那副横撇撇的样子。偌大的皇城坝，人们怀着极大的兴趣期待着这场别开生面的辩论。

"你先说。"尹都督硬是让得人。

张德魁说来说去还是刚才那几句。

"张德魁，你糊涂透顶！"尹都督猛然发作，指着硬着头的张德魁呵斥，"不要以为你这样做是侠士行为，其实你是个莽子！"张德魁听此说，不由得吃了一惊，怔怔地看着盛怒的尹都督。

"……赵尔丰罪恶累累！"尹都督一一列举了赵尔丰的罪行后，强调，"巴蜀父老兄弟，人人欲食其肉、寝其皮。我杀他，非我与他有何私仇，而是他罪有应得！"说着指着场上黑压压的人群："请父老乡亲们回我一句，赵尔丰该不该杀？"

"该杀！当然该杀！"场上千万人齐应，声震天地。

"张德魁！"尹都督喝问，"你都听清了吗？"见张德魁气焰萎了些，好像明白了些，低着头，嘴却还在犟，"我是粗人，我说不过你，你要杀就杀吧！"

"好，你承认输了！"尹都督说着厉声吩咐，"带下去！"马忠带两名卫士应声而上，就要去拿大块头行刑。

"不要你们拿，好汉做事好汉当！"张德魁扭了扭身子，"我自己走！"说着，就要跟着马忠等人走。

"张德魁！"不意尹都督又将他喝住，说，"我敬你是条汉子。况且，原先你是非不明，各为其主，也在情理之中，我免你的罪。"说着要身边的队官朱璧彩拿来一个用红纸封好的长条子。

"你拿着。"尹都督说，"这是四百块大洋，是军政府送你回山东老家与亲人团聚的路费、安家费！"

大块头闻此言如被雷击。起先，他怔怔地看着和颜悦色的尹都督，良久才相信是实，继而受到感动，趋前两步，扑通一声跪在尹昌衡面前，低下头，哭了起来："德魁愚钝。德魁知道错了。若都督不弃，德魁愿追随都督，知恩报恩。以后赴汤蹈火，在所不辞！"

尹都督见状，欣然离座，上前扶起痛哭流涕的大块头张德魁，抚慰道："知错改了就好。弃暗投明者，军政府一律欢迎。你以后就当我的卫士。这四百大洋你拿去任意处置……"话未说完，皇城坝上，人们对尹都督的宽宏大量赞叹不已，当场就有好些赵尔丰余孽前去向军政府坦白投诚。

不动一刀一枪，尹都督在皇城收服张德魁这一幕，顷刻间让赵尔丰苦心结成的死党土崩瓦解。

大幕尚未垂落

第三十章

此时，朝阳照耀着古色古香的皇城。城中那些茂林修竹，掩映其中的亭台楼阁……全都泛出动人的金光。前面，红柱根根，殿宇重重，移步换景，曲径通幽。年轻都督尹昌衡，忧思重重，向那宫阙深处走去，向尚不可知的未来走去。

翌年六月，万物竞荣。

在这个夏天的某个早晨，戎装笔挺的四川都督府都督尹昌衡，骑着他那匹高大火红的雄骏，来到皇城军政府门前。时间还早，他在门前踌躇，似乎沉浸在一个梦中未醒，又似乎在不无忧虑地思索着什么。他不忍进门，他对这里已很有感情。这是他最后一次上明远楼开会，他很快就要离开四川，率军西征。

"都督，到了！"副官马忠一声轻唤，才将他唤醒。抬起头来，一轮血红的朝阳，在高大巍峨的皇城后面冉冉升起；皇城上飞翘的檐角，檐角上垂下的一嘟噜、一嘟噜沉甸甸的铜铃，以及红柱绿瓦的明远楼，全都被照亮了。恋恋不舍地望着这一切，思如潮涌。一年来，形势并不是想象的那样，而是变得越发诡异、复杂。

去年，就是在这里，在万众欢呼声中，他顺应民心诛杀了清廷在川的最后一任四川总督赵尔丰。之后，要犯王琰、田征葵、田振邦等一个也没有跑脱，全都被制裁。接着，他到清津主持召开了一场声势浩大的公审大会，公审了残忍杀害侯天轩、侯刚父子的叛徒杨忠以及罪恶累累的祝青山、祝定邦叔侄。当初这些杀

寸步不让
辛亥保路悲歌

人不眨眼、利欲熏心、卖身投靠的家伙，自认天下莫予毒也的丑类，这天，在万人喊打中，如果不是有军警在场维持秩序，当场就会被捶成肉泥。

最后这些家伙，被押到南河对面侯天轩第一次遭遇袭击的车荒坝枪决。

侯天轩、侯刚父子的合葬墓，建在剑一般刺向云天的象鼻山飞来峰下，这是清津九成团体及各界同胞自发建成的。合葬墓高大雄伟，坟前墓碑上竖刻一行镏金隶书大字，沉雄有力——"侯天轩、侯刚之墓"。

墓碑用的是专门从雅安山里运出来的质地相当优良的黑色大理石。墓碑很大，长一米有余，宽约二尺。墓碑两边又框以鼓出来的圆柱形的同样质地、颜色的大理石。这样一来，这个高大的墓碑，很像是一幅徐徐展开的屏，庄重而又飘逸。墓碑后面镌刻着《清津九成团体及各界同胞各界人等》献词。原文很长，这里只能摘记："……乃者盛奴（指盛宣怀，清邮传大臣）卖国，赵贼（赵尔丰）殃民，今都督尹（昌衡）罗（纶）诸公，倡联同志共保路权。自（辛亥年）七月十五日仓皇变起，噩耗惊传。我同胞兄弟慨大难之方兴……爰推侯君为同志会长，总统以川南。君遂扶病从戎，奋身救世，产散千金，毁家纾乡邦之难。檄传四面，拼死雪汉族之仇。方期请终军之缨，缚鸣蛙于井底；挥刘季之剑，斩毒蛇于泽中。孰意风云变态，肘腋怀奸，饷糈巨万……

"更可叹者，奸谋误中，诡计难防……父子俱毙于他乡，骸骨未归夫梓里，惨不至此！

"今汉旗初建，汉族重光，汉流之组织方兴，汉种之奸残宜草。凡我热心男子，血性豪雄，忆旧游者，岂徒千里殒怀人之涕。

"吊英魂者，须使九原无衔憾之心，庶不致扬左笑人于地下，关张独美于当年。

"尔谋害我侯君夫子人等，实为天理所不容。同侪所共愤，寝皮食肉，死有余辜；碎骨粉身，情无可宥。"

这时，走马到了皇城的尹昌衡脑中闪现出马上就要率军西征平叛的场景——连绵不尽的皑皑雪山，呼啸的枪声，惊心动魄的呐喊、厮杀，袅袅升腾的狼烟……征途漫漫，不平息叛乱，不固我西部边陲、保我领土完整誓不回还！

今年1月1日，中华民国正式建立，孙中山宣誓就任临时大总统。然而，仅仅过了两个月，手握兵权、野心极大的两面派人物袁世凯就篡夺了辛亥革命的成果，挤下孙中山，在北京就任中华民国临时大总统。袁世凯还不满足，废除民国复辟称帝之心日渐显现。国势如此令人忧虑，而近在咫尺的康藏叛乱狼烟再起。

一年来，局势动荡，早有反心的西藏上层，在英帝国的怂恿下再次起兵叛乱，边关告急。

他主动请缨平叛，得到民国大总统袁世凯批准。这天，是他最后一次上明远楼，他要去向胡景伊办交接。对胡景伊这个人他信不过，但一时之间也无可奈何。

一段时间以来，萦绕在他头脑中的是，赵尔丰在康藏经边七年，功勋赫赫，叛军对赵畏之如虎；而他率仓促间组织起来的一支不足万人的新军入藏平叛，没法同赵尔丰相比。这仗该怎么打？足智多谋的他，想到了一个不战而屈人之兵的好办法——攻心为上！他将当时拍摄的赵尔丰被斩杀的那颗白发苍苍的头的照片，翻拍放大成若干张，部队行军时挑在竹竿上，上面再配上这样的大字："十八之变，赵逆作俑，今已枭首，谢我万众！"这对叛军是个莫大的震慑！后来的事实证明，他这个设想、判断完全正确。本来对赵尔丰畏之如虎的叛军，见到杀了赵尔丰的西征军，马上引起心理的恐慌，大都不战而退、而溃。

对于具体的平叛，年轻的、有多方面才能的尹昌衡，充满信心而且实际上做到了节节胜利。可是，他后来万万想不到，历史总是惊人地相似，很快，他就遭遇到当年岳飞的境况。当年的岳飞，率领他的岳家军，经十年苦战，即将全胜，直捣黄龙之时，居然在一天之内收到宋高宗赵构的十二道金牌严厉制止，奉命撤回，竟让岳飞"十年之功，一朝而废"。不仅如此，最后，岳飞、岳云父子竟死在奸臣秦桧手中。

同样，因为袁世凯一心想当皇帝，袁世凯不能不得到英美这些国家的支持。尹昌衡的节节胜利，引发了英国的强烈不满，英国驻中国公使朱尔典，奉命转告袁世凯并对此提出强烈抗议。于是，袁世凯找了一个理由，中止了尹昌衡的西征平叛，将他与时为云南都督的蔡锷——他们都是袁世凯极不放心的——诱骗到北京囚禁。后来，蔡锷在侠肝义胆的名妓小凤仙帮助下，潜离京师，回到云南，高举反袁义旗，成了家喻户晓的英雄。而尹昌衡和同样侠肝义胆的名妓梁玉楼就远远没有这样幸运了。袁世凯迁怒于尹昌衡，最终将他下狱，缧绁京师九年，这是后话。

时光似箭，未来如同命定。要走到那里，才能知道，才会面对。这会儿，年轻的尹昌衡只能想到最近要做的事，马上要做的事。

"都督！"旁边副官马忠提醒，"开会的时间到了。"他这才回到现实，骑在火红雄骏上的他再次恋恋不舍地看了看马上就要离开的皇城，看了看这一年来经历了无数风雨的明远楼。

啊，多好的季节！好瑰丽的早晨！明远楼上风铃叮当，红墙内，蓊蓊郁郁的参天古木中，一群群白鹤亮开双翅，披着晨光，在绚丽的天幕背景上，排着整齐的队列，正向着无垠的天际升腾、升腾……

啊，皇城内明远楼上，军政大员们还等着他，他得去了。年轻的都督用脚上的靴子叩了叩骑着的那匹火红雄骏，手中轻抖缰绳，驱马缓缓进了皇城。

此时，朝阳照耀着古色古香的皇城。城中那些茂林修竹，掩映其中的亭台楼阁……全都泛出动人的金光。前面，红柱根根，殿宇重重，移步换景，曲径通幽。年轻都督尹昌衡，忧思重重，向那宫阙深处走去，向尚不可知的未来走去。

寸步不让
辛亥保路悲歌

图书在版编目（CIP）数据

寸步不让 ：辛亥保路悲歌 / 田闻一著 . -- 成都 ：
成都时代出版社，2024.3
ISBN 978-7-5464-3308-0

Ⅰ．①寸… Ⅱ．①田… Ⅲ．①长篇小说－中国－当代
Ⅳ．① I247.5

中国国家版本馆 CIP 数据核字（2023）第 191983 号

寸步不让——辛亥保路悲歌
CUNBU BURANG ——XINHAI BAOLU BEIGE

田闻一　著

出 品 人　达　海
责任编辑　张　巧
责任校对　阚朝阳
责任印制　黄　鑫　陈淑雨
封面设计　郁佳欣
装帧设计　成都九天众和
出版发行　成都时代出版社
电　　话　（028）86742352（编辑部）
　　　　　（028）86615250（发行部）
印　　刷　成都博瑞印务有限公司
规　　格　155mm×230mm
印　　张　19.5
字　　数　230 千
版　　次　2024 年 3 月第 1 版
印　　次　2024 年 3 月第 1 次印刷
书　　号　ISBN 978-7-5464-3308-0
定　　价　58.00 元

著作权所有·违者必究
本书若出现印装质量问题，请与工厂联系。电话：（028）85951708